大话诗词

25位诗坛巨匠 81首经典诗词
文澜珊带您穿越历史长河
走进古代文人墨客的诗词世界
领略古典诗词的绝美风华
探访诗人和诗词背后的传奇故事

文澜珊 著

成都时代出版社
CHENGDU TIMES PRESS

图书在版编目（CIP）数据

大话诗词 / 文澜珊著. -- 成都 ： 成都时代出版社，
2025.1. -- ISBN 978-7-5464-3560-2

Ⅰ. Ⅰ207.2

中国国家版本馆CIP数据核字第2024M1S451号

大话诗词
DA HUA SHI CI

文澜珊 ／ 著

出 品 人　钟　江
责任编辑　王珍丽
责任校对　周佑谦
责任印制　江　黎　曾译乐
内页插图　张艺嘉
装帧设计　徐雁冰

出版发行　成都时代出版社
电　　话　（028）86785923（编辑部）
　　　　　（028）86763285（图书发行）
印　　刷　长沙市精宏印务有限公司
规　　格　170mm×240mm
印　　张　21
字　　数　295千
版　　次　2025年1月第1版
印　　次　2025年1月第1次印刷
书　　号　ISBN 978-7-5464-3560-2
定　　价　98.00元

自序：
从诗词歌赋中
感受人间冷暖

诗词于我而言，如清茶一杯，可品清香，亦可参禅悟道。

因为热爱诗词，所以闲来常常品读。日复一日，便自觉品诗像蝶吮蜜那般，甘甜美味，令人如痴如醉！蝶恋花的样子，亦如我恋诗词的样子。

在诗词赏析的这条路上，古往今来前赴后继者众。而我，也在机缘巧合下成了这芸芸赏析者之一。不过，众人解析诗词的角度如苏轼所言"横看成岭侧成峰，远近高低各不同"。

在诗词的大海中，虽有诸多诗词被人们时常品读，但也有许多诗词无人问津。个人认为自己是目前第一个品鉴它们的人，比如苏轼写的《龙尾砚歌》等。

诗词赏析的路并不平坦，为了翻译一句话或者几个字，我常逐字逐句地查字典，翻典籍，可谓煞费苦心，颇感"吟安一个字，捻断数茎须"的辛劳。

于我而言，品鉴一首诗词比写一篇散文或一篇小说更难。因为，诗词赏析需要翻阅大量资料，不能恣意妄为。既要尊重诗词本意，又要大胆想象，还得结合诗人的人生阶段、创作环境等诸多因素来通篇考虑。因而，往往一篇诗词赏析，寥寥数千字，我却需要写一两天，甚至三五天才能完成。比如，鉴赏文天祥的《过零丁洋》，我足足写了四天时间；鉴赏韩愈的《早春呈水部张十八员外》耗时五天，其间反复修改达百次之多。其中，每一篇赏析的史料部分，我都查阅了大量资料，而这些是最耗时的。查完了还得捋一捋思路才能下笔。写完后还得查阅史料去勘正，生怕有一点疏漏。除了写，还要自行校对，避免产生各种错误。因而，这本书写之不易，成之不易！

此书中，我有诸多大胆设想和推理，并未局限于以往的诗词翻译，即便是前人已翻译好的意思，我也有部分新解。不过，我在不断鉴赏的过程中，常常惊异于诗人们颠沛流离的人生。

比如杜甫的一生，堪称传奇。三十岁之前的他，春风得意马蹄疾；三十岁之后的他，潦倒新停浊酒杯，其命运堪比天煞孤星。

比如研究初唐四杰后，我发现他们的人生都异常坎坷，也让我对杰出的"杰"字有了新的认识。此字的架构似火燃木，有煎熬之感，可见，世间所谓的"英杰、豪杰"，其人生大抵都坎坷煎熬。

书中的某些解析可能会打破人们的常规认知，但仅个人见解而已。仁者见仁，智者见智，人人都有质疑的权利。

我想只有这样，诗词赏析才不会停滞不前，文学研究才会有更好的发展，文学的种种谜团才能逐步被破解。

我也相信，这本书会留下一定的史料价值，因为，有些内容可能是大家闻所未闻、见所未见的，也是我研究梳理了大量资料后的总结和归纳。

需要说明的是，书中所写的年龄皆为实岁，是按照现代人的记岁方式而写。但古人习惯用虚岁，即实岁加一岁的方式记录年龄。比如，杨炯公元650年出生，公元660年待制弘文馆，也就是说，他10岁便入了弘文馆，而古人记录他11岁入弘文馆。为了方便今人阅读和理解，我按实岁来记写。

而关于"享年"二字，我原以为人去世时的年龄就是享年。写本书时，特意查阅资料才知，"享年"二字是70岁以后去世的人才能用；50至69岁去世的要称"终年"；30至49岁去世的要说"时年"；29岁以下要称"年仅"。因此，对于网传诗人们的简介，我都逐一做了修改和纠正。漫天信息，去粗取精、去伪存真很重要。

研读完二十五位诗人后，我发现能用"享年"二字的实在寥寥无几，比如陆游和朱熹，大多数诗人去世较早。因而，在研究过程中，我深深体会到了一个"惨"字！如果还要加两个字，那便是"太惨了"！

这些诗人几乎用他们的生命雕琢出了丽句清词，其精神令后人感慨万端。但他们的命运一个比一个惨。比如杜甫，穷困潦倒到何种田地？以至于他的小儿子被活活饿死。一家人连个草屋都没有，住在一条船上辛苦飘摇了几载，最后，他孤身一人死在了船上。

又如，相传刘希夷，因为写了一首好诗，被自己的亲舅舅嫉妒索要，谋诗害命，被活活打死。

每念及此，忍不住潸然泪下。

时光如梭，从2020年10月23日写下第一篇诗词品读的文章开始，直到今日才初定稿。因写作周期较长，故最初写下的那些诗词品鉴会显得稚嫩些，尔后，随着学习的深入，品鉴的广度和深度也有所提高，相信大家会感受到。

书中分享苏轼和李清照的诗词最多，盖因他们的作品是我最先学习和赏析的，也因他们是我最喜欢的两位古代文人。由于篇幅限制，还有大量优秀的诗人和优秀的诗词作品没有品评，比如诗仙李白、诗佛王维、诗魔白居易等，实感遗憾，还请诗人和读者们谅解。有机会的话，我会努力补齐。

此书见证了我自学诗词和诗词赏析的探索过程，也是这些年的学习总结和汇报。

特别感谢书中所写到的诗人们，感谢你们敞开心扉，让我靠近你们，与你们促膝长谈，倾听你们千百年的心声和寂寥，抒写你们曾为人所知或所不知的故事。在你们的身上，我看到了无数个艰难困苦对你们的折磨和历练，看到了你们对感情的执着，也看到了你们心中不灭的灯火，还有那永远昂扬的文人气节！

你们，是我永远的学习文学的榜样！谨以此书，向你们致敬！

这是一个艰难的开始，是我摸着石头过河的初始阶段，尔后，还得向更多诗词界的前辈学习，以期百尺竿头，更进一步！

也希望我的品读，能使每一首脍炙人口的经典诗词得到精确的解析和特别的诠释，从而帮助诗词爱好者更好地理解和热爱中国诗词，更全面地理解诗人们的艰辛和伟大，更加热爱中国文化并能传承这份热爱，让我们的中华优秀传统文化熠熠生辉，光耀万年！

是为序。

文澜珊

2023年4月13日于北京

目录 Contents

大话诗词
DA HUA SHI CI

曹　操 ▶▶▶

　　曹操（155年—220年），字孟德，名吉利，小字阿瞒，沛国谯县（今安徽省亳州市谯城区）人。中国古代杰出的政治家、军事家、文学家、书法家。东汉末年权臣，曹魏政权的奠基者。太尉曹嵩之子。

　　曹操少年机警，任侠放荡。二十岁时举孝廉为郎，授洛阳北部尉。后任骑都尉，参与镇压黄巾军，调济南相。建安元年（196年），迎汉献帝至许县，从此用献帝名义发号施令，总揽朝政。建安五年（200年），在官渡之战中大败袁绍主力，随后统一北方。建安十三年（208年），进位丞相。同年在赤壁之战中败于孙刘联军。建安二十一年（216年），晋爵魏王。建安二十五年（220年），病逝于洛阳，终年65岁。其子曹丕称帝后，追尊其庙号为太祖，谥号武皇帝。

　　曹操选能任贤，兴修水利，他知兵法，工书法，善诗文。其诗多抒发政治抱负，反映汉末人民苦难，辞气慷慨，开建安文学之风。今人辑有《曹操集》，另有《孙子略解》传世。

曹操笔下的《蒿里行》堪称战争实录

蒿里行

关东有义士，兴兵讨群凶。

初期会盟津，乃心在咸阳。

军合力不齐，踌躇而雁行。

势利使人争，嗣还自相戕。

淮南弟称号，刻玺于北方。

铠甲生虮虱，万姓以死亡。

白骨露于野，千里无鸡鸣。

生民百遗一，念之断人肠。

[解读]

函谷关以东，有义勇之士，兴兵讨伐那些凶恶之徒。起初他们齐心协力，相约孟津会合，共同讨伐身在咸阳的董卓之流。军队会合后心不齐，互相观望而犹豫不前。由于形势和利益的纷争，使得义军们自相残杀，当时盟军中的袁绍、公孙瓒等发生了内部攻杀。袁绍的弟弟袁术在淮南自立为帝，而袁绍刻了玉玺在北方称帝。由于战争连续不断，士兵长期脱不下战衣，铠甲生了虱子和虱卵，数以万计的百姓因连年战乱而死。白骨裸露于荒野，千里之地连鸡叫声都听不到。一百个人当中只有一个幸免于难的人，想到这里，让人悲痛不已！

[品鉴]

风云变幻，世事无常，当前，国际局势动荡。虽然，我只是一个普通老百姓，但依然操心着国际局势。毕竟，历史似乎一直在重复上演。正如《三国演义》中所言："天下大势，合久必分，分久必合。"古人的战争诗词，或许能给现代的我们一些启示。

"蒿里行"是汉乐府旧题，原是当时人们送葬所唱的挽歌。曹操将"蒿里行"用作这首诗的诗题，大意就是从死人堆路过。蒿里，原本是死人所处的地方。联系诗中描写的场景，白骨累累，千里无鸡鸣，可想而知，死了很多人。正常情况下死人所在的地方是墓地，但战争中，有多少人能葬在墓地？多数人曝尸荒野。因此"蒿里行"的写作背景，可以理解为曹操从死人堆路过，看到了累累白骨，心有感触而写下的诗。

曹操是谁？他是"老骥伏枥，志在千里；烈士暮年，壮心不已"的作者，是赫赫有名的魏武帝，也是曹丕、曹植的父亲。我很佩服那些"文能提笔定天下，武能上马定乾坤"的人，比如曹操、岳飞、辛弃疾等，堪称文武双全。

这首诗大约写于公元190年，即汉献帝初平元年，讲述了汉末军阀混战的历史，深刻揭示了战争中的百姓所遭受的苦难，可以算作战争实录，是一首写史写实的诗。关于汉末的历史变迁，陈寿写的《三国志》和罗贯中写的《三国演义》对此有精彩的讲述。通过这两本书以及相关的影视剧，我们不难想象那个时代的样子。

公元189年，东汉倒数第三位皇帝汉灵帝刘宏去世，由于他在位时横征暴敛，纵情享乐，卖官鬻爵，导致民不聊生，爆发了黄巾起义，可以说汉灵帝留下了一个烂摊子给他的子孙。他十五岁的嫡长子刘辨登基仅五个月，就被奸臣董卓废帝位并毒杀，另立九岁的刘协为汉献帝，自己则挟天子以令诸侯。然而董卓的暴政施行不到一年，公元190年，各路军阀在曹操的倡议下，组成了联合讨伐董卓的联军，袁绍为讨伐军盟主，自号车骑将军。

曹操写这首诗的时候，是同盟军中的奋武将军。当大家都心怀鬼胎，不愿冲锋陷阵时，曹操自带一队人马当了急先锋，在荥阳（今河南省郑州市下辖荥阳市）迎战董卓部将。虽然曹操战败，却体现出了他的英雄气概！可以想象，曹操在战败回营时是多么沮丧。原以为义士们能团结一心，击溃董卓，却不料，内部先自瓦解，造成了长期的军阀混战。

这首五言十六句诗，按照诗意可以分成两部分。

第一部分从第一句到第十句，讲述了讨伐军从建立到瓦解的过程和原因。开篇两句"关东有义士，兴兵讨群凶"间接点题，讲述他蒿里行的原因。第三句到第十句，则详细讲述了讨卓联军的建立、发展和分解的过程。起初，大家齐心协力，后来各怀鬼胎，都想保存军事实力，做那个"鹬蚌相争，渔人得利"的渔人，不愿出战。最后，大家互相猜忌，自相残杀，联盟军内部袁绍和袁术这两位同父异母的兄弟阋墙，各自称帝，造成了联军最后的瓦解。

第二部分从第十一句到第十六句，主要讲战争对士兵和百姓的恶劣影响。因为战事连连，战士们来不及卸甲，铠甲上都生了虮子也来不及换洗。百姓们死伤无数，民不聊生，白骨累累，曝尸荒野，连个收尸的人都没有。千里之地连鸡叫的声音都没有，活下来的人寥寥无几，想到这里，令人肝肠寸断！其中，"白骨露于野，千里无鸡鸣"堪称整首诗中最脍炙人口的两句，也可以看作是描写战后路绝人稀的佳句。尾句"生民百遗一，念之断人肠"当为诗眼，既描写出军阀混战后的民生惨状，又深刻表达出了作者对百姓的同情和怜悯。

从这首诗中不难看出曹操颇有悲天悯人之心，也从而理解了他至死没称帝的原因。他的父亲曹嵩原本是宦官的养子，后承袭了爵位，官拜太尉。曹操也算得上是官宦子弟，十九岁被举孝廉为郎（皇帝近侍，御林军），后为洛阳北部尉，靠军功步步高升。镇压过黄巾起义，讨伐过董卓。后来扶持汉献帝，把持东汉朝政二十五年，南征北战，统一北方，官至魏王，然至死未称帝。大概在曹操的心中，还留有对东汉的一点忠心和仁义，而这一点是他的底线，最后历史也还给他一点褒奖。

曹操善诗文，工书法，懂军事，可谓文治武功样样在行，算得上古代杰出人士。他一生历经五十多场战役，官渡之战大破袁绍尤为出彩，其余胜多败少。他六十四岁时还亲率大军出征襄樊之战，一生战功赫赫。然而"一将功成万骨枯"，多少人死在他的刀枪剑戟之下？多少人因为他的军事行动而丢了性命？多少百姓流离失所？

对于人类而言，战争在任何时候都是可怕的！

《孙子兵法》云："是故百战百胜，非善之善者也；不战而屈人之兵，善之善者也。故上兵伐谋，其次伐交，其次伐兵，其下攻城。"

愿和平永驻人间，战火早日熄灭！

大话 诗词
DA HUA SHI CI

陶渊明 ▶▶▶

陶渊明（约365年—427年），名潜，字元亮，别号五柳先生，私谥靖节，世称靖节先生。浔阳柴桑（今江西省九江市）人，另一说江西宜丰县人。东晋杰出的诗人、辞赋家、散文家。

陶渊明曾任江州祭酒、建威参军、镇军参军、彭泽县令等职，最末一次出仕为彭泽县令，八十多天便弃职而去，从此归隐田园。他是中国第一位田园诗人，被称为"古今隐逸诗人之宗""田园诗派之鼻祖"。

陶渊明传世125首诗，多为五言，主要为饮酒诗、咏怀诗和田园诗三类；文12篇，代表作有《桃花源记》《归去来兮辞》等，被后人编为《陶渊明集》。

陶渊明归隐山林的真正原因是什么

归园田居·其一

少无适俗韵，性本爱丘山。

误落尘网中，一去三十年。

羁鸟恋旧林，池鱼思故渊。

开荒南野际，守拙归园田。

方宅十余亩，草屋八九间。

榆柳荫后檐，桃李罗堂前。

暧暧远人村，依依墟里烟。

狗吠深巷中，鸡鸣桑树颠。

户庭无尘杂，虚室有余闲。

久在樊笼里，复得返自然。

[解读]

从小就不太适应俗世种种，骨子里本就喜欢山山水水。不想偏偏落在仕途尘网中，一待就是三十年。被束缚的鸟儿依然留恋着树林里的自由，水池里的鱼儿也思念着过去的渊潭。我愿在南边的田野里开荒，笨拙地回归到田园里。宅子周围有十余亩地，八九间草房。屋檐前后有榆树柳树可遮阴，厅堂前有桃树李子树。不远处隐约可以看到许多村舍，炊烟袅袅。深巷中传来狗叫声，鸡在桑树上打着鸣。屋子里收拾得一尘不染，有的是舒适悠闲。在笼子里待久了，我终于回归到自然中来。

[品鉴]

　　我虽年纪轻轻却已生出"归园田居"的想法，陶渊明的诗句亦是常常脱口而出。因此，赏析陶渊明的作品，对我而言是洗涤尘世之心、回归自然之境的必然。

　　陶渊明30岁就归隐了，他放弃功名利禄，归隐山林，过起了山野村夫的生活，算得上勇气可嘉！30岁就归隐，如今看来也算另类。就我自己而言，我自己放不下世俗不说，还有一大堆亲朋好友的反对。不过我认识的文人墨客中，有一位叫二冬的作家做到了，他已在陕西终南山隐居数年。如果说陶渊明是山水田园派的开山鼻祖、隐逸诗人之宗的话，那么，陶渊明看到像二冬这样的年轻人，他应该会很高兴吧，总算后继有人了。

　　为了翻译陶渊明的诗作，我翻阅了大量资料。了解到陶渊明祖上世代做官，在他八九岁时，他的父亲去世，他跟母亲、妹妹一起度日，家境渐渐衰落。陶渊明20岁开始步入仕途，后来他的母亲去世，他辞官回家守孝三年，守孝期满后，他又重入仕途。接着他的妹妹也去世了，他写了《归去来兮辞》后，便再次辞官，正式开启了隐居生活。后来他娶妻生子，与他的妻儿在山水田园之间，过着淡泊名利、自由自在的生活，直到去世。

　　在那个"学而优则仕"的年代里，像陶渊明这样"不为五斗米折腰"的人，能毅然决然地放弃仕途的人，实为人间稀有。但也因此，成就了他的文学事业。人生往往如此吧，有舍，便有得。

　　不过虽然是归隐，陶渊明应该也很忙，十多亩地照料起来，空闲时间恐也有限。据说田园丰收时，他常常招待亲朋邻友一起喝酒吃肉，把酒言欢；收成不好时，他不得不去乞讨。因此，可以看得出陶渊明的隐居生活，其实没有大家想象中那样潇洒。

　　陶渊明喜欢喝酒。在众多诗人当中，众所周知诗仙李白喜欢喝酒，诗圣杜甫也好酒，却没想到陶渊明也是个爱酒之人。可见，自古有诗便离不了酒，有诗有酒，人生几何？借用唐代诗人罗隐的诗来说，便是"今朝有酒今朝醉，明日愁来明日愁"，这大概就是陶渊明的心境吧。虽然过得清贫，却并不觉得辛苦。他宁肯忍受身体劳作上的辛苦，也不愿忍受心灵上的羁绊。

陶渊明还喜欢菊花，在他的草屋周围种了许多菊花，因而才会有"采菊东篱下，悠然见南山"的句子脱口而出。那是浑然天成的诗句，没有任何文字的雕琢，这也是从古至今，人们深爱陶渊明作品的缘由吧。

陶渊明在他的草屋周围种了五棵柳树，世称"五柳先生"。从这些花花草草的布局来看，陶渊明具有较高的审美情趣，他不仅会写诗，还会布置自己的小屋、花园和田舍，有柳有菊，有榆树，有桃李。不难想象，那个隐居之处，是他为自己建造的"桃花源"，也成了世人心中的"理想国"。

欣赏陶渊明的人不胜枚举，其中，最有名的当数李白和苏轼。李白曾在他的诗作中写道"梦见五柳枝，已堪挂马鞭。何日到彭泽，长歌陶令前"，还有一句"安能摧眉折腰事权贵，使我不得开心颜"，这句与陶渊明的"不为五斗米折腰"相应和。而苏轼写了一百多首诗应和陶渊明的诗作，并说在众多诗人中，他独喜欢陶潜。由此可见，李白和苏轼算得上他的"铁忠粉"了，而我算得上他们三位的"铁粉"了吧。

大致了解了陶渊明的生平履历后，再来看这首诗，我的感觉是，这是用诗作笔，为我们描绘的一幅自然和谐的锦绣田园图。

这首诗，陶先生写得很真切。开头便讲，我本就心思单纯，喜欢自然风光，适应不了俗世种种，尔虞我诈。但偏偏落在红尘中，即便待了三十年，我依然如鱼鸟那般怀念着自由自在的时光。我终于还是下了决心，回到了自然的怀抱，开荒种地，自耕自种，自给自足。每天看着炊烟袅袅，田舍重重，屋子里打扫得干干净净，院子里还有各种花草树木，这就是我梦寐以求的生活，如今终于回归，喜不自胜！

这是多少人喜欢的田园风光，这是多少人羡慕的田园生活。至少，我对此羡慕不已。虽然如今还放不下俗世种种，但终有一日，我也想归隐田园，过着简单自然的生活。我很钦佩陶先生的魄力和毅力。说好隐居，便能坚守到离世。多少人几经坎坷，退而不隐，隐而不退。多少人看不透，也放不下。能做到如陶先生这般自在洒脱的，从古到今终究屈指可数。即使是李白，也只把洒脱扔到了诗词里，生活中又是另一番境况。即使苏轼，几经宦海沉浮，被贬谪数次，也依然放不下仕途。因此，众人皆羡慕陶潜这位真正的隐士！

陶渊明的隐居生活过得怎样

归园田居·其二

野外罕人事，穷巷寡轮鞅。

白日掩荆扉，虚室绝尘想。

时复墟曲中，披草共来往。

相见无杂言，但道桑麻长。

桑麻日已长，我土日已广。

常恐霜霰至，零落同草莽。

[解读]

住在荒郊野外，很少与人交往，偏僻的巷子里，也很少看到马车。白天时常关着柴门，在空旷的屋子里，断绝对尘世的念想。有时会到偏僻的乡野，拨开草与农夫们交往。相互见了不说红尘俗事，只说桑麻农事。桑麻日渐长高，我开垦的田地也日渐宽广。常常害怕霜雪等灾害到来，使得桑麻等农作物如草芥一般零落满地。

[品鉴]

如果说《归园田居·其一》是陶渊明向世人解释他为何要归隐田园的话，那么，这首诗便是进一步叙述他归隐后过着怎样的田园生活。

从诗中的内容可以看出，陶渊明选择住在荒郊野地，大概距离某个村子还有一段距离，因此并不是群居，而是离群索居。他很少与人交往，住所周围的巷子里也很少看到车马。因此，他常常关了柴门，一个人面对空旷的屋子，断绝对尘世的念想。

偶尔，陶先生会出去四处走走，到更偏僻的乡野，而那些地方没有路可走，只能拨开杂草，踩出一条路来，与那些人交往。

大家相互见了不说朝野之事或者红尘俗事，而只说桑麻农事。大概也因此，五柳先生才愿意走那么远，翻山越岭地去跟他们往来。

并且，依我看住在那些偏僻之地的人，也不一定都是农夫，可能也有如他一般的归隐之人，或是类似终南山隐士之类。这些人的思想境界本就不同寻常，种地只不过是为了维持生计罢了。跟他们聊天，陶先生大概能找到"高山流水遇知音"的感觉。

看看陶先生种的桑麻日渐长高了，开垦的土地也一点点增加，以至于看起来已经十分开阔了。作为农夫的他，越是到了快收获的时节，反而越是担忧霜雪等灾害天气的突袭，若是那样，便只能看着它们如草芥般"零落成泥碾作尘"了，辛苦了一年半载的劳动成果将付诸东流。

陶先生归隐之地在浔阳，即今江西省九江市。九江有著名的庐山，我想他即便不在庐山住，也会在庐山附近吧。

诗中所写的"桑麻"是代指农作物，而实际可能是指九江的主要农作物，如水稻、大豆、玉米、苎麻、茶叶等。

陶渊明写这首诗的时候，是一个人的隐居状态，他这一生，不仅仕途坎坷，婚姻情感方面也是颇为坎坷。

相传陶先生在25岁的时候结了婚，娶了第一个妻子，因为妻子难产，母子双亡，这对陶先生的打击可想而知。

30岁，他一个人寻了荒山僻野之处，独自隐居，独自疗伤。

34岁，他娶了第二任妻子，生了四个男孩。婚后第六年，妻子因患肺痨去世了。

35岁，因为四个孩子需要照顾，经人撮合，他娶了一位比自己小十岁左右的女子为妻。这位女子，仰慕他已久，也算得上是他的女读者。婚后，又生了一儿一女。

时至今日，这首诗已经流传了一千多年。然而，当我解读它的时候，依然能感受到陶潜先生当时的心境，那种无法言说的淡淡的孤寂和悲凉，弥漫在诗中，挥之不去！

陶渊明的"归园田居"比想象中辛苦，但精神自由

归园田居·其三

种豆南山下，草盛豆苗稀。
晨兴理荒秽，带月荷锄归。
道狭草木长，夕露沾我衣。
衣沾不足惜，但使愿无违。

[解读]

我在庐山的南面种下豆子，豆苗稀疏，草却长得茂盛。一早起床我就去整理田中杂草，晚上扛着锄头回家时月亮都升起来了。道路狭窄，路两边草木茂密，傍晚的露水沾湿了我的衣衫。衣服湿了没关系，只要

没有违背我归隐田园的愿望，再苦再累都值得。

[品鉴]

解析《归园田居·其三》这首诗时，我感受到陶渊明的执着和不悔。

这三首诗的关系，明显是层层递进的。如果说第一首用"少无适俗韵，性本爱丘山"讲述了他为何选择隐居田园的话，那么，第二首便用"桑麻日已长，我土日已广"告诉世人，他隐居后的日子过得充实，开田拓土，有了自己的一方田园。

而这第三首，便用"种豆南山下，草盛豆苗稀"告诉人们，归园田居的日子并没有想象中那么轻松。他每日披星戴月，起早贪黑，去除草种豆。回家的山路，曲折狭窄，而路两旁的草木十分茂密，以至于夜露将他的衣服都沾湿了。但这些都没关系，这点苦不算什么，只要归隐田园的愿望实现了，苦点累点都没关系！

由此可见，即便种地也得勤快，一旦懈怠，那荒草长得比庄稼还旺盛。从一介书生转而成为一介农夫，也不是那样容易的。

这首诗将陶渊明真实的境遇和心态绘声绘色地描写了出来，让人感受到了他的真诚。虽然，这首诗可能会给那些奚落他的人留下把柄，比如奚落他的人会说："看看你，还以为你归园田居过得多么好呢？原来不过如此！还不是得早出晚归，下地干活，还以为你有多大本事呢。"

而陶渊明则用最后两句"衣沾不足惜，但使愿无违"做了回应，仿佛在告诉那些奚落他的人，这点苦不算什么，因为他的理想实现了！而你们呢？

陶渊明的这种思想境界，不是一般人能有的。由此，我更加钦佩中国第一位田园诗人——陶渊明先生了。

这首诗的首联两句"种豆南山下"交代了他的田地位置，应该是在庐山南面的山坡下；"草盛豆苗稀"表明他种植的农作物是豆子。然而，草比豆苗长得旺盛，这句带点自嘲的意味，也从侧面说明，他刚隐居时不擅务农。

颔联"晨兴理荒秽，带月荷锄归"则讲述诗人的日常作息，是早出晚归去田里干活，并未懒惰懈怠，也说明他在努力让自己成为一个合格的农夫。

颈联"道狭草木长，夕露沾我衣"则说明劳作的环境有点艰苦。

如果说，《归园田居》前两首的氛围还算欢快的话，从本首诗的颔联和颈联不难看出，这首诗的气氛显得有些沉重。它让人看到了一位田园诗人归隐生活的艰辛。可以想象，除了一天的草，他抓着锄头的双手都磨出了水泡吧。然而，人总要为自己的选择付出代价，身体上的辛劳，就是他要付出的代价。

尾联两句，内涵深刻。仿佛是陶渊明在鼓励自己，不要放弃，他的身体虽然苦了些，但心里是畅快的。每天看着这么美的庐山风景耕作，而且不用理会凡尘俗事，这又是谁能得到的？所以，想一想，这点苦算什么呢？这样无拘无束、自由畅快的日子，是那些达官显贵所要羡慕的了。

陶渊明的诗善于叙事和充满哲思，他的诗中既没有对偶的常见修辞手法，也很少看到对仗的句式。不过，他的诗中有押韵。这首诗中的"稀"和"衣"押韵，"归"和"违"押韵，使得整首诗读起来，更具有音韵上的美感。我喜欢这种外表朴实而内涵深刻的诗。

陶渊明为何感慨"人生似幻化，终当归空无"

归园田居·其四

久去山泽游，浪莽林野娱。

试携子侄辈，披榛步荒墟。

徘徊丘垄间，依依昔人居。

井灶有遗处，桑竹残朽株。

借问采薪者，此人皆焉如？

薪者向我言，死没无复余。

一世异朝市，此语真不虚。

人生似幻化，终当归空无。

[解读]

很久没去山河湖泽游玩了，放浪形骸于山野树林中使人感到快乐。尝试带着侄子等晚辈们，在荒野废墟中行走，任由榛子叶覆盖在肩背上。在丘陵和田垄间，依依不舍地看着故去的人所住过的房舍。（里面）遗留了水井和灶台，还有桑树、竹子和一些残败枯朽了的植物。向砍柴的人打听了一下，这房舍的主人都去哪里了？砍柴的人对我说，全都死了，没有留下来的。三十年河东三十年河西，这话真是一点不假。人生如梦似幻，终究会归于空无。

[品鉴]

陶渊明的诗十分耐读，不像有的诗人写的诗句那样张扬，它总会在恬静中给人以生命的启示。我想，苏轼的诗词，定然是受了陶渊明先生的影响。因为格调上，颇为相似。

这首诗的创作年限不详，但根据推理可知，这是陶渊明归隐良久后写下的诗。

前一首写到他辛勤劳作，开荒拓田，有了自己的一亩三分地。此一首诗，便是讲他把田地房舍都整修好了，想到自己已经很久没有出去游山玩水了。于是，他便带着侄子等晚辈们，一起去放浪形骸，在山野中游玩，这事让他感到快乐！

走到丘陵处的一块田垄间，他看到了一处旧居，徘徊不前，依依不舍，看了许久。那旧居中还遗留着水井和灶台，桑树竹林以及残存的枯枝败叶。

陶先生站在那里伫立良久，看着这间旧房子，他突然看到了砍柴人，于是向樵夫打听，这个荒废了的房屋主人去哪里了？

樵夫告知他房屋主人死了，没有人留下来。陶先生听了，心里很是感慨。

俗话说"三十年河东，三十年河西"，这话真是一点不假。人生如梦似幻，终究会归于空无。

写到这里时，陶先生大概联想到了他自己。他归隐于此山中，如今已算安顿下来，但还没有自己的孩子，侄子们偶尔来串门，日子过得还算舒心。

但是若干年后，等到自己去世了，自己的子孙后代是否还愿意留在这山中隐居？如果他们不愿意，那么，他现在所住的房子，若干年后也会像眼前这个旧居一般，如废墟般荒凉无比。最后，可能只留下一些生活过的蛛丝马迹，供路人观瞻或评述了。

人生，就像做梦一样，终究什么也带不走，所有的东西都会归于空无。

眼前这处旧居，想必昔日也是一日三餐四季，一家人热热闹闹，可如今成了这般模样，难免叫人唏嘘感叹。

每次翻译赏析一首诗的时候，我习惯先用自己的理解翻译一遍，不受任何干扰。然后再看看网上现有的翻译，与自己的对照一下，避免出现低级错误。

而这首诗，看到网上的翻译，不敢苟同。其中两处，我还是坚持自己的观点。

第一处，比如"徘徊丘垄间"的"丘垄"。网上的翻译是"坟墓"，虽然没错，但放到这首诗中，显然不合理。陶渊明带着几个小孩出去游山玩水，怎么可能去坟地？又怎么可能还走来走去依依不舍呢？

在古代，科学知识并不普及，很多人都信鬼神，陶渊明即使不信，也不会带着小孩去墓地游玩吧，毕竟，古人比现代人更讲究这些。所以，我认为陶渊明在这首诗中所写的"丘垄"指的是丘陵田垄。毕竟，住在山里，走几步看到一片片丘陵田野是很正常的。站在丘陵处，看到一处旧居，这也符合地理环境，再说，谁会把房子建在坟地旁边呢？所以，从前一句写带着孩子，到后一句写看到旧房子，前后文结合起来看，必定不是坟墓的意思，按字面理解，就是指丘陵上的田垄处。

第二处"一世异朝市"，网上有的翻译是三十年就改变朝市变面貌。我认为这句话翻译得很拗口，而我读了好多遍，也不太明白其意思，只好一个词一个词地查。"一世"，有五个释义：一代；短时间内；举世；一生；三十年。从这五个释义中反复推敲，最终选择了"三十年"这个释义。又看到后一句"此语真不虚"，我的脑海中立刻出现了"三十年河东，三十年河西"这句话。我想，陶渊明当时站在丘陵上，看着荒废的房舍所生发出的感叹就是这句！只是写诗不能如此直白，得用五个字来表达，所以才会写出"一世异朝市"。想到这里时，我高兴地跳了起来，大有一种灵魂对话的感觉。感谢陶先生，让我了解你的想法。

打通了这两处疑点时，我想到了唐代诗人卢延让的《苦吟》，"吟安一个字，捻断数茎须"，果是如此，写诗不易，正经翻译起来，亦是不易，得反复揣摩上下文，结合诗境。

最后一句"人生似幻化，终当归空无"可以说是整首诗的点睛之笔。原本陶渊明高高兴兴地出去玩，却因为看到一处荒废的旧居而发出了这样的感慨。不得不说，诗人的心都很敏感，似乎时时刻刻都在感悟生命的真谛。

其实，古今中外的诗人莫不如是，但凡诗人，身上多少带着点忧郁的气质，以及悲天悯人的情怀。这或许也正是他们流芳千古的原因所在吧。

陶渊明的隐居生活有酒有肉有朋友，只是孤独

归园田居·其五

怅恨独策还，崎岖历榛曲。
山涧清且浅，可以濯吾足。
漉我新熟酒，只鸡招近局。
日入室中暗，荆薪代明烛。
欢来苦夕短，已复至天旭。

[解读]

怀着惆怅之情，一个人拄着竹杖，沿着榛子树丛生的崎岖山路回了家。山间的小溪，清澈见底，可以洗洗脚。（回到家）过滤好新酿的酒，再烹好一只鸡，组局招待邻近的友人。日暮时分，屋里有点暗，于是，点燃了荆条替代烛火来照明。高兴时，苦于夜晚太短，不一会儿，天上的太阳又从东方升起来了。

[品鉴]

读罢此诗，倍觉惆怅！没想到陶先生与我的心境，不谋而合。

想象着陶先生一个人拄着竹杖在崎岖的山路上走着，小路弯弯，杂草丛生。一个人，落寞的背影，仿佛走进了山的"心"里。

或许山也是寂寞的，所以，拽了一位大诗人作陪。虽然，山不能语，却看着大诗人，或是整日锄地种菜，或是组局招待朋友，写诗诵读，山也是欢喜的吧。

陶先生走着走着，看到一处小溪，河水清清浅浅，他心想，可以洗洗脚吧。但想了想，还是算了吧，万一有人在下游正喝此水呢？若是这样，岂不是太不地道了？

太阳落山，屋里光线有点儿暗淡，于是点了炉火，比蜡烛可要亮堂多了。高兴的时候，他很苦恼夜晚欢乐的时光太短，一眨眼，又看到旭日东升了。

可见，陶先生偶尔也是淘气的，并不是按时作息的人。偶尔，他也会约上三五友邻，一起喝酒吃肉，通宵达旦。如此，我感觉，古人其实并不是那么呆板的。尤其是陶潜先生，真是有趣得紧！

他想在山涧小溪中洗脚又不好意思，想写杀鸡又觉得"杀"字太残忍，破坏了诗境的和谐美好，用了一个"只"字代替，真是高明！

人多，点了炉火助兴，又亮堂又有气氛，陶潜先生，还是很懂浪漫的。想象着他们高谈阔论，一个个喝得面红耳赤，兴高采烈，欢声笑语洒满了整个屋子，乃至山林。

哎，真想凑过去，听一听，他们在聊什么？

这首诗，让我联想到唐代著名诗人孟浩然写的《过故人庄》：

故人具鸡黍，邀我至田家。

绿树村边合，青山郭外斜。

开轩面场圃，把酒话桑麻。

待到重阳日，还来就菊花。

仔细读来，这首《过故人庄》与《归园田居·其五》颇有些异曲同工之妙，都将田园生活讲述得有滋有味。而孟浩然把朋友相见的场面，写得更为详细，也可以作为《归园田居·其五》的诗意扩展。

这是《归园田居》组诗的第五首了，能感觉到陶潜先生的隐居生活，有苦有甜，有酒有肉，有滋有味，而挥之不去的依然是孤独。

偶尔有亲戚来探访，也有三五友邻来作陪。但路是自己的，就像那崎岖的山路，仍要靠自己的双脚走过去，无人可代。

这个时期的陶潜先生，推测应该还是独自一个人，因而可以无拘无束，畅饮达旦。他的洒脱乐观，始终感染着世人。

或许，隐居生活跟他当初预期的不一样，并不是想象中那样自在。只是少了诸多红尘中的俗务纠缠、明争暗斗，距离大道近了几许。

哪有事事称心如意的？即便是隐居，也得"晨兴理荒秽，带月荷锄归"，只是换了种活法而已，因为，活着本身，就是件不容易的事。

隐士鼻祖陶渊明在庐山的日子，有何感慨

饮酒·其五

结庐在人境，而无车马喧。

问君何能尔？心远地自偏。

采菊东篱下，悠然见南山。

山气日夕佳，飞鸟相与还。

此中有真意，欲辨已忘言。

[解读]

在人间仙境一般的地方，搭了个茅草屋，没有车马往来的喧嚣。问我为什么能这样。因为我的心已经远离了世俗纷扰，所在的地方自然就会感觉到偏僻幽静了。在东边的篱笆下摘点菊花，抬头看到了南边的山。山里的氤氲之气到了傍晚很好看，飞出去的鸟结伴而归。这里面有些真理的意思，想要分辨清楚，却忘了要说什么。

[品鉴]

陶渊明此生一共写了多少篇《归园田居》的组诗，至今竟然是个谜。我查找了诸多资料，有的说五首，有的说六首。

再看他的其余诗作，发现陶先生有趣得紧，他竟然喜欢写同题诗。单是饮酒诗，就写了一二十首。而具体数量，依然莫衷一是，有的说十二首，有的说二十首。

姑且不去考证陶先生到底写了多少首饮酒诗，咱就说他最知名的几首吧。

小时候学习这首诗，似乎只记得前四句。如今读来，感觉前四句是一首诗，而后面六句又可分为两首诗，如此便是"四四二"句式，可以分为三首小诗了。

所以，会不会是人们在千年流传的时候，遗漏了两句？原本应该是十二句？按照正常诗词的节奏和句数，也应该是十二句。

所以，到底少了哪两句？抑或多了后面两句？总感觉这首诗，不像一首完整的诗，而是合并了两首或者三首诗，有种不完整的感觉。

这首诗，大概是诗人与友人饮酒的时候，一问一答而写成的。

前四句"结庐在人境，而无车马喧。问君何能尔？心远地自偏"，写的是朋友大概羡慕他能远离闹市和喧嚣，寻得这样一处僻静之所而造屋生活。于是，问他是如何做到的。毕竟山里的日子还是很清苦的。

陶先生的回答是，主要在心境。你的心若已远离了世俗纷扰，那么，即便住在闹市，也如同住在偏僻之地一样安静。

朋友听后，恍然大悟，举杯致敬。

这四句诗的意思，用明代文学家陈继儒的《小窗幽记》中的话概括，便是"闭门即是深山，读书随处净土"。如果用时间逻辑判断，陈继儒想必是读了陶渊明写的这首诗，有感而发吧，抑或是英雄所见略同。

后六句"采菊东篱下，悠然见南山。山气日夕佳，飞鸟相与还。此中有真意，欲辨已忘言"，写的是陶先生走出门，在房子东边的篱笆下，弯腰摘了菊花，抬头忽然看到了南面的庐山，忍不住赞叹，景色实在太美了！傍晚的山间，氤氲之气萦绕，飞鸟结伴而归。忽然之间，他的心里好像顿悟到了什么真理，想要分辨清楚说出来的时候，却一时语塞，忘了该说什么。

这种感觉如同老子在《道德经》中所言"道可道，非常道"的感觉吧。

由此观之，这首诗不仅是田园诗，还是哲理诗。因为它不仅在描写田园生活，也刻画出了一位田园诗人的山居感悟，褒扬了他安贫乐道的精神。

或许，孤独是通往伟大的必经之路吧。一个人孤独的时候多了，思想的隧道必然比常人挖得深些，陶先生就是如此吧！

此诗中，陶先生在篱笆院里种了许多菊花，足见他是喜爱菊花的。由此，我又想到了李清照。若论资排辈，李清照当然是晚辈了，但论嗜好，竟跟陶先生不谋而合，喜欢喝酒又喜欢菊花。或许，他们都在菊花身上找到了一些精神寄托吧，正如苏轼所写"荷尽已无擎雨盖，菊残犹有傲霜枝"。菊的品性，也映射出了陶渊明的品性。那种孤傲的品质，永开不败！那种文人的风骨，尽显无遗！

越分析，越喜欢陶先生。

归隐后的陶渊明，感慨自己如尘埃落定

杂诗十二首·其一

人生无根蒂，飘如陌上尘。

分散逐风转，此已非常身。

落地为兄弟，何必骨肉亲！

得欢当作乐，斗酒聚比邻。

盛年不重来，一日难再晨。

及时当勉励，岁月不待人。

[解读]

人活着如果没有根，就像路上飘浮的尘土那样。随风被吹散、流转，那时候就不再是平常的样子了。（如果）落了地，就是兄弟（姐妹），不一定只有骨肉至亲才感到亲切。遇到开心的事就应该高兴，比酒量时就喊上左亲右邻一起欢聚。像花一样盛开的年纪不会再来，一天的早晨也不会重复，要努力地及时去做一些事情，因为时间不等人。

[品鉴]

这组"杂诗"一共十二首，此为第一首。陶先生写的这组杂诗，在我看来有点像现代的随笔或者日记。只不过他以诗句的形式写了出来，语言更加凝练。纵观全诗，陶先生的语言朴实无华，又像出水芙蓉，有种天然去雕饰的美感。

这十二首诗记录了他日常的所思所想所感，但不外乎感慨年华老去，比如："气力渐觉在减退，我身已感日不如。""无奈我今五十岁，忽然亲将此事经。"表达壮志难酬的，比如："丈夫有志在四海，我愿不知将老年。""日月匆匆弃人去，平生有志却难成。"表达生活辛苦的，如："我自躬耕未曾止，饥寒常至食糟糠。"表达珍惜时光的，比如："盛年不重来，一日难再晨。"以及内心孤独的"我今惆怅言难尽，漫漫煎熬春夜长"。

陶先生的诗句，因为这份独特的质朴，每一首读来都是朗朗上口，很能引起人的共情，也总能打动人的内心。

写这首诗的时候，陶先生已经到了五十知天命的年岁，大体可以推断出时间为公元415年。关于这首诗的解析，网上有诸多版本，请容我固执己见，按照自己的理解来解析。

这首五言十二句，从句式上来讲是鲜见的，常见的多为五言四句或五言八句。这首诗相当于三组五言四句诗，比起《春江花月夜》的长度，这算是古诗中的小长诗。

按照诗意，可划分为三段。第一段是第一组五言四句，"人生无根蒂，飘如陌上尘。分散逐风转，此已非常身。"这一段讲的意思看起来很缥缈，用比喻手法将人生比喻成了"尘土"，如果找不到落脚处，就会如尘埃一般随风飘浮，身不由己，找不到自己的方向。这是陶先生的人生经验之谈，他告诉我们，要努力寻找到自己感觉尘埃落定的地方，那个就是你的"根"。有了根，你就不会像尘埃那样，任风摆布。

第二段是第二组五言四句，"落地为兄弟，何必骨肉亲！得欢当作乐，斗酒聚比邻。"讲的意思是，如果找到了落地的"根"据地，那么，所有你见到的、认识的人都是兄弟姐妹。大家在一起，就要喝酒写诗，热热闹闹的。所以，"落地为兄弟"中的"落地"是指"生下来"的意思吗？联系上下文看，尤其是前两句"人生无根蒂，飘如陌上尘"，我更觉得是"落到地上"的意思。依我拙见，陶渊明是把生命比喻成了一粒尘埃，在还没有找到归所的时候，就四处随风飘转，等找到了归所，自然会落地生根，就像一粒蒲公英的种子那样。并且，所有落到地上的人，都可以算作兄弟姐妹，都可以如同骨肉至亲那样对待。

由此，可以看出陶渊明拥有怎样开阔的胸襟、怎样豁达的思想。虽然，他生活在东晋时期，但他的思维已经非常超脱了，能把生命看成一粒尘埃，又能将所有人看成兄弟姐妹，而不局限于骨肉至亲。这四句诗也体现出了陶渊明"泛爱众，而亲仁"的思想境界，怎能不让人钦佩他！

以前，他在朝野，觉得自己像一粒没有根蒂的浮尘，而当他归隐山林后，反而觉得自己像尘埃落定。所以，他把左邻右舍也视为亲兄弟一般，高兴了就喊上他们，大家欢聚一堂，推杯换盏，斗斗酒，这是多么欢乐的事情！这段诗，与李白写的"人生得意须尽欢，莫使金樽空对月"可以说有异曲同工之妙。

第三段也就是第三组五言四句，"盛年不重来，一日难再晨。及时当勉励，岁月不待人。"主要讲惜时的重要性。

陶先生感悟到了时光易逝，所以奉劝人们要珍惜时间，做自己想做的事情。因为每一天，每一个清晨都不会重复，过去了就没有了。青壮年时期尤其短暂珍贵，就像盛开的鲜花一样，美好的时光苦短。

这首诗最后的落脚点是惜时，是陶先生感慨自己，以前浪费了大好年华，于是，勉励人们要努力做可以让自己落地生根的事情，同时也有对盛年易逝的慨叹和无奈。

陶先生的诗，往往蕴含着深刻的人生哲理，给人以莫大的启迪。就这首诗而言，其中四句"盛年不重来，一日难再晨。及时当勉励，岁月不待人"很早就出现在我们的视野里，比如，校园或者教室的墙壁上。如今我再学此诗，却有着非同寻常的感受。或许，因为年岁渐长，感悟到了青春短暂、时光易老吧，因而对于陶先生所写的诗句，更加感同身受。

这首诗在字里行间，除去珍惜时间的意思，还有另一层意思，就是及时行乐。既然时间不等人，那么我们应当珍惜当下，快快乐乐地过好每一天，人生便也没有什么遗憾了。若能把每一天都当成最后一天，并且能珍惜而快乐地度过，那么无论是青丝还是白发，又何足惧怕？

掐指一算，靖节先生离开我们已有一千五百多年了。值得庆幸的是，他的诸多诗作历经岁月洗礼后能流传至今，能让后人读到，真是莫大的幸运！

世上早已没有了陶渊明，但他的诗还活着，所以，他也活着，只是他的活着是以诗句的形式存在，没有了人的形体罢了。就像他在这首诗中所写"飘如陌上尘，此已非常身"。

有句话叫"好看的皮囊千篇一律，有趣的灵魂万里挑一"，陶渊明就是那个万里挑一的人。读他的诗句，我总能共情到他的各种情绪和状态，因而，特别钦佩和喜欢陶先生。

这是我赏析陶渊明先生的第七首诗，此番便以这首诗暂别吧。

陶先生，您的诗文令人赏心悦目，读罢意犹未尽，感谢您，让我了解您。

如果还有机会，我会再次拜访，品读更多先生的作品，还望届时不吝赐教。

杨 炯 ▶▶▶

　　杨炯（650年—693年），字令明，世称杨盈川，华阴（今陕西省华阴市）人。唐代诗人、官员、文学家。

　　显庆四年（659年），举神童，待制弘文馆。上元三年（676年），应制举及第，补校书郎。永隆二年（681年）充崇文馆学士，迁太子詹事司直。武后垂拱元年（685年）被贬为梓州司法参军。天授元年（690年）任教于洛阳宫中习艺馆。如意元年（692年）秋后迁盈川县令，死于任所，时年43岁。

　　杨炯与王勃、卢照邻、骆宾王合称"初唐四杰"，简称"王杨卢骆"。杨炯擅长五律，其边塞诗较著名。代表作品有《从军行》《出塞》《紫骝马》等。明人辑有《盈川集》。

求雨无果，跳入盈川以身祭雨的杨炯有多勇敢

从军行

烽火照西京，心中自不平。
牙璋辞凤阙，铁骑绕龙城。
雪暗凋旗画，风多杂鼓声。
宁为百夫长，胜作一书生。

[解读]

烽火连天，照亮了西京城，心里自然久久无法平静。兵符离开了皇宫，披挂铁甲的战马已经将敌军的皇城团团包围。大雪纷飞，旌旗也变得暗淡，战鼓声中夹杂着狂风呼啸的声音。这种情形宁肯做一个统领百人的军官，也胜过当一个文弱书生。

[品鉴]

若直译这首诗，显然有些不妥。所以，得意译一番，才能全然了解这首诗中的含义。

但直译往往最能贴近诗的本意，而意译容易出现多个版本的理解和翻译。所以，很多时候，将两者结合起来，便能更好地解读一首诗。

解读这首诗，需要先研究作者杨炯的生平。

杨炯出生于公元650年，9岁因为才华出众，就被举荐为神童。10岁就入了弘文馆。而弘文馆在唐代相当于国家最高级别的人才库和贵族图书馆。虽然他因年纪小还没有官职，属于待制，但也算得上人中翘

楚了。

后来，他进士及第，再后来被贬为参军时，年约31岁。

当时，吐蕃和突厥侵扰甘肃一带，距离西京城也不远。每当看到战火连绵时，他想与其当个白面书生，还不如做个小军官，这样为国效力，护国佑民。

这首诗的创作时间，在公元679年至681年之间。后人对这首诗的准确创作时间有两种推论，一种是在他被贬谪之前写的，那么，他后来被贬为参军，也算心想事成了。另一种是在贬谪后写的，可算作是给自己找了个台阶下。

而我更倾向于第一个推论，此诗写于他被贬之前。

那时候，他还是弘文馆负责辅佐太子的大臣，可以看到一道道兵符从皇宫发出，想到那主帅统领着千军万马围困了敌方的皇城。

大雪纷飞，旌旗招展，雪中的军旗黯然失色，双方互相僵持，风声夹杂着战鼓声，将士们雄赳赳，气昂昂，浴血杀敌，保家卫国。

这时，即便做个小军官也胜过当个文弱书生。

这首诗不是杨炯被贬后给自己找台阶下而写的，因为那样的投笔从戎算不上真正意义上的投笔从戎，而是形势所迫，被逼无奈。所以，这首诗是杨炯在被贬为参军之前所写，那时他还没去战场。

此诗一共八句，前三句是写实，用夸张的手法，写出京城遇到了战争危机，皇帝忙着调兵遣将，诗人心里有种说不出的感觉，也有点想要出征打仗的念头。中间三句是想象，描述了一个激烈的战争场面。最后两句是抒情，表达诗人的爱国热忱，以及愿为国家之安危而舍弃个人前途和发展的决心。

最有意思的是，他写完这首诗没多久就被贬为参军，参军是指可以随军出征的参谋军务的文官。因而，这首诗变成了预言他前途的诗。在战争时期，应该没有哪个文官自愿去前线参战的。更何况，他是被贬，也不可能有选择权。

他被贬的原因，却是因为他的堂哥杨神让跟随徐敬业在扬州起兵讨伐武则天，而被株连。兵败之后，他的堂哥和伯父都被朝廷斩杀，而他按理说也活不了，毕竟他和反贼是近亲。然而，武则天没有杀他，只是将他贬为参军，足见武则天还是很惜才的。如果换个皇帝，其结果可能是人头落地。

此番，杨炯是被人连累，好在还捡了条命。离开长安，他去了四川梓州（今四川省绵阳市三台县）任司法参军。皇城的生活从此结束，他的人生开启了流浪之旅。

十年的参军生涯，可想而知并不容易。幸而，杨炯福大命大，从战场平安返回了洛阳。这一年，他40岁。武则天又想起了这位神童，便叫他在洛阳宫的习艺馆任教，教授宫内的皇亲贵族经史子集、算术、棋艺等。

公元692年，农历七月十五日，恰逢武则天在宫中举办盂兰盆法会。于是，杨炯发挥自己的特长，献上了《盂兰盆赋》，称颂武则天："武尽美矣，周命惟新。圣神皇帝于是乎唯寂唯静，无营无欲，寿命如天，德音如玉。任贤相，半缀自敦人，措刑狱，省游宴，披图恚，捐珠玑，宝菽粟。罢官之无事，恤人之不足。鼓天地之化淳，作皇王之轨躅。太阳夕，乘舆归，下端闱，入紫微。"其赋措辞优美，极尽夸赞之能。

武则天看后，自然高兴。一方面给了他封赏，另一方面还是心存戒备，害怕乱臣之亲，再起祸端。于是，她将杨炯调为盈川（今浙江省衢州市盈川县）县令，彼时，杨炯42岁。武则天的调令颇有明升暗降的意思。杨炯的习艺馆之职，看似没有实权，却在皇宫，靠近权力中心；而外调后，虽有实权，却远离了皇权和政治中心，想再回来，难如登天！

杨炯深知武则天的用意，到了盈川县，励精图治，清正廉洁，勤政爱民，深得百姓爱戴。

据说盈川县的县名原本叫白石，杨炯到任后，改为盈川，意为谷盈千仓，百姓富裕。

关于杨炯的死，说法不一，就连卒年都相差许多，我且按照自己的逻辑推断讲述。

时值盈川大旱，庄稼颗粒无收，杨炯携村民求雨无果，仰天长叹："吾无力救盈川百姓于水火，枉哉焉！"言毕，纵身跳入盈川潭，以身祭雨。当时，电闪雷鸣，大雨倾盆。

武则天得知此事后，写了"其死可悯，其志可嘉"八个字，并敕建庙宇，封杨炯为盈川县的城隍。百姓感其恩泽，长年祭拜。据说每年农历六月初一，盈川县都要举行名为"杨炯出巡"的祭祀活动，参与祭祀的村民有万余人。至今，浙江省衢州市盈川村（原盈川故址）还有杨公祠，内有杨炯塑像，且保留了祭祀仪式，"杨炯出游"也被列入浙江省非遗名录。

梳理完诗人杨炯的生平履历，回归《从军行》的诗意，可以进一步确定，这首诗表达了作者投笔从戎的强烈意愿和保家卫国的爱国精神，是一首难得的佳作。

大话 诗词
DA HUA SHI CI

刘希夷 ▶▶▶

　　刘希夷（651年—约679年），字延之（一作庭芝），汝州（今河南省汝州市）人，唐代诗人。

　　高宗上元二年进士，美姿容，好谈笑，善弹琵琶。《旧唐书》本传谓"善为从军闺情之诗，词调哀苦，为时所重。志行不修，为奸人所害"。世传刘希夷被舅舅宋之问所害，死时年约28岁。

　　其诗以歌行见长，多写闺情，辞意柔婉华丽，且多感伤情调。原有集，已失传。《全唐诗》录存其诗一卷，《全唐诗外编》《全唐诗续拾》补诗七首。代表诗作有《代悲白头翁》《从军行》《采桑》《春日行歌》《春女行》《捣衣篇》《洛川怀古》等。

英年早逝的一代才俊刘希夷

代悲白头翁

洛阳城东桃李花，飞来飞去落谁家？
洛阳女儿惜颜色，坐见落花长叹息。
今年花落颜色改，明年花开复谁在？
已见松柏摧为薪，更闻桑田变成海。
古人无复洛城东，今人还对落花风。
年年岁岁花相似，岁岁年年人不同。
寄言全盛红颜子，应怜半死白头翁。
此翁白头真可怜，伊昔红颜美少年。
公子王孙芳树下，清歌妙舞落花前。
光禄池台文锦绣，将军楼阁画神仙。
一朝卧病无相识，三春行乐在谁边？
宛转蛾眉能几时？须臾鹤发乱如丝。
但看古来歌舞地，惟有黄昏鸟雀悲。

[解读]

　　洛阳城东面的桃花和李花，（随风）飞来飞去，会落到谁家去呢？洛阳城里的女子们都很珍惜自己的容颜，坐在（院中）看着落花长叹一声。今年的花落了，容颜也变了，明年花开的时候又有谁在呢？已经看到松树和柏树被砍伐为柴火了，又听过种桑树的河田变成海的事情。故去的人已无法再看到洛阳城东的桃李花了，而今人还对着风看落花呢。每一年盛开的花儿一般无二，年复一年，看花的人却不同了。想对那些貌美的青春少年说几句话，应该怜悯那些年近半百的白发长者。这些白发苍苍的老者真的可怜，他们曾经也是貌美如花的美少年。花还未落之前，白发老者也曾与达官显贵、王孙公子，在这芳树下唱歌跳舞。曾在光禄大夫的小池台前吟诗作对，也曾在将军的楼阁里挥毫泼墨画神仙。白发老者有一天卧病在床，从此没有几个人理睬他，与他在春三月里欢乐的人，如今去哪儿了？美丽的容颜又能保持多久？很快白发如丝且又蓬乱。若看自古至今的歌舞之地，唯有那黄昏时的鸟雀依然在悲鸣。

[品鉴]

唐代的诗人百千个，出类拔萃者也灿若星河。说起刘希夷，恐怕少有人知道他是谁。但若说一句他写的诗句"年年岁岁花相似，岁岁年年人不同"，恐怕无人不知，无人不晓。正所谓"诗红人不红"。

刘希夷的这首《代悲白头翁》，是一首拟古乐府诗。全诗从两个视角来写，既表达了对红颜少年年华已逝的惋惜，又表达了对白头老翁的怜悯之意。

读着读着，突然发现曹雪芹在《红楼梦》里写的《葬花吟》，跟这首诗的语气和大意颇为相似，就连诗境也有相似之处。不知道曹雪芹是否读了刘希夷的这首诗，但看《红楼梦》中，行住坐卧动辄就冒出一首诗，便可知雪芹先生是极为爱诗的人，也是极为爱写诗的人。可以推论，清代的雪芹先生是读过唐代刘希夷先生的这首《代悲白头翁》的。因此，《葬花吟》大概也算仿古而作的一首诗。

如果从创作水平讲，我觉得《葬花吟》更胜一筹。因为将人与花之间的互相怜惜之情，写得更透彻。但从内容讲，《代悲白头翁》更胜一筹。因为他把红颜美少年与白头老翁放在一首诗中，通过各种艺术手法的对比，使他们形成一幅和谐而美好的画面，充分体现出了作者对人生的思考，对生命的展望和回溯，发人深省。

除此之外，刘希夷本人的遭遇也很让人同情。

因为，在众多郁郁寡欢的诗人当中，刘希夷算得上是最惨的。相传，他写好了这首诗，却被自己的亲舅舅——写过"近乡情更怯，不敢问来人"的宋之问看中，意图据为己有。刘希夷年少刚强，怎肯将自己写的作品冠以他人之名？于是，坚决不肯。宋之问因此怀恨在心，派了下人，竟然用装满土的袋子将他的亲侄子活活压死了！

我对这件事情仍然抱有怀疑，为了一首诗，竟然不顾亲情杀人灭口，实在有失文人之风骨，有失尊长之慈爱。

俗语说："人为财死，鸟为食亡。"而宋之问为了一首诗，杀了自己的亲侄子，令人不齿！

不就一首诗吗，至于要人命吗？宋之问，你怎么对得起你的姐姐？舅侄之间，本就亲如一家，这对舅侄为了一首诗，却弄到这般田地！

联想到舅侄关系的代表人物：杨戬和沉香。沉香劈山救母，二郎神也是百般阻止，但最后还是帮侄子成功解救了他的母亲。

如果时间可以倒流，我想刘希夷一定会放下自己的年少轻狂，同意署名权让给他的舅舅。毕竟"留得青山在，不怕没柴烧。"只有活着，他才能写出更多的诗句，或许，比《代悲白头翁》更精彩呢，但死了，就什么都没有了！也有可能，刘希夷会做出同样的选择——严词拒绝！因为大丈夫宁肯死节，也绝不受辱！

作为后人，读到刘希夷的这首诗，从此便多了一层伤感。

天妒英才，刘希夷不到30岁就英年早逝了。可惜啊，可惜！

再查刘希夷和宋之问的出生年月，才发现刘希夷竟比宋之问还年长5岁，刘希夷28岁的时候，宋之问才23岁。

没想到年轻气盛的竟是宋之问，如果传言为真，23岁便如此心狠手辣，将自己的亲侄子杀害，实在有悖人伦！还好，苍天有眼，宋之问的结局并不美好，56岁时被唐玄宗李隆基赐死了。可惜了刘希夷，"美姿容，好谈笑，善弹琵琶"。这样一位貌比潘安、多才多艺的青年诗人，却被年少轻狂的小舅舅给杀害了。但话说回来，不排除误杀的可能。唉！可惜啊，可惜！

虽然刘希夷的诗集大部分已经失传了，但好在《全唐诗》里还载有他的几十首诗。他的诗中佳句不少，比如《从军行》中有两句抒发他的爱国热忱——"平生怀仗剑，慷慨即投笔"；《春日行歌》中有四句写他在春天的洒脱之举——"携酒上春台，行歌伴落梅。醉罢卧明月，乘梦游天台"；《捣衣篇》中有四句写捣衣女"攒眉缉缕思纷纷，对影穿针魂悄悄。闻道还家未有期，谁怜登陇不胜悲"；《洛川怀古》写他对民生疾苦的感叹——"碑茔或半存，荆棘敛幽魂。挥涕弃之去，不忍闻此言"。不过，令我大吃一惊的是刘希夷写的《相和歌辞·采桑》：

> 杨柳送行人，青青西入秦。
>
> 秦家采桑女，楼上不胜春。
>
> 盈盈灞水曲，步步春芳绿。
>
> 红脸耀明珠，绛唇含白玉。
>
> 回首渭桥东，遥怜树色同。
>
> 青丝娇落日，缃绮弄春风。
>
> 携笼长叹息，逶迤恋春色。
>
> 看花若有情，倚树疑无力。
>
> 薄暮思悠悠，使君南陌头。
>
> 相逢不相识，归去梦青楼。

从他描述的采桑女"看花若有情，倚树疑无力"，我仿佛看到了"娴静时如姣花照水，行动处似弱柳扶风"的林黛玉。从"梦青楼"，我仿佛看到了"红楼梦"。不知是巧合，还是曹雪芹很喜欢刘希夷的诗作，英雄所见略同。总之，刘希夷的诗才值得肯定。

大话 诗词
DA HUA SHI CI

张若虚 ▶▶▶

　　张若虚（约670年—约730年），扬州（今江苏省扬州市）人，唐朝诗人。曾任兖州兵曹。与贺知章、张旭、包融并称为"吴中四士"。

　　《春江花月夜》为其代表作，被誉为唐诗开山之作，享有"一词压两宋，孤篇盖全唐"之名。还有《代答闺梦还》传世。

张若虚的这首诗"孤篇盖全唐"

春江花月夜

春江潮水连海平，海上明月共潮生。

滟滟随波千万里，何处春江无月明！

江流宛转绕芳甸，月照花林皆似霰。

空里流霜不觉飞，汀上白沙看不见。

江天一色无纤尘，皎皎空中孤月轮。

江畔何人初见月？江月何年初照人？

人生代代无穷已，江月年年望相似。

不知江月待何人，但见长江送流水。

白云一片去悠悠，青枫浦上不胜愁。

谁家今夜扁舟子？何处相思明月楼？

可怜楼上月裴回，应照离人妆镜台。

玉户帘中卷不去，捣衣砧上拂还来。

此时相望不相闻，愿逐月华流照君。

鸿雁长飞光不度，鱼龙潜跃水成文。

昨夜闲潭梦落花，可怜春半不还家。

江水流春去欲尽，江潭落月复西斜。

斜月沉沉藏海雾，碣石潇湘无限路。

不知乘月几人归，落月摇情满江树。

[解读]

　　春天的江水潮起潮落连接了海平面，明月与潮汐一同从海面上升起。月光随着波浪闪闪发光千万里，春江到处都有明亮的月光照耀。江水蜿蜒而行，绕着芳草丰茂的原野流淌，月光照耀着林间花草像天空飘落的小冰粒。不知不觉间，空气中飞起了白霜，小沙洲上的白沙都看不清了。江水和天空呈现出一种颜色，没有丝毫的尘埃，一轮皎洁的月亮孤独地挂在天空。什么人在江边最先看到了月亮？江边的月亮又是什么时候初次照到了人？人类代代相传没有穷尽，而江边的月亮年年看去都很相似。不知江边的月亮在等待什么人？只看到长江运送着流水滚滚向前。一片白云向远处悠然地飘走了，青枫浦上有人十分忧愁。今晚谁家的扁舟驶出了江面，明月照耀的楼阁上，某人的相思该去哪里？可怜的月亮还在楼上徘徊，应该照一照离人的梳妆台。月光照进玉饰的门户里，帘子也卷不走，照在捣衣的石头上，拂去又照来。这时只能远远地相互看着而听不到彼此的声音，只愿追逐着月光随波逐流到能看到你的地方。鸿雁能长久地飞翔，却无法飞出月光，鱼龙在水中跳跃，水面荡起了波纹。昨晚梦到幽静的水潭边花落了，可叹春天都已过半，我还不能回家。春天随着江水日夜奔腾都快耗尽了，月光落在江潭的影子又一次向西倾斜了。斜月慢慢下沉，藏在海雾的后面看不清了，碣石距离潇湘有漫漫长路，距离遥远。不知道有几个人能趁着月光回家？那落下的月亮摇荡着离情，整个江中全都是树影。

[品鉴]

　　有一首诗，多年前当我初见它的时候，只觉得文字很美，但没有领略到其中的诗境更美。十多年后，再来看它，才知它享有"孤篇盖全唐"的美誉，它就是唐代诗人张若虚所写的《春江花月夜》。

　　这是一首七言歌行，属于古乐府的一种，可以配乐演唱，近似于如今的歌词。言辞华丽，雕章琢句，可谓文采飞扬。诗中脍炙人口的句子俯拾皆是，令人钦佩。

关于这首诗的写作时间和地点，竟然查不到。于是，只好根据这首诗中所描述的景象大胆推测。此诗应是诗人在江河入海口附近观察到的春江月夜图，但具体写作地点不一定在此，不过腹稿定是在观看此景的时候就拟好的。

结合上下文所描绘的"扁舟子，捣衣砧"等事物，可进一步推断为江南地区。所以，此诗中所描写的地方，大致在长江入海口处，即今上海东部宝山区、崇明区一带或今江苏启东市附近。诗中所写的"江"应该是长江，而"海"指的是东海。

但根据后文"碣石潇湘无限路"这句，又可做另一种推论。"碣石"一般指碣石山，在河北省昌黎县，渤海边上，靠近山东。而张若虚曾担任过兖州兵曹，兖州在唐代贞观十四年，所属区域主要在今山东省境内，而今山东省济宁市有个兖州区，大约与张若虚当时所在的兖州有着深厚的历史渊源。"潇湘"指的是潇水和湘水，今属湖南省。由此可以推断，诗人用碣石代指自己所在的地方，用"潇湘"代指自己的妻子或心上人所在的地方。诗中所写的河，有可能是湘江，而海指的有可能是比湘江更宽广的水域，不一定是真的海。诗中所写的海，极有可能为湘江汇入长江附近的洞庭湖，这也是我研究了无数次地图后得出的结论。

此诗一共三十六句，通读全篇，可分为两部分。

从"春江潮水连海平"到"青枫浦上不胜愁"为第一部分，以写景为主，用极为细致的文字，描绘出了一幅春江月夜图。诗人欣赏美景之余还不忘哲思，比如对月亮的疑问——"江月何年初照人？""不知江月待何人"，对人类的命运思考——"人生代代无穷已"。可见古人对于月亮存在的观察，思考和想象，早已存在。张若虚的思考是在一千三百多年前，所以他肯定不知当今的人类已经成功登月，只是还没有实现在月球居住的梦想。

古人所写的诗词歌赋中，描绘最多的事物当数月亮了。这首长诗中几乎句句不离月，全篇含有十五个"月"字，"月"字是贯穿全文的高频词汇。可以说，全诗紧紧围绕诗题"春、江、花、月、夜"这五个字来写。这也是我见过的诗词歌赋中，对月亮刻画最为细腻的一首诗，从月亮颜色、月光的皎洁度、月下的江河花草、月亮的存在性、月亮的独孤感等全视角去描写月亮，实属罕见，也足见诗人的观察之细腻。

第二部分，从"谁家今夜扁舟子"到末句"落月摇情满江树"，主要以写人为主。诗人仿佛看到一叶扁舟驶出了江畔，想到在月光照耀下的楼阁里，定然有位女子在楼上徘徊，卷起帘子，看着离去的心上人，思念涌起。江边有人在石上捣衣，月光照拂着，思念不息。虽然两个人还能远远地看见月光却已听不到彼此的声音，女子便想要追逐着月光，去到心上人去的地方。

"愿逐月华流照君"这句中的"照"字有双重含义，有月光照耀的意思，也有照顾、照看的意思。仿佛在说，我愿追随月光，照耀着流浪的你。或是，我愿意追随月光，希望他能照耀着你，也照顾到你。总之，这句话是一句美好的希冀，表达了女子对心上人的思念和深情。

月亮渐渐下沉西斜，想到昨晚梦见了落花，春天都已过半了，我还不能回家。想到自己和心爱的人相距甚远，心中无限感慨，不知道月光下几个人能回家？那落下的月亮，摇荡着离情，已不似月光皎洁时欣赏夜景的舒心。再看江面，似乎只剩下了树木和树影。

前几句诗人以女子的视角写了分别的人遥遥相望，相思无限的悲凉。后几句则写到暮春时节，思乡不能归的慨叹和无奈，情绪略显伤感。

再看全篇，前两句"海上明月共潮生"写到了月升；尾句"落月摇情满江树"写到了月落，首尾照应，可谓行文结构之精妙！翻译完这首诗，我终于理解并认同后人对这首诗的赞誉了。

如果说这首诗用诗句描绘了一幅美丽的画，那么，每一句诗就像画家手中的笔墨，从不同视角讲述了这幅画的美丽动人之处。

这首诗应该是作者站在楼阁之上所看到的景象，作者除了用俯视、平视、仰视等视角，还用了鸟瞰图、局部图。可以说，短短三十六句，变换了各种视角去描绘眼前的景象。

这首诗就像一幅江南春江夜景长卷图，读之会让人产生无限遐想。一幅春江花月夜的景象，栩栩如生地展现在读者眼前，让人深感如临其境，似乎连他诗中所写的花香都能闻到，连那一轮硕大皎洁的月亮也似乎触手可及。

这就是写诗的至高境界吧！张若虚可谓一等一的高手！

虽然他此生只有两首诗传世，但仅凭这一首，就足以胜过别人的百十首诗了。

这首诗运用了诸多修辞手法，如比喻、夸张、拟人、对偶、设问、反问等，比许多诗词歌赋所用的修辞手法都要多。除此之外，它的独特之处还在于观察身份的变化。这首诗中不仅有诗人的角度，还有身为男诗人以女子的视角去观察春日景物，并且还用女子的口吻将闺阁女子的相思之情用文字描绘得入木三分，着实叫人佩服！

艺术到了至高的境界，或许连性别的界限和束缚都没了。男性可以饰演女性，比如梅兰芳在《贵妃醉酒》中饰演贵妃，不露痕迹；女性也可以饰演男性，比如叶童在电视剧《新白娘子传奇》中饰演许仙，毫无不协调之感。不仅是演员，就连写诗作文也可以，比如俄国作家列夫·托尔斯泰笔下的《安娜·卡列尼娜》，又如曹雪芹笔下的"金陵十二钗"。因此，从这个意义上来讲，张若虚这首诗的确很见功力。

"春江花月夜"传为南朝陈后主陈叔宝所作，本为乐府吴声歌曲名。这首诗便是沿用乐府旧题而写。后至清代，又出现了以此题为名的中国古典民乐《春江花月夜》，曲中所描绘的景象与这首诗的诗意颇为相似。

如果以《春江花月夜》的琵琶曲为背景乐，再品读着这首《春江花月夜》的诗，会发现诗与曲相得益彰。

据说此诗在唐宋时期并不出名，至明朝时才被人推举。后闻一多先生对此诗的评价最高，称它为"诗中的诗，顶峰上的顶峰"。

而诗人张若虚，到底是个怎样的人？有着怎样的人生经历，却像一个千古未解之谜，史料所载资料极少。

他生在唐代，据说是今江苏扬州人，与当时的名人贺知章、张旭、包融齐名，号称"吴中四士"，其事迹略见于《旧唐书·贺知章传》。依据贺知章的生卒年可以推算张若虚的大约生卒年，应该与贺知章相近，也经历了初唐和盛唐时期。这时唐朝的地方行政管理体系分为州、县二级制，那么，张若虚担任的兖州兵曹就相当于现在的省级市或地级市军分区的最高长官。为何大名鼎鼎的"吴中四士"之一张若虚的身世如此隐秘？史料难寻其详。依我拙见，大概跟他的兵曹身份有关。没准他掌管了军事机密，所以，他的身份信息被人刻意隐藏了。否则，何以查不到蛛丝马迹？

依照张若虚这首高水准的《春江花月夜》，不难推测在此之前，他应该也写过大量诗作，所以才有后来的《春江花月夜》。就像东晋杰出书法家王献之磨墨练字，用完了十八缸水，后来才成为与其父齐名的书法大家；就像英国发明家詹姆斯·瓦特经历了无数次实验，才改良了蒸汽机。我认为张若虚亦是如此。他的成就并不是只写了一首诗，而是写过无数首诗，而这首恰好被人挖掘出来，名扬后世。

可惜的是，《全唐诗》仅存了张若虚的两首诗，即《春江花月夜》和《代答闺梦还》。为何张若虚写的大量作品没有被流传下来？像荷兰著名画家凡·高那样，即使死后才成名，也还能找到不少他的作品。但张若虚的作品为何只能找到两首？这是一个历史疑案，待后世破解吧。

张九龄 ▶▶▶

　　张九龄（678年—740年），字子寿，一名博物，韶州曲江（今广东省韶关市曲江区）人。盛唐名相、诗人。

　　张九龄幼时聪明敏捷，擅于作文。景龙初年，进士及第，授校书郎。唐玄宗即位后，他迁左补阙，得到宰相张说的赏识和提拔，拜中书舍人，迁中书侍郎、同平章事，官至中书令。开元二十八年（740年）去世，终年62岁，追赠司徒、荆州大都督，谥号文献。

　　张九龄忠耿尽职，秉公守则，直言敢谏，选贤任能，不徇私枉法，不附权贵，为"开元之治"做出了重要贡献。他去世后，唐玄宗对宰相推荐之士，总问"风度得如九龄否？"因此，张九龄一直为后世人所崇敬、仰慕。

　　张九龄的五言古诗，诗风清淡，以素练质朴的语言寄托深远的人生慨望。著有《曲江集》，被誉为"岭南第一人"。

宰相诗人张九龄笔下的月亮，成了相思中转站

望月怀远

海上生明月，天涯共此时。

情人怨遥夜，竟夕起相思。

灭烛怜光满，披衣觉露滋。

不堪盈手赠，还寝梦佳期。

[解读]

海上升起了一轮明月，不论天涯海角，此时此刻你我都在共赏这一轮明月。有情人埋怨夜晚太漫长，通宵达旦都在相互思念。熄灭了蜡烛，满屋的月光令人怜爱，披衣而起感觉到露水寒凉。月亮再圆也不能用双手捧着赠给思念的人，还是回屋就寝，在睡梦中赴约吧。

[品鉴]

每逢中秋佳节，抬头望月，便少不了会想起宰相诗人张九龄写的《望月怀远》中两句脍炙人口的诗句："海上生明月，天涯共此时。"而月亮在他的笔下，仿佛成了相思中转站，帮助无数个想见而未能见的人，传递爱和思念。

这首诗大约写于公元736年，张九龄被朝中奸相李林甫等诬陷后，被贬荆州（今湖北省荆州市）。那时，张九龄已58岁。

似乎，人只有在落寞失意时，才习惯舞文弄墨，也只有在失意落寞时，人们才更善于用文字来抒发内心的情感。

诗题望月怀远，大意是看着月亮怀念远方的人，或者说，看到皎洁的明月，想念远方的家乡或京城，不知道思念的人是否安好。

这首诗最令我意想不到的是，它出自铁面无私、一心为公的宰相诗人张九龄笔下。更未想到的是一位年近花甲的人所写。我原以为是李白等年轻的诗人或者说诗人在年轻的时候写的，竟然没有想到是张九龄老先生写的。

诗中所表达出来的感情，跟爱情似乎更贴近，和亲情、思乡情有点远。难不成是写黄昏恋？不过，这种可能性极小。

关于张九龄的出生年份，目前仍有争议。有说是公元673年，也有说公元678年。

依我观九龄先生的画像，虎目狮鼻，不怒自威，长相颇为大气，有猛虎下山之相。身为宰相，他治国有方，具有杰出的政治天赋。因此，我更偏向张九龄出生于公元678年，属虎。

九龄先生出生于官宦世家，是西汉大名鼎鼎的开国功臣、汉初三杰之一的张良后人，他自幼聪慧。关于他的出生，还有一段传说。他的母亲怀胎十月，迟迟没有分娩。于是他的父亲请神医诊断，神医说："你这娃是个非凡之人，你们住的地方太小，得换个大地方。"九龄先生的父亲便听从神医的指示，带着一家老小从小县城始兴（今广东省韶关市始兴县）搬到了大城市韶州（今广东省韶关市）。然后，张九龄果然出生了。

后来，张九龄高中了进士，官至左拾遗，却被奸佞诬陷，于是，他自请回乡。趁着回乡的工夫，他向唐玄宗谏言开凿大庾岭，重修秦代的横浦关旧官道，皇帝准许。在张九龄的主持修造下，古道终于修通，世称梅关古道，也叫梅岭古道。后世商旅、军调、人口迁移等诸多南北往来，都经此道。张九龄为他的家乡发展和南北地区的经济往来和贸易做出了突出的贡献，因此得到了朝廷嘉奖，升了官。而梅关古道是如今保存最为完整的古驿道，也算得上是"京广线"的雏形。

后来，张九龄官至宰相，预言安禄山日后必谋反。也因安禄山的放还问题，他与唐玄宗意见不合，引起玄宗不满。

公元736年，唐玄宗生辰之日，满朝文武都送来稀世珍品，极尽奉承。九龄先生却写了本《千秋金鉴录》作为玄宗的生辰贺礼，内容是劝勉皇帝不要贪图享乐，要励精图治。这种直谏敢言的性格，有点谏议大夫魏徵的影子。

同年秋，九龄先生被贬为荆州长史，《望月怀远》就是在这个时期所作。

公元740年春，李林甫位列宰相又兼吏部尚书，又与兵部尚书牛仙客交好，可以说当时是一人之下万人之上。张九龄大概也看清了形势无法转变，于是向玄宗请辞，欲告老还乡。

据说临别时张九龄送了唐玄宗三样东西：一把伞、一把秤、一把米升。玄宗苦思冥想，也不明白这三样东西是何用意，便诏张九龄上朝，让他讲清楚用意才肯放他南去。

张九龄语重心长地说："伞是用来遮风挡雨的，希望有一天，这把伞能为陛下遮风挡雨；秤是用来称东西的，有些事情，陛下可以用秤称一称，是否公平合理；米升是用来量米的。陛下若是想起臣了，可以到岭南来找臣聊聊天，吃吃江南鱼米果蔬。"

玄宗听得云里雾里，但还是放他回乡去了。

九龄先生回到了阔别已久的故乡韶州曲江（今韶关市曲江区），同年五月因病去世。

俗话说"狐死首丘"，物犹如此，人也一样。生命越到最后，越是思念家乡，便越想要回到故土去。九龄先生还是很有预见性的，临死前实现了回乡的愿望。

据说九龄先生返乡后，曾给自己配了个祛除瘴疠的药方，每日喝两碗由金银花、罗汉果、甘草、淡竹叶等熬制的凉茶。后人为了纪念他，便有了"张九龄凉茶"一说。不过，要说凉茶的鼻祖，还得是东晋著名的医药学家葛洪。他曾在岭南的罗浮山研究过治疗当地瘴疠的药方。后世以他的药方为基础，研究出了"凉茶"解瘴疠。张九龄凉茶，就属于其中一个。

如果说凉茶的传闻是确凿的，那么，意味着九龄先生已经康复了，后来，他为何又会病故？九龄先生终年62岁，虚岁63岁，算起来年龄并不大，真的是因病去世吗？

事实证明，九龄先生是高瞻远瞩的。他去世后十余年，安禄山真的起兵造反了。据说，唐玄宗在逃亡路上，想起了张九龄的谆谆告诫，当他撑开贤相送他的那把伞时，竟发现伞柄上刻着一行字"一扬天下乱"，顿时惭愧不已，然叛乱已起，悔不当初。

所以，九龄先生不仅是政治家、文学家，还是预言家。而这首《望月怀远》难不成是写给玄宗的？也未可知啊。

看到海上升起了明月，他想到远在长安的玄宗，心里很是思念。虽然相隔千里，但此时此刻（大概是中秋之夜），你我应该都在同时看着月亮，想必月亮会将我的思念传达给你吧。重情重义的人，难免会埋怨夜晚太过漫长，因为彻夜的思念让人辗转难眠。即便吹灭了蜡烛，明月清辉照亮了整个屋子，也没法将这月光用手捧着送给你。实在睡不着，于是，披衣而起，走到窗户边，再看看月亮，这时感觉到了更深露重。回屋就寝，希望在睡梦中，能与你相见。

这样意译一番，倒也合理。

我想，这首诗也不一定是九龄先生为自己写的，也可能是他看到了很多有情人在中秋夜思念对方的情景，有感而发所写的。

所以，一首诗的解析，有很多种思路。世无其人，谁能定真伪？只要解释得不太离谱，都可以发散去想一想，这也是诗词解读的魅力所在吧。

研究完九龄先生的生平，再读这首诗，我又有了不一样的感受。

这是一首五言律诗，四联八句，每句五个字，偶句尾字"时、思、滋、期"押韵。因而读来朗朗上口，字句优美。

首联"海上生明月，天涯共此时"紧扣诗题"望月怀远"四个字。第一句写望月，这时的他，被贬湖北荆州，看到明月从海上升起，心中不免惆怅。第二句写怀远，想到遥远的地方，虽然与亲朋挚友们相隔万里，但这时想必大家都在看月亮，共享着这一刻的皎皎月华。这一刻为何如此重要？想必此刻一定是中秋节，因为人们往往"每逢佳节倍思亲"。而他所思念的地方无外乎两处，一处是他的故乡韶州曲江，他的父母亲友大多在此居住；二处是他心心念念的朝堂长安，那是他想回而回不去的地方。"明月"二字既是具象化的景物描写，也是抽象化的抒情描写。九龄先生大概想借一轮明月来表达自己"气似长虹贯玉宇，心如皓月映澄波"，借明月寄托思乡之情，也表达自己对朝廷、对皇帝的拳拳忠心，日月可鉴。

颔联"情人怨遥夜，竟夕起相思"则主要刻画了有情人在月圆之际，无法相见的幽怨，反衬出有情人之间的感情炽热。这两句不易解析，是因为写这首诗时，九龄先生已近乎花甲之年，写黄昏恋的可能性不大。所以"情人"二字解析为有情人，比较贴切。如此，这份相思可以理解为相互思念，进而可以理解为思念远方的妻子。能查到的资料里，九龄先生只有一个妻子，并无妾室，这在古代官宦之家，显然是稀有的。

颈联"灭烛怜光满，披衣觉露滋"从动作细节刻画了诗人在月圆之夜的举动。熄灭蜡烛后，月光明亮，令人欢喜，披上衣服，大概站在窗前或者院里继续望月，这时感觉到更深露重。

尾联"不堪盈手赠，还寝梦佳期"，将相思之情写得细腻感人。这样可人的月光美景，没法用手捧给你看，那就回屋就寝，期待梦里能够与你相见。

再次纵观全诗，首句"海上生明月"似乎化用了张若虚写的"海上明月共潮生"的句子。而"天涯共此时"写得极妙！从侧面将两个有情人之间心灵相通的真挚感情刻画得极为生动。

反复揣摩这首诗，当有三层意思：一是思念亲人，二是思念朝堂，三是思念有情人。如果说这首诗的前两句还能解析出前两层意思，那么后六句，不论怎么看，都避不开"相思"二字。因此，这首诗，理解其意即可，不必深究其写作背景比较好，留一个想象的空间，任由诸君驰骋。

大话诗词
DA HUA SHI CI

王 翰 ▶▶▶

　　王翰（687年—726年），字子羽，并州晋阳（今山西省太原市）人，唐代边塞诗人。

　　王翰喜纵酒。景云元年（710年）登进士第。因举直言极谏，调昌乐尉。复举超拔群类，召为秘书正字。后拔擢通事舍人、驾部员外等。开元十四年（726年）出为汝州长史，后改仙州别驾等职。逝于走马上任的途中，时年39岁。

　　王翰工诗善文，其诗词壮丽，名重当时。《凉州词》二首慷慨悲壮，广为传诵。《全唐诗》存诗一卷，计14首。《旧唐书·文苑传》有其传。

论文武双全的诗人王翰在边塞的人生体验

凉州词二首·其一

葡萄美酒夜光杯，欲饮琵琶马上催。
醉卧沙场君莫笑，古来征战几人回？

［解读］

手捧夜光杯，品着美味的葡萄酒，听着琵琶曲，正要喝酒，突然前方快马来催。我若醉倒在战场上回不来了，你们不要笑话我，从古至今，打仗能回来的有几人？

［品鉴］

说起边塞诗，大概很多人会跟我一样想起那句"醉卧沙场君莫笑，古来征战几人回"吧。诗虽有名，但能记住其作者是王翰的人，怕是不多。《全唐诗》只记载了他写的14首诗，没有集录传世，有点可惜。

这是一首七言四句诗，大约写于公元721年或722年，张翰三十四五岁时。诗题"凉州词"本是唐乐府名，类似词牌。而乐府，本是古代专管音乐的官署，始于秦代，负责制作乐谱，采集民间歌词，培养乐工，以供朝廷典礼、皇家宴会等场合奏乐及歌舞唱演。后来出现仿照乐府词而创作的诗，因而，被称为乐府诗，而乐府也逐渐成为一种诗歌体裁的名称。

这首是《凉州词》组诗的其中一首，它从诸多边塞诗中脱颖而出，读之令人回味无穷。

只是简单的四句铺陈，就生动地刻画出边塞军营中欢乐而又紧张的场面。众位将士们正举杯喝着葡萄酒，听着琵琶演奏，看着歌舞表演，其乐融融的时候，突然，快马来报，催着将士上马去前线。于是，他放下夜光杯，飞身上马，笑着对其他将士们说："我要是醉倒在战场，回不来了，你们可不要笑话我，从古至今，能从战场回来的人没几个。"

　　这首诗充分表达出诗人的乐观主义精神，即便是生死之别，他也能举重若轻，说得如此轻松幽默。

　　欢笑之下掩埋的是深沉的哀伤之情，这也是此诗的高妙之处。

　　前两句"葡萄美酒夜光杯，欲饮琵琶马上催"，看似将士们在军营里轻松愉快，后两句"醉卧沙场君莫笑，古来征战几人回"笔锋一转，将驻守边塞的将士们随时可能命丧沙场的处境刻画得真切感人。仿佛在说，别看我们这一刻悠哉乐哉，下一刻可能马革裹尸，再也回不了家了。因而，要活在当下，及时行乐，能喝酒时就赶紧喝，能载歌载舞时就尽情欢畅，因为死亡会随时降临。这是我理解的意思。

　　然而，我们常见的释义是说这首诗讲的是将士们出征前，一起豪饮的画面，急促的琵琶声催促着将士们上马出征。不过，依我拙见，如果某个军队要出征，那出征前几乎不可能出现集体饮酒作乐的场面，最多大家一起喝杯摔碗酒，就得飞身上马，一骑绝尘了。而且，载歌载舞的场面一般是在打了胜仗后，犒赏将士们的时候才会安排的。

　　所以，这首诗中所描述的场面应该是临时出现了紧急军情，诗人独自奔赴前线，跟战友们告别时的画面。还有可能是诗人带着小队人马奔赴战场，与留守的战友们告别时的画面。

　　纵观整首诗，并没有华丽的辞藻，整体通俗易懂。前两句重在叙事，用"葡萄""美酒""夜光杯"这几样物什，将故事发生的地点一语道破。王翰当时大约是身处西北地区的军营，有可能是在今天的新疆地区，因为那里盛产葡萄，并且那里的人们擅长歌舞；也有可能是今天的甘肃西北部与新疆毗邻的地界，因为诗中提到了"夜光杯"。夜光杯是玉石雕琢而成的上好酒器，虽说新疆盛产玉石，但夜光杯以甘肃酒泉的闻名天下，而且还被誉为中国国家地理标志产品。传说，将美酒倒在杯中，然后把酒杯放在月光下，杯中酒就会闪闪发亮。咱没用过夜光杯，不知其真假，但知月光皎洁时，水被照拂处看起来都会波光粼粼。

"欲饮琵琶马上催"则交代了喝酒看琵琶演奏时，被军中急报催着上马的情况，多少有点煞风景，有点不情不愿的感觉。首句描绘的美好氛围，此句瞬间就打破了。这种叙事的笔法，有点像小小说，从故事情节上形成了跌宕起伏，也让读者的心情起了波澜，从而形成了一定的戏剧效果。所以，这首诗看似小巧，却很有艺术构造。看似朴素无华的言语，回眸时恍若惊鸿一瞥。

后两句重在抒情，讲述了诗人内心的想法。举重若轻的言辞中，却将无数个久战沙场的将士们的心思，描绘得恰到好处。第二、四两句句末的"催"和"回"押韵，一去一回，更加突出了将士们向死而生的果敢，也体现出将士们早已将生死置之度外和保家卫国的决心。尤其是尾句"古来征战几人回？"用反问的修辞手法表达了肯定的意思，从古到今，征战沙场的人就没几个能活着回来，还增强了肯定意思的感染力和说服力，以及悲壮感！

抛开诗句，再看诗人王翰，他本是山西太原人，23岁中了进士，算得上少年得志。他自小家境优渥，喜欢喝酒纵舞。

王翰生性豪放，常邀诸多王亲贵胄、英雄豪杰到家中饮酒作乐，算得上古代典型的"纨绔子弟"。但与众多纨绔子弟不同的是，他有才华，吟诗作对不在话下。他因说话耿直，也常得罪一些达官显贵，也有人嫉妒他的出身或才华。

放到如今来看，他大概就是富家子弟的样子，为人高调，做事不着边际。可想而知，他这样的性格必然会招来流言蜚语和各种毁谤。

十多年来，我一直以为王翰是武将，又能写诗，所以文武双全。及至写这篇诗词赏析时，仔细研究才发现他属于文官。他进士高中后，做过昌乐县尉。昌乐县大约在今河南省南乐县西北。

在地方任职不久，欣赏他才华的张说入朝当了宰相。在这位知己的提拔下，王翰直接从地方调到了中央，并且担任秘书正字之职。唐代的秘书省是管理国家典藏的中央机构。后来，他又被调到了中书省，做了通事舍人，负责撰写诏令等文书工作。三十出头的王翰位高权重。

然而，这么高的位置，多少人求之不得，他为何会被调到兵部，做了驾部员外郎，去了西北苦寒之地？其实这也不难理解，依照他放荡不羁、直言敢谏的性格，就很容易被排挤、打压、陷害。与其在明争暗斗的长安待着，倒不如当个驾部员外郎去西北给前线输送粮草等军需物资来得自在。

而驾部员外郎的工作，具体做什么呢？怀着好奇，我查了许多资料，却没有一个说得特别具体和清楚的。深入思考后，我想到了"弼马温"三个字。所以，王翰担当的驾部员外郎很有可能就是专门管理皇帝车驾的。孙悟空担当的弼马温是管理玉皇大帝的天马。虽然一个天上一个地下，但他俩的工作职责非常相似。唐代的王翰怎么也没想到，在去世一千多年后，竟会有人拿他和明代小说里的一个人物孙悟空做比较。而孙悟空也不会想到，一个唐代的纨绔子弟竟然也做过人间的弼马温。

这首《凉州词二首·其一》便是在他担任驾部员外郎时写的，他既是管理皇帝车驾的，为何又会上前线？推测起来，应该是官场的斗争失败后，他被明升暗降派到前线去了。

王翰还写了《凉州词二首·其二》：

秦中花鸟已应阑，塞外风沙犹自寒。

夜听胡笳折杨柳，教人意气忆长安。

显然，这两首诗是在不同的季节写的，其一大约在秋天，因为有葡萄；其二应是在春天，因为有花鸟和风沙。如果说其一表达了他视死如归的英勇气概，那么，其二便是表达他思念长安之情。可见，当惯了少爷的王翰，在西北吃了些苦头，有点想念长安的繁华了，但更重要的是，他怀念在秘书省和中书省当差的那些日子吧。

然而，王翰没想到，这个驾部员外郎还不是他最惨的时候。有道是"成也萧何，败也萧何"，举荐他的张说被罢免宰相后，他的仕途之路从此也走到了尽头。他先是被贬为汝州长史，当了汝州刺史的辅佐官。尔后，又改调仙州别驾，仙州在今河南省平顶山市下属的叶县。据说到任后，王翰仍旧不改往日奢靡之风，仍旧聚众豪饮，后又被贬为道州司马。道州在今湖南省永州市。王翰的主要职责是协助刺史处理一些军务，位居州刺史、别驾、长史之下。然而，他人还没到道州，就死在了走马上任的途中，年仅39岁。从现有的资料可以推测，王翰可能没有结婚，资料只提到他家家资富饶，却未提他的父母是何许人也，大概不是官宦之家，而是商贾之家。

所以，王翰到底为何英年早逝？是饮酒过多，导致酒精中毒？还是因为一贬再贬，郁郁寡欢，加上饮酒作乐，精气耗尽，又遇南方瘴气，水土不服，从而一蹶不振，命丧黄泉？

虽然无据可查，但饮酒作乐必是祸根之一。人到中年还是应当注意养生，方能得享天年。

不管怎样，王翰或许举止豪放、恃才傲物，但他绝不是寻常的那种纨绔子弟，酒囊饭袋。他饮酒写诗，广交豪杰，除了自娱自乐外，大概也为了结交贵人。然而，他得到了宰相张说的赏识，也因宰相下马而被一贬再贬。

王翰的一生，从豪门走入权力之门，却从未放弃过吟诗作赋。他的诗中有许多值得品位的句子。

比如《饮马长城窟行》中写道："长安少年无远图，一生惟羡执金吾。骐驎前殿拜天子，走马为君西击胡。"写出了他的挥斥方遒，少年意气。

又如《雪夜杂诗·其三》写道："物到岁寒偏耐看，一轩松竹不胜幽。"写出了他对松竹含蓄的赞美。

再如《相和歌辞·蛾眉怨》中写道："人生百年夜将半，对酒长歌莫长叹。乘知白日不可思，一死一生何足算。"写出了他人到中年，对生死的慨叹。

总之，功名利禄如浮云，能留下的只有他的诗作了，虽然不多，却都是精华。

王昌龄 ▶▶▶

　　王昌龄（698年—757年），字少伯，京兆长安（今陕西省西安市）人，盛唐时期大臣，著名边塞诗人。

　　开元十五年（727年），进士及第，任秘书省校书郎。开元二十二年（734年），参加博学宏辞科考试登第，授汜水县尉。坐事流放岭南。开元末年，返回长安，授江宁县丞。后被谤贬龙标县尉。安史之乱时，惨遭濠州刺史闾丘晓杀害。终年59岁。

　　王昌龄与李白、高适、王维、王之涣、岑参等人交往深厚。其诗以七绝见长，尤以边塞诗最为著名。诗境雄浑开阔，自成一格。有"诗家天子""七绝圣手"之称。著有《王昌龄集》六卷。代表作有《从军行》《出塞》《闺怨》等。

王昌龄给柴侍御的送别诗，堪称千古佳作

送柴侍御

流水通波接武冈，送君不觉有离伤。
青山一道同云雨，明月何曾是两乡。

[解读]

沅江连接了你所在的武冈和我所在的地方，送你离开时难免还是有些伤感。连绵青山一起接受着雨润云覆，明月不曾分开照两个地方。

[品鉴]

这是一首七言绝句，公元748年，王昌龄被贬为龙标（今湖南省怀化市一带）县尉时所写。也因此，他被称为"王龙标"，相当于用地名取的绰号。而在此之前，他被贬到江宁，曾被称为"王江宁"。古代的文人也是顽皮，动辄就给对方起绰号，不过这种绰号也代表了朋友间的亲密。

这是一首特别的送别诗，四句诗近似一问一答。

王昌龄说："你看，虽然沅江把你我所在的地方都连在一起了，但送你离开时，我还是难免伤感。"

柴侍御安慰他说："别难过了，你抬头看看，眼前的青山就像你我的心连在一起，共同沐浴着天和雨，感受着云蒸霞蔚，还有那明亮的月光，毫无二致地照耀着我们。"简而言之，你看着我看过的山，沐浴着我沐浴过的雨，照耀着我照耀的月光，我们就像从未分开过一样。

读完这首诗，甚是感慨！没想到两个男人之间的友谊，也能写得如此缠绵悱恻。这无异于一首歌曲《错位时空》里唱的那样"我吹过你吹过的晚风，那我们算不算相拥……我吹过你吹过的晚风，是否看过同样风景"。

解读完这首诗，我对王昌龄的印象有了空前的改变。此前，在我的印象里，王昌龄是一位骑着高头大马、胡子拉碴、能文能武的边塞诗人。在他的笔下，应该是"秦时明月汉时关，万里长征人未还""黄沙百战穿金甲，不破楼兰终不还""仗剑行千里，微躯感一言"诸如此类，大气恢宏、霸气外露的诗句。

而如今，他在我眼里的形象已经成了一位铁骨柔情的西北汉子，外表粗犷，内心细腻，重情重义。在他一生创作的诸多诗作中，送别诗多达四分之一，其中最为著名的是那句"洛阳亲友如相问，一片冰心在玉壶"，还有就是这首诗中的"青山一道同云雨，明月何曾是两乡"了。

这首诗的第一句"流水通波接武冈"，交代了送别时的地点是在武冈的江边。唐代的武冈，今属湖南省邵阳市城步县而非武冈市，位于沅江支流。所以这条江指的是沅江，属长江流域洞庭湖水系，湖南省的第二大河流。这句也说明了王昌龄的朋友柴侍御走的是水路，坐船出行。"流水通波"四个字不仅言明了王昌龄和友人都住在沅江附近，同时借物抒情，表达两个人心意相通，互为知己。

第二句"送君不觉有离伤"，表达出王昌龄和友人之间的情谊深厚，因此分别时才会依依不舍，感到伤心。写到这里不觉好奇，柴侍御是何许人也，为何会得到大诗人王昌龄的青睐？还写出这样情意绵绵的诗句来送别。

翻查诸多资料，我发现"柴侍御"这三个字可以有两种理解。一是，姓柴的皇帝跟前的御用侍从；二是，官职为殿中侍御史或监察御史的柴某某。从王昌龄的身份不难判断，柴侍御的身份显然应该是后者。官职看似不大，却可以直接向皇帝汇报工作，所以才有"御"字。

如果说前两句诗表达了诗人的伤感，那么后两句"青山一道同云雨，明月何曾是两乡"就是对友人和自己的安慰。我们头顶的云彩和眼前的连绵青山，都是连在一起的，明月千里也不曾分开，所以，我们就像它们一样，从未分开。我们的心连在一起，便不惧山水阻隔。

第三句"青山一道同云雨"，诗人化用了"青山不老"的含义，借以表达他与友人之间情谊长存的意思。可以说将友谊具象化为青山，这个借喻很妙。而"同云雨"三个字，显然不是一般意义上的男女之情，而是形容朋友间关系亲密，情谊深厚，但隐藏的言外之意，仿佛在说你我同朝为官，共沐皇恩，互相之间也是个照应。

末句"明月何曾是两乡"，是全诗的诗眼。用反问的修辞手法表达出诗人对离别的看法，也对自己和友人的安慰，起到了画龙点睛的效果。

再看诗人王昌龄，他出身贫寒，关于他是哪里人，历来有两说：一说是陕西西安人；二说是山西太原人。而我更倾向于前者。他23岁到嵩山学道；27岁出玉门关，投身军营；29岁进士及第，当过校书郎；34岁任河南省汜水县尉；36岁调任江宁县丞；50岁调任龙标县尉；八年后离开龙标，途经亳州时，据说被亳州刺史闾丘晓所杀。

王昌龄的一生，身份起伏多变，从修道者，到小士卒，到高中进士，到汜水县县尉，再到江宁县副县长，最后到龙标县县长。但终其一生，也只是在县长这个职务上上上下下，以他的才华显然太委屈他了，只恨英雄无用武之地。

纵观王昌龄一生的足迹，他生于陕西，问道河南，从军甘肃，后又被贬谪到岭南（今广东、广西及海南一带），也算见多识广。他交友甚广，比如李白、王维、孟浩然、岑参、高适、王之涣等大诗人，皆与他相识，但这并没有改变他多舛的命运。

王昌龄一生奔走他乡，被贬数次，壮志难酬。他怀才不遇之际，诗成了他的精神寄托和归宿。这似乎也是很多诗人的共同命运。

诗仙李白得知他被贬后，还特意写了《闻王昌龄左迁龙标遥有此寄》宽慰他。

> 杨花落尽子规啼，闻道龙标过五溪。
> 我寄愁心与明月，随君直到夜郎西。

这首诗也成了送别诗中的千古佳作，见证了李白和王昌龄两位诗人之间惺惺相惜的真挚友谊和情感，让人十分艳羡。

王昌龄写给柴侍御的这首诗，也成为送别诗中的一颗明珠。一千年以来，总有人会捡起它，送给自己的友人，借以表达对友情的珍视。友情为我们提供的情感支持和力量，很多时候可能比亲情和爱情还要重要。在一份高山流水的友情中，我们与朋友之间会互相鼓励和认同，会历经挫折，但仍心有灵犀，不离不弃。或许互相珍惜，便是最好的送别礼。

杜 甫 ▶▶▶

　　杜甫（712年—770年），字子美，自号少陵野老，出生于河南巩县（今河南省巩义市），原籍湖北襄阳。唐代伟大的现实主义诗人。

　　杜甫少年时代曾先后游历吴越和齐赵，其间曾赴洛阳应举不第。三十五岁以后在长安应试，落第。官场不得志。天宝十四载（755年），安史之乱爆发，潼关失守，杜甫先后辗转多地。乾元二年（759年）杜甫弃官入川，虽生活相对安定，但仍心系苍生，胸怀国事。其间创作了《登高》《春望》《北征》以及"三吏""三别"等名作。大历五年（770年）冬，病逝，终年58岁。

　　杜甫在世时名声并不显赫，但后来声名远播，对中国文学和日本文学都产生了深远的影响。杜甫共有约1500首诗歌被保留了下来，大多集于《杜工部集》。被后世尊称为"诗圣"，他的诗被称为"诗史"。与李白合称"李杜"，又称"大李杜"，杜甫也常被称为"老杜"。后世称其杜拾遗、杜工部，也称他杜少陵、杜草堂。

青年杜甫写给泰山的诗，寄托了他的凌云壮志

望　岳

岱宗夫如何？齐鲁青未了。

造化钟神秀，阴阳割昏晓。

荡胸生曾云，决眦入归鸟。

会当凌绝顶，一览众山小。

[解读]

泰山怎么样呢？走出齐鲁大地都能看到它的青翠。大自然创造了神奇秀美的景色，山的北面阴暗似黄昏，山的南面光亮似清晨。层云密布使我胸怀荡漾，归林的群鸟飞来，眼睛都看不过来。我一定要登上泰山最高峰，将崇山峻岭尽收眼底。

[品鉴]

伟大的诗人一般都是天生的，他的一生注定不凡！

研究完杜甫的一生，我不禁泪湿衣衫。

那么一位伟大的诗人，传世约1500首诗作，却连一间属于自己的小木屋都没有！最后的结局，是死在了一条小船上，不禁令人唏嘘落泪，真是悲剧中的悲剧。

回到此诗，这是杜甫少年游历时，快意人生的作品。

杜甫成名时，年事已高。因此，当我们认识他的时候，都只记得他年老时的沧桑和落魄，却鲜有人知他出身名门望族。他的祖上三代都当

过大官，外祖母是唐太宗李世民的重孙女，他的母亲也算是皇族后人。

杜甫并非出生草莽，不论是他的父族还是母族，都是官宦之家。这也决定了杜甫在年幼时，便能接触到诸多达官显贵和社会名流。据说他在少年时就看过公孙大娘舞剑，听过李龟年唱歌，看过吴道子作画。

可以说，少年时期的杜甫过得十分潇洒！

不过，潇洒归潇洒，他并不是个迷糊虫，7岁便能作诗咏凤凰了。然而，家世显赫的他在15岁时，还跟个孩子一样，无忧无虑，爬树摘果，优哉游哉。有诗为证："忆年十五心尚孩，健如黄犊走复来。庭前八月梨枣熟，一日上树能千回。"

因为家境好，杜甫便从19岁开始，从他的家乡河南巩县（今河南省巩义市）出发，漫游山西、吴越之地（今江苏省南部、上海市、浙江省、安徽省南部、江西省东北部一带），历时四年之久，直到公元735年，杜甫才回到了家乡，参加了举人考试。结果应该是通过了，所以，公元736年，24岁的杜甫又奔赴洛阳，参加了进士考试，结果榜上无名。和14岁就考中进士的晏殊、晏几道，19岁考中进士的朱熹，21岁考中进士的王安石，23岁考中进士的王翰相比，杜甫显得才华不够。但跟29岁才考中进士的王昌龄相比，杜甫还算好，毕竟他才24岁。

与诸多寒门学子不同，杜甫没有经历过寒窗十载的艰辛。他能成为举人，大概是天赋加运气使然，而他浑然不觉有何不妥。直到进士落榜，他的人生也没有发生太大改变。别人落榜后会发愤图强，苦读诗书，再去考试。而子美先生选择继续出门远游。

公元736年，他的父亲在兖州（今山东省济宁市兖州区）当官，于是，他便去了那里省亲游玩。这首《望岳》便是在这时创作的。

首句"岱宗夫如何？齐鲁青未了"用一问一答的形式，侧面描写了东岳泰山的雄伟高大。客观来说，这两句写得很平淡，几乎没什么文采可言，与他后期的作品相比，实在差远了。但这首诗妙在末两句"会当凌绝顶，一览众山小"，颇有画龙点睛之效。也因为开头这两句的平淡，所以，对比凸显出末两句的波澜壮阔。

泰山，素有五岳之首的美名，传说是盘古开天辟地后的头颅所化，也是华夏龙脉所在。因此有"泰山安，则四海安"一说。自秦始皇开始，先后有诸多皇帝登顶泰山封禅或祭祀祈福。历朝历代的文人雅士亦竞相来拜，自然也少不了诗人杜甫。

通过这首诗，不难想象，杜甫携友同登泰山，眼见山中天气变幻莫测，时而蓝天白云，时而层云密布，这时，日光透过云层，将山仿佛切割了一般，山的南面阳光灿烂，像清晨那般，而山的背面则昏暗无比，像傍晚时分。

看到这样的奇景，杜甫又惊又喜，于是停下来，驻足欣赏大自然的美景。这时候，云雾缭绕，胸中顿时激荡着一股说不出的豪气。群鸟忽然迎面飞来，眼睛都看不过来了，转眼，它们就飞回了山林中。

杜甫抬头看了看山顶，还差一点点就登上玉皇顶了，于是，一句千古名句涌出嘴边"会当凌绝顶，一览众山小"。他是在鼓励自己，我一定要登顶，将那群山尽收眼底！于是乎，便有了这首《望岳》。

因此，我推测这首诗并不是在山顶写的，而是写于快到山顶的地方。

这首诗不单单是在写泰山，而是在借景抒情，表达自己胸怀鸿鹄之志。如果引申其意，仿佛在说，皇权啊，你是那样高不可攀，有你照拂的那些考中进士的人，心情阳光灿烂；没有你照拂的那些落榜的人，则黯然神伤，比如我。但今天到了此处，登高望远，群山环抱，胸中涤荡着一股浩然之气，于是，我决定要像那些鸟一样，飞入丛林，入仕为官。我相信，我一定会进入皇城，成为朝中重臣，那时就再也没有人会小瞧我。

这么意译出来，竟然有点符合当时子美先生的处境和心情。

望子成龙应该是从古至今为人父母的共同愿望，杜甫的父母也不例外。虽然他假装不在乎，但他的父亲肯定介意，而他的后母也免不了对他冷嘲热讽，使得他心中不快，因此，才有"一览众山小"的豪情。

安史之乱祸及杜甫，被俘后他写了什么

春 望

国破山河在，城春草木深。
感时花溅泪，恨别鸟惊心。
烽火连三月，家书抵万金。
白头搔更短，浑欲不胜簪。

[解读]

国都虽被攻破了，可山川河流依旧在，春日的都城里，草木丛生显得十分凄凉。忧思伤感时，看到花开都流泪，怨恨离别时，连鸟叫声都令我心惊胆战。战火持续了三个月，家人写的书信抵得过万两黄金。白头发越挠越短，想要用簪子挽住都不能了。

[品鉴]

如果说《望岳》是杜甫青年时期的代表作，那么，《春望》便可算作杜甫人生转折时期的代表作。如果说青年时期的杜甫整日只知游山玩水，不知人间疾苦。那么，在他经历人生转折后，便是我们常见到的心怀天下、忧国忧民的他了。

这首诗可谓字字珠玑，句句经典。然而，与前诗相比，风格已经截然不同。

想要弄清楚为什么，还得继续研读子美先生的人生经历。

公元741年，29岁的杜甫大概被他的父亲和姑姑催婚了，因而结束了五六年的游历生涯。回到家乡，他娶了比自己小11岁的司农少卿之女杨氏为妻。唐太宗年间，据说男子20岁、女子15岁就可以结婚，而唐玄宗年间，为了增加人口，男子15岁、女子13岁就可以结婚。算起来，杜甫和杨氏双双晚婚。在那个三妻四妾稀松平常的年代，杜甫却只有这一位妻子，两人相敬如宾，恩恩爱爱。杜甫一生为妻子写了二十多首诗，这在众多诗人的作品中，无出其右。

公元742年，洛阳从"神都"之名，恢复了"东京"之名。神都变了，杜甫的命运也随之而变。30岁的杜甫遭遇了人生重大变故，他的父亲杜闲去世了。

关于杜甫结婚时间和他父亲去世的时间，历来颇有争议。按照我的推理，结婚在前，他父亲去世在后。因为古人重孝，守孝三年是基本孝道。如若他的父亲是在公元741年去世，那么他就不可能在次年结婚。所以，他29岁结婚，30岁时他的父亲去世，如此，更合逻辑。

他的父亲去世后，对杜甫而言，失去了一个重要的经济来源，家道也从此衰落。而更重要的是，他从此成了孤儿，无父无母，这对他的打击可想而知。

公元743年，屋漏偏逢连夜雨，31岁的杜甫又失去了抚养他长大的姑姑。按照我的推断，他姑姑去世时56岁，算起来也很年轻。

杜甫出身名门，祖上世代为官，在他三五岁时，生母就去世了，他的父亲续娶了范阳卢氏。其父长期在外当官，后母对杜甫并不友好。虽然史料没有具体描写杜甫的后母如何对他不好，但可以推测了解，能让他姑姑看不下去，接到自家去养育的情况，就已经能说明后母对他十分恶劣了，更何况杜甫的父亲还是官员，更重面子和名声。

杜甫的姑姑嫁给了河东裴氏，而裴氏家族在中国古代声名显赫，单是在唐代，家族中就有17位宰相。由此可知，杜甫从小被寄养在洛阳姑姑家的时候，也受到了他的姑父裴氏家族的影响。这个家族算得上"学霸"家族，公侯一门，对杜甫的学业方面影响颇深，也对他成为"诗圣"奠定了良好的文化基础。

幼年丧母的杜甫在姑姑的悉心照料下得以长大成人，然而，他姑姑的儿子不幸夭折了。当时他和表弟同时染了时疫，姑姑对他照顾有加。女巫医来治病，说将病人放在门口东南方就能好，而那个位置原本是表弟的，姑姑将他换到那里，结果他康复了，表弟去世了。

为此，杜甫深感惭愧，将姑姑视同亲母，披麻戴孝，亲书墓志铭《唐故万年县君京兆杜氏墓碑》：

"甫昔卧病于我诸姑，姑之子又病间，女巫至，曰：'处门楗之东南虞者吉。'姑遂易子之地以安我，我是用存，而姑之子卒……甫制服于斯，纪德于斯，刻石于斯。"

杜甫的姑姑，在生死攸关之际，心怀大义，堪比《列女传》中的鲁义姑，着实让人钦佩！

杜甫虽出生在河南巩县（今河南省巩义市），但成长于唐代的大都市——东都洛阳（今河南省洛阳市），又去过山东、江苏、江西、陕西、甘肃、四川、云南、湖南等地，可以说他见多识广。他也是真正践行了"读万卷书，行万里路"的人，这也为他后来的写作提供了扎实的文学素材和经验。

公元744年，杜甫开始谋求差事，在此过程中，他见到了年长自己11岁的李白大哥，两人相见恨晚，吟诗作赋，把酒言欢，还一同游历了大好河山，讨论炼丹求仙，拜访隐士，互赠诗篇。情谊之深，能"醉眠秋共被，携手日同行"。

杜甫与李白之间，如同高山流水遇知音。可惜，他们一生相遇的时间只有这短短两年内的几次会面，之后便因政见不同，而走上了不同的人生路，再没见过。

公元746年，34岁的杜甫面对一家老小的吃穿用度，他再也无法靠父亲了。于是，他来到长安参加科考。然而，时运不济，他们这批考生全都落榜，无一高中。宰相李林甫利用手中职权，不仅愚弄了皇帝，也愚弄了学子。这让杜甫对科考之路失望至极！于是，他便开始寻找其他进入仕途之路的办法。可惜，条条大路都行不通。

公元751年，39岁的杜甫终于迎来了千载难逢的好机会，因为一首《三大礼赋》得到了唐玄宗的赏识，待命集贤院。然而，当他的克星李林甫再次出现时，失败也接踵而至。

在他的父亲去世后，杜甫带着妻儿老小客居长安，过着艰苦的生活，怀才不遇使得他郁郁寡欢。

公元755年，他终于谋得了一个芝麻官——河西尉。已43岁的杜甫感叹大材小用，明珠暗投。朝廷后来给他改为右卫率府兵曹，为了生计他选择了妥协。同年，他回家省亲，进门却看到小儿子饿死的场面。为人父母，穷得孩子都能饿死，这父亲心里该是什么滋味？翻江倒海，恨不能一头撞死吧！

幼年丧母，青年丧父，中年失子，杜甫这命运也是非常悲凉了！

官宦子弟，几乎跟纨绔子弟四个字画等号。杜甫的父亲活着的时候，他的人生似乎除了游山玩水、结交好友、吟诗作赋，便无其他，更不懂如何生计。等到他父亲去世，需要他来独自承担柴米油盐酱醋茶的时候，他才幡然醒悟。然而，人走茶凉。他没有未雨绸缪，更失去了权势和关系倚仗，于是，便有了这般磨难。

写到这里，想起了贾宝玉，感觉曹雪芹与杜甫的身世颇为相似。都是官宦之家，名门之后，都是自己有才华，最后却家道中落，颠沛流离。

言归正传，公元755年12月，安史之乱爆发。756年，潼关失守，玄宗西逃，肃宗即位于灵武（今宁夏回族自治区灵武市）。44岁的杜甫只身北上，前去投靠，还没到地方，半路就被叛军俘虏。战乱之时，杜甫也算很有胆量了，可惜命背，还没见到新帝，半道就被抓了。

公元757年，45岁的杜甫被押回了长安城。此时，叛军已经攻入，当他看到长安城内满目疮痍时，写下了这首著名的《春望》，表达了自已强烈的思亲之心和爱国之情。

此诗若换意译便是城池虽然破败，但山川河流国土还在，春天虽然到了，但荒草连天。满目疮痍，民不聊生，杜甫感慨万千，老泪纵横，眼泪溅湿了眼前的花瓣。他恨这些乱臣贼子，让满城百姓生离死别，以至于一声鸟叫，也把人吓得胆战心惊，生怕是叛军来袭。战火已经持续了三个月，亲人写的书信比万两黄金都重要。挠一挠白头发，又短又稀疏，以致簪子都用不上了。

这番意译后，感觉杜甫颇有曹操"烈士暮年，壮心不已"的感慨，只恨报国无门！

诗题《春望》有双重含义，表面在说安史之乱时，他所看到的长安城的春景。而深层含义则是在说诗人内心所渴盼的那个真正的春天，鸟语花香、四海升平的春天，也是自己仕途的"春天"，是这个国家和这个朝代的春天。"春天"二字也代表了希望与和平。因而，"春望"二字也寄托了杜甫对和平的深深渴望和期盼。

杜甫的诗中不止有沧桑，还有"青春作伴好还乡"

闻官军收河南河北

剑外忽传收蓟北，初闻涕泪满衣裳。

却看妻子愁何在，漫卷诗书喜欲狂。

白日放歌须纵酒，青春作伴好还乡。

即从巴峡穿巫峡，便下襄阳向洛阳。

[解读]

剑门关外忽然传来了收复蓟北的消息，刚听到这个消息的我喜极而泣，泪湿衣裳。回头看看妻子和孩子，哪里还有什么忧愁，胡乱卷起书欣喜若狂。大白天高兴得忍不住唱起了歌，喝起了酒，春草青青，美景陪伴便能愉快地回故乡了。即刻就想从巴峡横穿到巫峡，到了襄阳再一路奔向洛阳老家。

[品鉴]

公元757年，杜甫被押回长安后，由于看管松懈，杜甫逃了出来，一路向西跑到了凤翔（今陕西省宝鸡市凤翔区），投奔了肃宗。一个月后，杜甫被封为左拾遗。原本，杜甫从此可以平步青云，过上丰衣足食的生活。然而，他因帮助皇帝不喜欢的一位宰相房琯而触怒圣颜，被贬到华州（今陕西省渭南市华州区）负责祭祀礼乐等事。

官虽小，却也是个官。当时，杜甫已45岁。同年十一月，长安收复，杜甫回到长安，仍然担任左拾遗。

公元758年6月，杜甫被贬华州司功参军，掌管官吏的"考课、假使、选举、祭祀、祯祥、道佛、学校、表疏、书启、医药、陈设之事"，年底他回到洛阳探亲。

公元759年，邺城之战爆发，唐军大败，杜甫从洛阳返回华州，途中写下了"三吏三别"。是年华州大旱，杜甫忧国忧民。年底，杜甫放弃了华州司功参军的职位，向西到了秦州（今甘肃省天水市秦州区）。

大约公元759年底，47岁的杜甫带着全家老小，为了躲避战乱几经辗转到了成都。在友人严武、高适等人的帮助下，杜甫建成了一座草堂栖身。杜甫在成都的安稳跟这位严武兄有关。

严武是谁？他的父亲是当时的名相严挺之。安史之乱时，严武追随唐肃宗护驾有功，被封为京兆尹等职，后又被封为成都府尹兼御史大夫。而杜甫在战乱之时，能知道太子的逃亡路线，一路能从灵武追到凤翔，大概也跟这位武将友人飞鸽传书有关。甚至在杜甫被押回长安后，还能逃出来，我猜也跟这位严武兄有关。

有道是"患难之际见真情"，杜甫和严武在战乱时期，算得上患难之交，而他们之间的友谊是经得起战乱考验的友谊。

草堂建好后，严武举荐杜甫为节度参谋，寄居四川奉节县（今重庆市奉节县）。

而这首《闻官军收河南河北》写于公元763年，是当时杜甫寄居在梓州（今四川省绵阳市三台县）时所写。所以，杜甫又辞职了？还是因蜀中大乱，为了逃难又从奉节去了梓州？

不管他因什么原因去了梓州，这首诗还是写于四川的。

公元763年春，杜甫已经51岁，持续了八年之久的安史之乱终于结束。很凑巧的是，这场叛乱的发动者安禄山和史思明，最后竟都被自己的亲儿子给杀了。这等犯上作乱之辈，竟都生下了一个犯上弑父的儿子，真是奇葩！

八年战乱，安禄山与安庆绪，史思明与史朝义，这四个人两对父子之间，上演了一出互相杀害的戏码。安禄山起先造反，被其子安庆绪杀死，安庆绪被史思明杀害，史思明又被其子史朝义杀害，最后，史朝义兵败自杀。

他们四个人之间的恩怨算是了断了，但是大唐从此由盛转衰，战火所到之处，哀鸿遍野。因为这四个人，3000多万人殒命了，真是造孽啊！

战争永远是残酷的，尤其是科技发达的今天。战争带来的伤害，不管是对国家和个人，还是对其他动植物，甚至是对整个地球，都会带来不可估量的后果。所以，无论何时，我们都希望世界和平，人民安居乐业。

这首诗描述的内容发生在公元762年冬，而诗作于公元763年春，应该是在安史之乱结束后。诗人欣喜若狂的心情，跃然纸上。

大战结束了，终于可以携妻儿回到故乡了。杜甫忍不住高兴地唱起了歌，喝起了酒。回乡的路上，还有春日的美景作伴。他恨不能立刻马上出发，坐上船，穿过巴峡又穿巫峡，过了襄阳又奔洛阳。后两句诗出现了四个地名，足可见诗人迫切想回到故乡的心情和愿望，以及对战争结束、国家和平的喜悦之情。

历史将大唐史官的工作，不知不觉间交给了杜甫。唐朝历史的起起落落，战争与和平，也交给了这位颠沛流离的诗人来记录。以至于将他卷入了这动荡的时局中，让他尝遍人间辛酸、生离死别之苦痛。他的人生，后三十年过得异常辛苦，看得人有些心疼。

还好，这首诗中所要表达的情绪是快乐的，是浓浓的思乡之情和胜利的喜悦之情，是杜甫笔下少有的一首节奏欢快的诗。

杜甫的一生，就像他笔下的诗，波澜壮阔。他30岁之前，遍历名山大川。之后的日子，便颠沛流离居多，从容安乐时少。从洛阳到长安，他后半生的唯一快乐时光便是在蜀地。他的一生都在写诗，用他一生的颠沛流离和挫折坎坷为世人留下了千古诗篇，所以，称他为"诗圣"，这也是历史给他最好的公断和礼物。

杜甫与成都的浣花姑娘有着怎样的奇妙缘分

绝句二首

其一

迟日江山丽，春风花草香。

泥融飞燕子，沙暖睡鸳鸯。

其二

江碧鸟逾白，山青花欲燃。
今春看又过，何日是归年？

[**解读**]

在春日的阳光照耀下，江水和山都很美丽，春风吹来花草的清香。泥土融化了，燕子衔着湿泥飞来飞去，沙子变暖了，引来无数鸳鸯睡到上面。

江水碧蓝，衬托出鸟儿的羽毛更加白了，山岭青翠，而花朵红艳如一团像要燃烧的火。今年的春天看看又要过去了，哪一天才是我回到故乡的日子？

[**品鉴**]

细细研究了杜甫的生平后，我的心里翻江倒海，想到那么一位有才华的诗人，却常常过着朝不保夕的生活，让人看着着实揪心。

或许在他活着的时候，是上天欠他的，所以才在他逝世后，全都补偿给了他。

自他去世后的一千三百多年来，无数文人墨客，都在品读他的诗作，说起他的名字。他看似死了，实则一直活着，活在他的每一首诗里，活在每一个爱诗、读诗、学诗的人心里。或许这就是文字的力量吧。

这首诗写于公元764年，是杜甫在历经两年的流浪后，再次回到草堂时所写。时年杜甫已经52岁。安史之乱结束了，整个大唐处于战后恢复期。

从这首五言绝句可以看出，杜甫的心情不错，有兴致欣赏山水花鸟了。想必他的日子过得也不错，除了末两句透露出淡淡的思乡之情外，整首诗算得上十分欢快和明朗了。

杜甫草堂建在成都西郊景色宜人的浣花溪畔。而浣花溪是清水河的支流，清水河顺流而上是走马河，走马河的上游是岷江，岷江是成都平原非常重要的水源，流经都江堰。因此，沿着浣花溪往上游走，能看到大名鼎鼎的都江堰。都江堰是战国时期秦国蜀郡的太守李冰主持修筑的大型水利工程，沿用至今已两千多年，也是世界上现存最为古老的、还在造福后代的水利工程了。因此后人说，杜甫很会选址。杜甫草堂不仅选在了都江堰的下游，还选在了著名邻居"浣花夫人"家旁边。住在浣花溪畔，喝着岷江的水，看着远处海拔6250米的四姑娘山，还有海拔5364米的西岭雪山，有山有水，风光秀丽，汲水方便，实在比陶渊明选的那个山地丛林好太多了。

说到"浣花夫人"，有必要讲一讲她的故事。史料查不到她的生卒年，甚至连她的名字都查不到，只知道姓任。这也是古代众多女子的悲催之处，结了婚就是赵钱孙李氏，全然失去了自己的名字，我们权且称她为任姑娘吧。

任姑娘生于唐代农家，住在成都一条小溪边。因家贫，她的母亲给别人家洗衣服赚钱，也常求神拜佛。一次拜佛归来，她晚上梦见神佛送了她一颗明珠，不久便身怀六甲，生下了任姑娘。

任姑娘才貌出众，自幼喜好骑马射箭，但也温良淑贤，时常帮着母亲洗衣赚钱，补贴家用。一次，任姑娘正在溪边洗衣服的时候，来了一位癞头僧人，衣服污浊不堪。溪边的女人们见状都躲得远远的，只有任姑娘毫不避讳，热心帮助僧人洗衣。当她把僧衣放入水中时，却见朵朵莲花跃然而出，五彩斑斓，煞是好看！众人拍手称奇。这时，任姑娘再看僧人时，却早已不见踪影。此奇闻传遍大街小巷，自此以后，人们便称此潭为"百花潭"，此溪为"浣花溪"，称任姑娘为"浣花姑娘"。

公元760年春，杜甫在友人的资助下，在浣花溪畔建起了杜甫草堂。公元765年春，杜甫的好友严武去世，53岁的杜甫离开了成都，留下了他的草堂。

公元766年冬，浣花姑娘住进了杜甫草堂。

公元767年，时任剑南西川节度使的崔宁来到成都任职，听闻浣花姑娘的故事后，便微服私访，见她才貌双全，便纳她为妾。时年，浣花姑娘年约18岁。因此，她大约出生于公元749年，杜甫比她年长37岁。

后来，崔宁正房去世，浣花姑娘自然就成了"浣花夫人"。

公元768年，崔宁奉命回京，留其弟崔宽镇守成都，泸州刺史杨子琳趁机攻打成都。崔宽连连败退。浣花夫人便散尽家财，招募勇士，骑马上阵，亲自率兵出击，守护成都城。杨子琳敌不过浣花夫人和崔宽的两队人马，兵败求和。

崔宁回到成都后，将此事禀奏朝廷。不久，圣上赐封崔宁为冀国公，浣花夫人为冀国夫人。

浣花夫人将杜甫草堂留作自己的别苑，从公元766年11月住到了公元779年12月，整整住了十三年之久。公元770年，杜甫去世。九年后，浣花夫人"舍宅为寺"，将杜甫草堂改为梵安寺（今草堂寺）。

后来，浣花夫人去世，世人为了纪念她誓死保卫成都的功德，在浣花溪旁修建了"冀国夫人祠"，人称"浣花祠"。每年在她农历生日四月十九日，城中百姓便会纷纷来此祭拜。

至今，在成都市青羊区，还有浣花溪公园，也保留了浣花祠，就在杜甫草堂的旁边。

仔细研究了三天三夜关于浣花夫人的故事，以及杜甫的生平时间线，我发现还有许多未解之谜。比如，杜甫和这位了不起的浣花夫人之间，有没有一些故事？

如果非要生出一些故事，那大概也是忘年交的故事吧。

浣花姑娘家旁新搬来一个邻居，据说还是个大诗人。浣花姑娘能不去隔壁看看吗？自然是要去的。所以，想到了杜甫写的一句诗"花径不曾缘客扫，蓬门今始为君开"，会不会是杜甫给浣花姑娘写的？

尔后，两家人推杯换盏，饮酒写诗，也是有可能的。

严武去世后，杜甫竟能舍弃他辛辛苦苦修建起来的杜甫草堂。足可见严武的离世，对他的打击有多么巨大，绝不是杜甫失去了接济就要离开。在我看来，更多的是情谊方面。因为严武，他来到了成都，也因为有他的帮助，才有了杜甫草堂。如今，严武走了，他留在这里，只会睹物思人，平添伤感吧。除此之外，大概还发生了一些事情，所以，杜甫选择了离开，踏上了颠沛流离之路。

他走时，浣花姑娘大约十六岁，或者十七八岁也未可知。因为欣赏杜甫的诗才，于是，杜甫一家搬走后，她便住了进去。

可最有意思的是，她婚后居然也将杜甫草堂作为自己的私宅，前后居住达十三年之久。当时的草堂十分简陋，可婚后没几年，她就已荣升为冀国夫人了，还能住在这么简陋的地方吗？此为一惑。如果后期有修葺，那么，她还要住在此处这么多年，又是为何？仅仅是因为这里风水好，离母家近一些吗？这又是一惑。

公元779年12月，仅仅是浣花夫人离开杜甫草堂的时间吗？还是她去世的时间？如果是去世时间，那么算起来，她仅在世三十年，或者三十五年？也属英年早逝了。然而，搜寻了无数资料仍然没有找到浣花夫人的生卒年，只在杜甫草堂的史料中，看到了她在草堂居住的起始时间。

所以，这是一个疑案。但通过研究，我可以肯定的是浣花姑娘不仅才貌双全，还能文能武，属于花木兰、穆桂英、梁红玉、樊梨花之类的女子。而杜甫作为诗人，以其"感时花溅泪，恨别鸟惊心"的敏感程度，不可能欣赏不到这点。而浣花姑娘，也不可能不知道她的邻居是个大诗人。

所以，他们之间，应该是互相欣赏的，而非毫无关联。

常说"远亲不如近邻"，是指人们和邻居之间的交往比在远方的亲戚会更密切。所以，杜甫和这位成都城里"年少成名"的浣花姑娘不太可能不认识，更不太可能没有任何交流。

只是，在杜甫走后一年，她住进了他的草堂，又在他走后两年出嫁了。杜甫离开草堂五年后，便去世了。他去世后，她还在他的草堂里住了十年。

浣花夫人最后"舍宅为寺"，大概也是为了纪念杜甫吧。

生时为邻居，死后亦为邻。一千多年来，杜甫草堂和浣花祠始终相邻，至今未改。

而这份深厚的邻居情，怕是早已湮没在浣花溪畔。一千多年来，也只有极少人能探寻和发现那些蛛丝马迹，还有其中的微妙情感。

十多年前，我游历杜甫草堂，还和杜甫的塑像合影。那时，只知诗圣杜甫的名号，只会背他的几首诗而已，其余故事一概不知。没想到十多年后，竟有此缘分，解读他的诗作，挖掘出如此鲜为人知的故事。

杜甫在草堂断断续续住了不到四年，写下了240多首传世之作。其中有许多脍炙人口的诗句，比如《春夜喜雨》中："好雨知时节，当春乃发生，随风潜入夜，润物细无声。野径云俱黑，江船火独明，晓看红湿处，花重锦官城。"又如《绝句》中："两个黄鹂鸣翠柳，一行白鹭上青天。"

回看这组《绝句二首》，第一首重在写景，通过描写春天的山水花草，飞鸟虫鱼自由自在的幸福生活，衬托出第二首中自己的生活不自由，重在表达自己的羁旅之思。整首诗无异于在表达，良辰美景，他却回不了家，他的心里还是感伤。侧面反映出杜甫先生热爱家乡、重情重义的优良品质。

杜甫的死因至今是个谜，有没有可能穿越时空

旅夜书怀

细草微风岸，危樯独夜舟。
星垂平野阔，月涌大江流。
名岂文章著，官应老病休。
飘飘何所似，天地一沙鸥。

[解读]

河岸边的细草被微风吹拂着，高高的樯杆矗立在小船上，夜里我独自将船停在岸边。星星垂在远处平坦开阔的地方，月光随着奔腾不息的江水涌动着。我的名气难道是因为写了些文章吗？辞官不过是因为年纪大了又满身是病。就这样飘飘荡荡像个什么，天地间的一只沙鸥吗？

[品鉴]

也许你不知道杜甫是"官二代"出身，也许你不知道杜甫是个资深的旅游博主，也许你还不知道杜甫高考落榜，学历不高，也许你更不知道杜甫工作后频繁辞职，盖房还得靠众筹。你所知道的，大约是那个满脸沧桑、忧国忧民、骨瘦如柴的杜甫。

这首诗所刻画的便是大多数人所认识的饱经忧患的杜甫。

诗题"旅夜书怀"四个字，是指旅途中的夜晚抒发一下个人感悟。简而言之，就是在旅途中发发牢骚。

"细草微风岸"，说明是个风和日丽的晚上。"细草"二字看不出是

春天，也可能河边的小草就是那个品种，叶子长得细长，类似兰草。

"危樯独夜舟"，说的是船上有高高的樯杆，说明他坐的是个有帆的船。在船里能过夜，肯定也少不了乌篷，所以，应该是乌篷帆船吧。

"星垂平野阔"这几个字可有多种理解，普通的如星星垂在远处平坦开阔的地方；特别一点如星星垂直落到了远处平坦开阔的地方。所以，杜甫是看到了流星雨吗？还是陨石落下的过程？这个还真不好说，只有杜甫自己知道。

"月涌大江流"可理解为月光下的江水波光粼粼，翻江倒海般地往他乘坐的小船前涌动着，就像涨潮那样。

"名岂文章著，官应老病休"这两句更像是在回答某人的问题。或许，有人跟他说，您现在已是享誉大唐的名人啦，我们都读过您写的诗，想问问您，为何辞官呢？放着好好的官家差事不做，为何非要过这样的生活？

这两句诗便是他的回应了，写出了他的无奈和委屈。

杜甫回应道，我的名气难道仅仅是因为写了几篇文章吗？就没有别的原因吗？比如我的家世，我的诗词之类。辞官并非我本意，谁不知道当官好啊，可又有谁知道宦海沉浮？我辞官还不是因为怀才不遇，年纪大了，又一身的病。

"飘飘何所似，天地一沙鸥"这两句用设问句式将自己艰难困苦的处境概括得恰到好处。你看我像什么？整日里飘飘荡荡，无处落脚，是不是有点像那些孤独的水鸟？这两句也是诗人失意落寞时的自嘲。这首五言律诗的魅力便在此处。前四句看似在写平静而又美丽的夜晚河景，后四句却平地起波澜，一边发牢骚一边自嘲。将一位落魄诗人的寂寞、孤独和无人懂的满腹委屈，刻画得淋漓尽致、入木三分。

杜甫的前半生，享尽了荣华富贵，坐遍了高车大马，看多了万水千山；他的后半生，则穷困潦倒，颠沛流离，寄人篱下，过得辛酸！这首诗便是他后半生的真实写照，极具表现力。

关于此诗的写作时间，历来颇有争议。据我的研究和推断，此诗应是写于他离开成都后的几年。

公元765年春，53岁的杜甫携带家眷坐船离开了成都，一家老小以船为家，在船上生活了很久。杜甫出生于河南巩县（今河南省巩义市），长于洛阳。作为土生土长的"旱鸭子"，年老时竟过起了渔民的生活，按说这样的生活对一个北方人而言很难，但他竟能经年累月在船上生活。寻根究底后才得知，杜甫的祖籍是湖北襄阳，属于水系船只众多的南方。

但这样的漂流，也是生活所迫，他没钱买地买房，因此只能以船为家。他曾经过着锦衣玉食的生活，如今却过着朝不保夕的日子。对常人而言，或许很难，有道是"由俭入奢易，由奢入俭难"。但对杜甫而言，或许并不在乎，因为他更看重精神层面的愉悦。或许，他在船中看着秀美山川，还会吟一句陶渊明的"久在樊笼里，复得返自然"。

杜甫的妻子本是一位千金小姐，而杜甫祖上也世代为官。如今家道中落，两位贵族子弟流落天涯，自力更生的能力本就弱些，而文人风骨使然，杜甫定然不肯轻易低眉顺眼，求人办事，总是等着朋友们主动去接济他。原以为成都会是他的人生归宿，然命运捉弄，他失去了挚友严武，也失去了成都的安逸生活，不得不再次踏上了流离失所之路。

这一走，他沿途经过了嘉州（今四川省乐山市）、戎州（今四川省宜宾市）、渝州（今重庆市）、忠州（今重庆市忠县）、云安（今重庆市云阳县）等地。

公元766年，杜甫一家抵达了夔州（今重庆市奉节县），得到了夔州都督柏茂林的照顾，有住有吃还有一份工作——管理百亩公田。54岁的杜甫过得像个大地主，还有雇工，日子过得红红火火，创作量也达到了惊人的程度，不到两年时间写了430多首作品，相当于一天写一两首诗。

公元768年，56岁的杜甫大概感觉到自己体弱多病，垂垂老矣，于是急切想要回到故乡。他独自一人乘船出了三峡，到了祖籍湖北老家，但只到了江陵（今湖北省荆州市），后又到公安县（今湖北省荆州市下辖县），为何没去襄阳故里？最直接的原因便是没钱吧，因此他只能一路顺流而下，走到哪算哪了。

年底到了湖南岳阳，作为旅游达人，他去了岳阳楼游玩写诗。一首《登岳阳楼》诉尽衷肠。"亲朋无一字，老病有孤舟"也成了他人生末路的最后写照。而这两句也和本诗中的"飘飘何所似，天地一沙鸥"的情感基调颇为相似，有前后照应的感觉。由此我们可以大胆推断《旅夜书怀》就是在这个时期写下的，且是在湘江上写的。

公元770年，58岁的杜甫身在潭州（今湖南省长沙市），又遇潭州战乱，他不得已又逃去衡州（今湖南省衡阳市）。

这次，他原本要逃去郴州投靠他的舅舅。然而，行至耒阳（今湖南省耒阳市），突遇江水暴涨，他被困在船上五天没东西吃，幸亏县令送来酒肉而得救。《旧唐书·卷一百九十下·列传第一百四十》写道："甫尝游岳庙，为暴水所阻，旬日不得食。耒阳聂令知之，自棹舟迎甫而还。永泰二年，啖牛肉白酒，一夕而卒于耒阳，时年五十九。"

根据这段文字，也就是说杜甫还曾去岳飞庙观瞻，足可见杜甫的爱国之心拳拳。杜甫被困船上，是因江水暴涨，无法前行。公元770年，他吃了些牛肉，喝了些白酒，在耒阳的一个晚上去世了，终年59岁。

关于杜甫去世的原因，真是个千年之谜！

59岁是古人按照虚岁计数，因为他出生于公元712年，卒于公元770年，实岁应该是58岁。

很多人觉得杜甫是因为暴饮暴食而去世的，实在荒谬又可笑。

一位身患疾病的58岁的老人，独自在船上漂泊了五日，连口吃的都没有。即便是个身体康健的年轻人恐怕都难以维持生命，又何况是他，风烛残年，病恹恹的。依我看，是饥饿几乎夺去了他的整个生命，而最后的酒肉不过是临终前的回光返照罢了。

还有人猜测杜甫是被皇帝毒死的。如果没有什么深仇大恨，皇帝不至于这样无聊吧。所以，这个说法最是荒谬。

如果来个奇幻点的猜测，有没有可能这首《旅夜书怀》就是他的绝笔之作。因为他看到了流星雨，或者陨石坠落，或是外星人降落，最后，被外星人踏浪而来，给抓走了。船上那个是外星人给他做的替身。

写到这里，突然想起了美国作家海明威于1951年写的中篇小说《老人与海》，杜甫所在的地方，虽不是海是条河，但也差不多，都是一位老人一条船，一个人孤勇地面对一片水域，没有吃的，还很冷。所以，在杜甫身上，还是有些硬汉潜质的。这种境遇，若是换个普通人，早就一命呜呼了，而他还能顽强地等来最后的晚餐。

杜甫以船为家的境遇，特别像现在的一些人，因买不起房子就买了辆房车，过着以车为家的生活，让人感慨万千！

还有一种说辞，就是县令给他的食物中下了毒。可县令平白无故地害他作甚？何况还是个知名诗人。如果不知名，县令怎会亲自来送吃的？县令巴不得杜甫能给他们县城写一些美妙诗篇呢。

所以，可以排除他杀的可能性。

最大的可能性便只有一个了，因为他的病喝不得酒，他却喝了，且喝了许多。虽然他心知肚明，但他没有抗拒。因为，酒足饭饱去赴死，已是苍天对他的最大怜悯和厚爱了。

为何江水会暴涨？如果不是下暴雨，江水又怎会将船都困住？

想到我们伟大的诗人杜甫，最后结局竟是在临终前被活活饿了五六天，临死前才吃了一顿饱饭，连个住的房子都没有，竟是死在了一条船上！这是何等悲惨和凄凉！用尽一生笔墨和才情为那个时代挥毫泼墨的人，竟然是这样的结局！真是大唐的悲哀啊！

"安得广厦千万间，大庇天下寒士俱欢颜"，或许这句诗是杜甫最后的呐喊，也是那个时代底层人民的呐喊！

大话诗词

孟 郊 ▶▶▶

孟郊（751年—814年），字东野，湖州武康（今浙江省湖州市）人，唐代著名诗人。

祖上世居洛阳（今河南省洛阳市），少时隐居嵩山。孟郊两试进士不第，四十五岁才中进士，曾任溧阳县尉。后因河南尹郑余庆之荐，任职河南水陆转运从事，试协律郎。晚年生活多在洛阳度过。

元和九年，郑余庆再度招他往兴元府任参谋，乃偕妻往赴，行至阌乡县（今河南省灵宝市），暴疾而卒，终年63岁，葬洛阳东。张籍私谥为"贞曜先生"。

孟郊工诗。因其诗作多写世态炎凉，民间疾苦，故有"诗囚"之称，与贾岛同为苦吟诗人，并称"郊寒岛瘦"。孟诗现存500多首，以短篇五古最多。今传本《孟东野诗集》10卷。代表诗作有《游子吟》《登科后》等。

四十五岁考中进士的孟郊，过得像个苦行僧

游子吟

慈母手中线，游子身上衣。

临行密密缝，意恐迟迟归。

谁言寸草心，报得三春晖。

[解读]

慈祥的母亲手拿针线，给远行的儿子缝补身上的衣服。临出门前，母亲用细密的针脚缝着，生怕儿子（此去经年）回来得太晚。是谁说像小草这样的孝心，能够报答得了如春日暖阳般慈母的恩情。

[品鉴]

《全唐诗》记载唐诗四万八千九百多首，《全宋词》记载宋词约两万首，唐诗宋词合计六万多首。然而，在这浩如烟海的诗词中，写给母亲的诗词并不多，在这为数不多的诗词当中，《游子吟》最是感人。

此诗写于公元801年，那时孟郊已50岁。

公元751年，孟郊出生于湖州武康（今浙江省湖州市德清县），祖籍山东平昌（今山东省德州市临邑县）。他的父亲时任昆山县尉，母亲裴氏算得上大家闺秀，所以，孟郊也算官宦子弟。

6岁时，孟郊的父亲去世了。幼年失怙使得他从小便和母亲相依为命，感情深厚。家境贫寒使得他性格孤僻。后来不知何故，孟郊去了河南嵩山隐居了一段时间，而具体时间已无从考证。

因为有两个弟弟照顾母亲，所以，30岁的孟郊便高枕无忧地去游历山川了。他去过江西上饶，和茶圣陆羽喝过茶，又在苏州见了韦应物，还在长安认识了一位比自己小17岁的诗友韩愈，两人促膝长谈，成为忘年交。

在此期间，孟郊科考两次不中。经过母亲的再三鼓励，和自己不屈不挠的努力，终于在公元796年，45岁的孟郊考中了进士。

于是，兴奋之余，他吟诗一首《登科后》来表达自己的喜悦之情。而这首诗千百年来也成为许多学子表达自己金榜题名之喜的专用诗。殊不知，这是一位科考失败了两次，第三次才考中的老生，长叹！

进士身份似乎是衡量古代文人文学造诣的一个重要标尺，然而，很多知名诗人在科考方面并不顺遂。如诗圣杜甫一生也没有考中进士，陆游的进士还是皇帝恩赐的，而李商隐的进士也考了好几次才得中。但孟郊在45岁时还有毅力去赴试，也算勇气可嘉，毕竟同场考试的人，大都二十出头。

公元801年，50岁的孟郊被授溧阳（今江苏省溧阳市）县尉，这也是孟郊一生中官位最高的时候。

他回到家中，想接老母亲同去赴任。《游子吟》便是在这个时期创作的。

孟郊想到自己50岁了，终于谋得了一官半职，有些惭愧，但也算能告慰母亲的殷勤期望和谆谆教诲了。孟母听到儿子封了官，自然高兴得合不拢嘴。

儿子要接她同去赴任，这时年纪七八十岁的老母亲便说："我年事已高，不宜长途跋涉，你自去吧。看你衣服都破旧了，为娘给你缝补缝补。"

于是，烛灯下，孟郊看着慈祥的老母亲，手拿针线将自己的破衣服用细密的针脚缝得结结实实，仿佛怕他因太久不回家，把衣服穿破了而无法缝补。是谁说像小草这样的一点孝心，能够报答得了如春日暖阳般的慈母恩情？

尾联用比喻的修辞手法，比喻母爱如暖阳，母爱深似海，作为子女根本报答不了，用反问句式加强了肯定的语气。

这是一首五言诗，它的特别之处是只有六句，而常见的五言诗通常都是四句或八句。有可能是后人在传抄的时候少了两句，因为第四句"意恐迟迟归"和第六句"报得三春晖"是押韵的。那么"游子身上衣"这句应该也有一样的韵脚句出现，然而并没有。所以，大抵是少了两句，孟郊写的原诗应该是八句。

"临行密密缝，意恐迟迟归"用了对仗的修辞手法，将一位母亲对儿子的爱刻画得十分具体生动，仿佛母爱随着针脚全都缝进了衣服中去温暖着儿子，也将母亲对儿子的牵挂和担忧一同缝进了衣服当中。

灯下，老母亲的头发已经全白，鬓发半白的孟郊深感惭愧。此生穷困潦倒，不能让母亲过上富足的生活。对母亲的恩情，此生此世也报答不了。

这是一首写给母亲的赞美诗，没有华丽的辞藻，只有简单平实的生活场景，却折射出了母亲对子女深厚的爱和牵挂，也反映出儿子对母亲的爱和愧疚，还从侧面赞颂了母爱的伟大与无私。

这也是自古以来，写母亲的古诗词中写得最好的和最具代表性的一首诗！

孟郊对于母亲的爱和陪伴，也超过了平常人。所以，这首《游子吟》凝聚了慈母和孝子之间真挚而又浓烈的爱，是母子情深的缩影和写照。因为它的高度概括性，所以，成为千百年来人们赞颂母亲的代表作。

公元806年，55岁的孟郊才娶妻成家，他大概是我熟悉的诗人当中，结婚最晚的人了。

公元809年，58岁老来得子的孟郊，还没有高兴几天，刚出生不久的儿子便夭折了，白发人送黑发人，这让孟郊肝肠寸断！

公元810年，祸不单行，他挚爱的老母亲也撒手人寰了，这简直就是雪上加霜！

公元814年，友人郑余庆为兴元（今陕西省汉中市）尹，招孟郊到兴元府任参谋，孟郊携妻从洛阳出发，途经河南阌乡县（今河南省灵宝市）因患暴疾而卒，终年63岁。

或许，孟郊本就是个苦行僧的命，好不容易有人提携，能升官了，还没走到地方，却在半路就猝死了，实在太可惜了。

感叹孟郊一生的遭遇，堪比杜甫。但杜甫还有前半生的荣华富贵享受，而孟郊从幼年到老死，一直处于贫困潦倒中。做过最大的官也只是个九品芝麻官，空负了他一生的才华！可怜可叹！

孟郊的孝心感天动地，他的母亲活到了耄耋之年，后寿享天年。

都说孟郊是"苦吟诗人"的代表，真是一点不假，他的一生实在太苦了！因为他的诗也因为他的遭遇，后世称他为"诗囚"，而小他二十八岁的贾岛与他有相似的经历和文学造诣，作为生活中的"难兄难弟"，文学上的"苦吟诗人"，人们将孟郊与贾岛并称为"郊寒岛瘦"。

孟郊生来受苦，他去世后好在有500多首诗作传世，今有传本《孟东野诗集》10卷，也算命运对他的告慰和补偿了。而他，生而忧患，死后无憾了。

大话^{诗词}
DA HUA SHI CI

韩　愈 ▶▶▶

　　韩愈（768年—824年），字退之，河南河阳（今河南省孟州市）人，一说怀州修武（今河南省修武县）人，自称"郡望昌黎"，世称"韩昌黎""昌黎先生"。唐代官员、文学家、思想家、哲学家、政治家、教育家。

　　贞元八年（792年），韩愈登进士第，两任节度推官，累官监察御史。后因论事而被贬为阳山县令，历都官员外郎、史馆修撰、中书舍人等职。元和十二年（817年），出任宰相裴度的行军司马，参与讨平"淮西之乱"，升刑部侍郎。其后因谏迎佛骨一事被贬为潮州刺史。晚年官至吏部侍郎，人称"韩吏部"。长庆四年（824年），韩愈病逝，终年56岁，追赠礼部尚书，谥号"文"，故称"韩文公"。元丰元年（1078年），追封昌黎伯，并从祀孔庙。

　　韩愈是唐代古文运动的倡导者，被后人尊为"唐宋八大家"之首，与柳宗元并称"韩柳"，有"文章巨公"和"百代文宗"之名。后人将其与柳宗元、欧阳修和苏轼合称"千古文章四大家"。他提出的"文道合一""气盛言宜""务去陈言""文从字顺"等散文写作理论，对后人有指导意义。著有《韩昌黎集》传世。

奇妙诗人韩愈给鳄鱼写文章，还造了三百多个成语

早春呈水部张十八员外

天街小雨润如酥，草色遥看近却无。

最是一年春好处，绝胜烟柳满皇都。

[解读]

天子脚下，皇城的街道上，下起了滋润松软的小雨，远看草色青青，近看却没有那么绿。这是一年当中春天最美的时候，在雨中最美的如烟笼罩般的柳树长满了整个皇城。

[品鉴]

在学生时代，想必我们在校内见过最多的名言警句，莫过于韩愈写的了。比如《师说》中的"古之学者必有师。师者，所以传道受业解惑也"，又如《马说》中的"世有伯乐，然后有千里马。千里马常有，而伯乐不常有"，还有《进学解》中的"业精于勤，荒于嬉；行成于思，毁于随"，还有"书山有路勤为径，学海无涯苦作舟""仰不愧天，俯不愧人，内不愧心"，诸如此类的句子常常被人当作座右铭。可以说金句频出的韩愈，不愧为"唐宋八大家"之首。

这首诗写于公元823年春。当时，韩愈已经55岁，官至吏部侍郎。

诗人身在皇城长安，初春时节看到满目青翠，于是，提笔给当时的水部员外郎张籍写了这首诗。

因张籍在族内兄弟中排行十八，故称张十八。张籍的名句不多，但

有两句广为人知，即"还君明珠双泪垂，恨不相逢未嫁时"。他与韩愈不仅同朝为官，是同僚，也是文友，还是师生。张籍是韩愈的大弟子，因此，关系匪浅。

韩愈的文章的确很深奥，看似浅显易懂的诗句，当你真正想用现代文字想要拆解和翻译它的时候，却深感"老虎吃天，无处下爪"。这正说明韩愈的文章创作水平之高，让你无从下手。

我将前两句"天街小雨润如酥，草色遥看近却无"反复品读了上百遍，依然深感翻译艰难，而网上所能找到的翻译又失之偏颇。

这两句有种三棱镜的感觉，可以译出多个版本。如天空下着蒙蒙细雨，滋润着大地万物，街道已如酥饼一般，当时的地面没有铺地砖，所以下了雨以后，地面如同被捏碎的酥饼一样，踩着有些泥泞。远远看去，草色青青，然而，走近了看，却发现嫩草才生出了一点小芽，没有远看时那么绿。

解析"天街小雨润如酥"的关键在于"酥"字，此字有多种含义，我认为结合语意最为妥帖的便是"松软"之意。

所以，又可以理解为天子脚下，皇城的街道上，下起了松软滋润的小雨，远看芳草青青，近看却才发芽，没有远看那么碧绿。

从前两句不难看出，诗人曾在雨中漫步赏春，所以，才会写出这样细腻的感受。

这两句看似简单，仔细一想，还有些哲思。

仿佛在说，事情站远了看是一种状态，走近了看又是另一种样貌。

后两句"最是一年春好处，绝胜烟柳满皇都"和苏轼在1090年写的"一年好景君须记，最是橙黄橘绿时"不论是结构还是意境都颇为相似，虽说前者写的是春天，后者写的是秋天，但有异曲同工之妙。从时间顺序讲，苏轼写在韩愈的后面，这就是所谓的"英雄所见略同"吧！

"绝胜烟柳满皇都"这句意思也很难翻译。依我看，并不是网上所写的"远胜过绿柳满城的春末"的意思。整首诗根本没有提到暮春，又

　大话诗词

何来"胜过"一说？"绝胜"二字并不是远远胜过的意思。放在此诗中不是动词，应是形容词。用来形容初春时节，柳树发芽，十分美丽的样子。就像形容一个女子，可以说"绝色女子"那样。

所以，此处"绝胜烟柳"中"绝"字可以取其"最"的意思，而"胜"不是超过、胜过之意，应取其"优美的、美好的"之意。合起来便是最美的如烟笼罩般的柳树。整句诗"绝胜烟柳满皇都"的意思便是在雨中最美的如烟笼罩般的柳树长满了整个长安城。

想一想，诗境中所描绘出来的画面，十分美好。通过这句也可以看出，诗人在写这首诗的时候，从街道逐渐走到了高处，或许是在曲江池，或许是在乐游原。总之，前两句是由远到近的平视角度写景，后两句是从高处往下看，用俯视的角度去写景。

这种俯瞰画面，仿佛眼前看到了一棵棵抽了绿芽的柳树，如一朵朵美丽的花朵，绽放在整个皇城，大有贺知章笔下"万条垂下绿丝绦"的美丽画面。

诗人通过高低两种站位和视角，通过具有代表性的物象，"雨""草"和"柳"，将长安城的春景描写得十分美丽动人。

这首诗的别致之处还在于，诗人一改往常人们对春天绿树红花的刻板印象，另辟蹊径，选取了具有代表性的另类春景。全诗没有写姹紫嫣红的景色，只写绵软的春雨，还有绿色的树和草。仿佛用文字勾勒出了一幅烟雨蒙蒙的山水画，读罢，一种美感油然而生！

这就是写诗的极高境界了吧，韩愈真不愧是"千古文章四大家"之首！

韩愈，生于河南，但不忘祖籍昌黎（今辽宁省朝阳市西南），人称昌黎先生。祖上世代为官，也是官宦子弟。然出生三个月后其母亲去世，两岁时其父亲去世，后由兄嫂照顾。后因哥哥韩会被贬，韩愈便跟随兄嫂去了宣州（今安徽省宣城市）生活。然而不久，韩愈的哥哥病逝了，时年42岁，而这时的韩愈才9岁。哥哥是家中长子，比韩愈年长33

岁，因此，可以推断韩愈的父亲韩仲卿去世时的年龄是50至55岁。由此，还可以继续推断出韩愈是在他父亲48至53岁之间出生的。因此，韩愈算是他父亲老来得子的幺儿。

哥哥去世后，寡嫂将他抚养成人。

韩愈少年聪慧，刻苦勤学，18岁离开宣州前往长安，19岁开始参加科举考试，然进士考试屡试不中，24岁时，第四次才考中了进士。和李商隐同病相怜，李商隐失败四次，第五次才高中。跟孟郊也很像，孟郊失败两次，第三次才考中。不过，杜甫考了三次进士都没中，也并不影响他在诗坛的地位。

古代的科举考试难度很高，据清徐松《登科记考》中的统计，终唐之世，贡举进士凡266次，及第进士为6642人，平均每次进士及第不到25人。这可是全国范围的考试，可想而知进士的录取率有多低，也可想而知进士的含金量有多高。

进士的考试虽然有墨义、口试、帖经、策问、诗赋等，但都没有脱离文科范畴。所以，这也是古代的文人为何能出口成章、满腹经纶、看起来才华横溢的主要原因吧。当代的教育更倾向于知识面的宽广程度或者综合素养。

韩愈学途坎坷，但好在他有坚韧不拔的个性，使得他最终考中进士。

25岁，韩愈参加吏部的博学宏词科考试失败。如果说进士科考试相当于如今公务员考试中的申论的话，那么，博学宏词科考试就相当于现在的行政职业能力测验。失败就失败了，然而，屋漏偏逢连夜雨，含辛茹苦抚养他长大的兄嫂郑夫人去世了。于是，韩愈从长安返回家乡河阳（今河南省孟州市），为其守丧。

韩愈后两次复考，均以失败告终。

公元796年，28岁的韩愈在友人推荐下，任秘书省校书郎。

公元802年，34岁的韩愈被任命为国子监四门博士，因心中不满告假回了洛阳老家。后与友人同去华山游玩，结果爬到华山的苍龙岭时，由于山势险峻，吓得他发狂恸哭，不敢往前，并写下遗书扔到了山下。后华阴县令派人将韩愈救下了山。

公元803年，35岁的韩愈晋升为监察御史，适逢关中大旱，京兆尹李实谎报灾情，韩愈写了《御史台上论天旱人饥状》，却遭李实诬陷，被贬为连州阳山县令，等于从中央被贬到了地方。

韩愈后来几起几落，他在国子监任职的时间最久，还给太子当过参谋。

公元817年，49岁的韩愈作为行军司马随宰相裴度出征淮西，并为宰相献上良策，然裴度不听，战败。后等淮西平定后，韩愈因功被擢升为刑部侍郎，撰写了《平淮西碑》，却因奸臣诬陷，碑文被毁。

公元819年，51岁的韩愈写下《论佛骨表》劝谏唐宪宗不要派使者去法门寺迎佛骨舍利。言辞激烈，惹得唐宪宗雷霆大怒，险些杀掉韩愈。幸在众臣的劝谏下，韩愈才被免除死刑，但被贬去潮州（今广东省潮州市）做刺史。

在此期间，潮州有条江，常出现鳄鱼吃人事件。于是，韩愈到任后便想除去这个祸害。他写了《祭鳄鱼文》，亲自到江边设坛祭祀鳄鱼，并对着江水大声诵读了这篇祭文。让百姓们没想到的是，鳄鱼真的走了。后来人们为了纪念韩愈，便把这条鳄溪改称韩江，把渡口称为韩渡。

公元820年，52岁的韩愈又从地方回到了皇城长安。

公元822年，54岁的韩愈出使镇州（今河北省正定县）为宣慰使。同年九月，转任吏部侍郎。

公元823年，韩愈升任京兆尹兼御史大夫。此诗《早春呈水部张十八员外》便是写于这个时期，看得出诗人心情还不错。然而，任职不久，他便被弹劾，改职为兵部侍郎，后又改吏部侍郎。

公元824年，韩愈告病回家，年底在长安家中去世，终年56岁，一代文豪如灿星陨落。

　　据说韩愈一生创造了三百多个成语，比如，杂乱无章、俯首帖耳、无理取闹等，足见其对文字的驾驭之娴熟，文学功底之深厚。

　　纵观韩愈一生，在劝谏迎佛骨这件事情上，被贬官后而晚年不得志，纵欲服丹等事也被世人嘲讽，但谁又能否认他的文学才华、政治建树、教育贡献呢？

　　在文学方面，韩愈倡导古文运动，尊崇儒学，影响深远；在政治方面，虽仕途坎坷，但毫不影响他为官在任时为百姓所做的贡献；在教育方面，他总结了业精于勤荒于嬉等诸多学习之法，又概括了为人师需传道授业解惑的重要性。他性格率真，直言敢谏，也因此几次三番被诬陷、被贬官。苏东坡曾评价韩愈是"文起八代之衰，而道济天下之溺；忠犯人主之怒，而勇夺三军之帅"，可以说将韩愈的一生总结得十分贴切。

李 贺 ▶▶▶

　　李贺（790年—816年），字长吉。河南府福昌县昌谷乡（今河南省洛阳市宜阳县）人，祖籍陇西郡。唐朝中期浪漫主义诗人，后世称李昌谷。

　　李贺出身唐朝宗室大郑王（李亮）房，门荫入仕，授奉礼郎。仕途不顺，热心于诗歌创作。26岁英年早逝。

　　李贺是中唐到晚唐诗风转变期的代表者，与李白、李商隐并称为唐代三李。他所写的诗大多是慨叹生不逢时和倾诉内心苦闷，抒发对理想、抱负的追求；对当时藩镇割据、宦官专权和百姓所受的残酷剥削都有所反映。他的诗作想象极为丰富，经常应用神话传说来托古寓今，所以后人常称他为"鬼才""诗鬼"，称其创作的诗文为"鬼仙之辞"，有"太白仙才，长吉鬼才"之说。

　　李贺曾自编其集，有《李贺诗歌集注》。

身体羸弱却胸怀壮志的鬼才诗人李贺经历了什么

南园十三首·其五

男儿何不带吴钩，收取关山五十州。
请君暂上凌烟阁，若个书生万户侯？

[解读]

男子汉大丈夫为什么不带上兵器，去收复关山以北和被割据出去的五十个州县。请你暂且登上凌烟阁看一看那些旌表的功臣，有哪一个食邑万户的侯爵是书生？

[品鉴]

在唐代星光璀璨的诗人当中，有许多神童诗人，比如6岁写诗的王勃，7岁写出《咏鹅》的骆宾王，9岁被举神童、10岁入弘文馆的杨炯等。除此之外，还有一位神童，他的笔下有"大漠沙如雪，燕山月似钩""飞光飞光，劝尔一杯酒""女娲炼石补天处，石破天惊逗秋雨""何当金络脑，快走踏清秋""衰兰送客咸阳道，天若有情天亦老""我有迷魂招不得，雄鸡一声天下白"等名篇佳句，他就是人称"诗鬼"的李贺！

这首《南园十三首·其五》大约写于公元814年，是诗人李贺辞官回乡后，在南园居住时期创作的。那时李贺才24岁，年纪轻轻就辞官还乡，过起了隐居生活，可见李贺的个性十足。

《南园十三首》是由十三首诗组成的诗组，而这首是其中第五首。

李贺生于公元790年，河南府福昌县昌谷乡（今河南省洛阳市宜阳县）人，与杜甫、白居易、李商隐、韩愈、刘禹锡等是同乡。不得不说，中原盛产文化名人。不过，他的祖上是陇西郡人，即今甘肃省天水、兰州一带的人。

李贺的故乡宜阳县还有"花果山风景区"，据说是《西游记》中花果山的原型。但有意思的是江苏省连云港市也有一个名为花果山的风景区，自称是《西游记》中花果山的原型。于是，好奇心促使我打开《西游记》原著看了看，文中写道"有一国名曰傲来国。国近大海，海中有一座名山，唤为花果山"，由此可见，近海的那座花果山，更贴近原型。

宜阳县的这座花果山也来历不凡，刘禹锡、李白、唐伯虎、韩愈都曾去过，就连李贺也曾去过那里游玩，留下吟诵诗篇。总之，那是个人杰地灵之处。

生在这样一个富有神话传说的地方，就不难理解李贺为何能写出大量关于鬼神之类的诗作了，更不难理解他被后人称为"诗鬼"的原因了，所以，环境对人的影响是潜移默化的。

据说李贺是唐宗室大郑王李亮的后裔，李亮是谁？他是唐高祖李渊的八叔。因此，李贺虽血统高贵，但到他这一代，已属远支，且家道中落。

李贺父亲李晋肃，曾当过河南陕县县令（今河南省三门峡市陕州区），并且还修复过召伯废祠，刻石立碑。而召伯就是周朝周文王的长庶子姬奭，他常在一棵棠梨树下断案执法，勤政爱民。至今，在三门峡市还有一座甘棠苑，又名召公祠，以纪念这位伟大的思想家、政治家。鄙人有幸曾到访过甘棠苑，可惜没能仔细看看苑中碑石，也不知李贺父亲刻的那座是否还存在。

杜甫还曾给李晋肃写过一首诗《公安送李二十九弟晋肃入蜀，余下沔鄂》，这就是诗圣和诗鬼的唯一交集之处了。李晋肃去世的时候，李贺才17岁，没有了父亲的支撑，家中状况定然凄凉。

据说李贺自幼长相奇特，形体细瘦，通眉长爪，异于常人。大概是比较典型的一字眉，印堂处毛发浓密，因而看起来像是二合一的一字眉，也就是"通眉"。这种眉形让我突然想到了春秋时期的铸剑名人干将莫邪之子——眉间尺！他的两眉间距一尺，人称眉间尺。若把两眉比作两条横线，李贺是居中对齐连到了一起，而眉间尺是两端对齐，分散到了额头两边。如果李贺与眉间尺站在一起，想一想，该是多么有趣的画面啊。两人大概会不约而同，拱手作揖，然后，异口同声地说："哥们儿，咱们义结金兰吧！"

眉毛奇特倒也罢了，可用修眉刀修成合适的眉形，但这"长爪"可就不好办了，那意味着他的手指和指甲都是又细又长，且指甲的尾端向下弯曲并内扣，类似鸟兽的爪子。除了鸟兽，我感觉还有点像妖魔鬼怪的手，让人生怕！所以，称他为"诗鬼"，也真是恰如其分了。

似这种天赋异相之人，定然也是天赋异禀。历史上除了三皇五帝有异相，还相传文王胸有四乳，刘备手长过膝，项羽目生重瞳，尧帝眉分八彩。李贺虽不能比，却也在诗坛留下了不可磨灭的足迹。

他天资聪慧，6岁就能写诗，人称神童。一次，韩愈和他的徒弟皇甫湜去造访，李贺提笔写就了一首《高轩过》。两人惊讶不已，从此李贺声名大噪。

少年时期的李贺，白天总会骑着一头小毛驴出门寻找写作素材。偶有所得，便将领悟到的字句速记到纸上，装进小布袋中。太阳落山后，他回到家中，从袋中取出纸片，逐一整理补填词句，废寝忘食，完成诗作。他的母亲见状，担忧他累坏了身体，便说："你这是要吐出心来才肯罢休啊。"成语"呕心沥血"的"呕心"便是出自李贺勤学的故事。而故事出自李商隐写的《李贺小传》。

论年龄，李贺年长李商隐23岁，李贺去世的时候，李商隐才3岁。虽然两人没有见过面，却有间接的亲戚关系。李贺的长姐嫁到了王家，而李商隐从王家娶了个媳妇。因此，借着这层关系，李商隐便从李贺的姐姐那里得知了诸多关于李贺的事情，从而写下了《李贺小传》。

李商隐喜欢李贺的诗作由来已久，据说还曾抄录、背诵、模仿李贺的风格写诗。其中，有一首《效长吉》为证："长长汉殿眉，窄窄楚宫衣。镜好鸾空舞，帘疏燕误飞。君王不可问，昨夜约黄归。"

人与人的缘分便是如此奇妙吧，如果李商隐不是那么钟爱李贺的诗作，恐怕不一定能娶到王家的女儿，更不可能认识李贺的姐姐，而且无法知道关于他崇拜的诗人的故事。李商隐对李贺作品的喜爱一定是真挚而又热烈的，所以，上天才给了他机会，让他从李贺姐姐那里进一步认识李贺。

公元804年，14岁的李贺已经和当时的知名诗人，即写下那句"早知潮有信，嫁与弄潮儿"的李益齐名了。

公元807年，17岁的李贺已在诗坛小有名气，原本可以登科及第，然不幸遭遇了丧父之痛。按照礼制，须服丧三年。直到公元810年，在韩愈的劝谏下，李贺才参加了进士考试。然而，嫉妒李贺的人早已放出流言，说李贺的父亲名"晋肃"，"晋"与"进"犯嫌名。于是，李贺被取消考试资格，愤而离开了考场。

韩愈还为李贺做了辩解，但终究没能改变结局。这也许就是"人红是非多"的古代版本吧。如果李贺没有名气，可能还没有人会注意他，更不会有人挖空心思去陷害他，然而，没有如果，事实就是他被陷害了。

公元811年，21岁的李贺从家乡返回长安，经过宗族亲戚的推荐考核，他担任了九品芝麻官——奉礼郎。这个官职主要负责祭祀朝会时的礼节、站位、排序、跪拜礼仪等。对于一位年少成名的天才诗人而言，这等小官实在屈才，但李贺并未有丝毫抱怨。

为官三年，他兢兢业业，结交了许多文人墨客，也认清了为官不易。在此期间，他写下了诸多反映社会现实的佳作。

公元813年，李贺的妻子病逝，那时李贺才23岁，两人结婚才三年左右。这使李贺哀痛成疾，告病回乡休养了一段时间。在此期间，他笔耕不辍，在南园创作了诸多组诗。

公元814年，由于他耳闻目睹了官场的黑暗和腐败，眼见升迁无望，于是，他辞官回乡。后在友人张彻的举荐下，他去了昭义军节度使郗士美的军队做文书工作。

这首《南园十三首·其五》大概是在这个时期创作的，是在他出发去军队做幕僚之前写下的诗篇，也是他投笔从戎的转折之作。

"男儿何不带吴钩，收取关山五十州"这两句是李贺对自己的鼓励和鞭策，也是对天下诸多与他一样仕途不顺、报国无门的饱读之士的鼓励，充分体现出李贺的革命乐观主义精神。他并没有因辞官而失去对生活的理想，失去对理想的追求。他也不是那种一根筋的人，他懂得改变思路，"文路"不通，便试试"武路"。很简单的两句诗，却将一位想要横刀立马、跃跃欲试、收复失地的男子气概表露无遗，读来热血沸腾，令人振奋！

"请君暂上凌烟阁，若个书生万户侯"，这两句是李贺对自己的说服词。"来，你去太极宫的凌烟阁看看，看看那里画的二十四位功臣，有哪一个是白面书生？他们都为国南征北战，戎马一生。所以，想要建功立业，就去军营，大干一场"！这就是李贺写这首诗时的内心独白吧。

为此，他研读了《战国策》《孙子兵法》《六韬》等诸多军事著作。在他瘦弱的身躯内，藏着一个血气方刚、威武不屈的灵魂！

公元816年，藩镇割据越演越烈，郗士美军队讨伐叛军功败垂成，告病还乡。而举荐李贺的友人张彻也回到了长安。李贺无可奈何，辞官回乡。这时候的他，已疾病缠身。回到昌谷老家后，他虽郁郁寡欢，但仍夜以继日地整理诗作，自编《李贺诗歌集注》。不久，李贺病逝，年仅26岁。所谓天妒英才，便是如此吧。传说李贺去世前，曾在梦中见天帝派来使者召唤他到天上白玉楼作记文。

回顾李贺的一生，他仕途坎坷，少年丧父，青年丧妻，短暂的一生过得起起伏伏。他的幸运，是少年时便结识了赫赫有名的文学家和政治家韩愈。在韩愈的提携下，他声名远播，还当了官。后来，仕途不顺，他辞了官，又在韩愈的友人张彻的举荐下进了军队做文书工作。然而，不幸的是，军队解散，他只能辞官回家。

从李贺的故事中，我读到了大文学家韩愈的高风亮节，也读到了文人之间超越年龄、彼此惺惺相惜、互相帮衬的故事。

李贺虽然英年早逝，但他的《李凭箜篌引》与白居易的《琵琶行》堪比描写音乐诗作的"绝代双骄"。还有他的《雁门太守行》《马诗二十三首·其五》等被后世追捧。就连伟人毛泽东都曾援引他的诗句，写下了"天若有情天亦老，人间正道是沧桑"。朱自清、鲁迅、钱锺书都对他赞赏有加。

李贺在世虽然仅有26年，却留下了230多首诗作，后人将他与屈原和李白并提为中国古代浪漫主义诗人。这对他短暂的一生而言，是莫大的褒奖，不枉他来人世走了一遭。

大话 诗词
DA HUA SHI CI

李商隐 ▶▶▶

李商隐（约813年—约858年），字义山，号玉谿生，又号樊南生。怀州河内（今河南省沁阳市）人，后随祖辈移居荥阳（今河南省郑州市）。晚唐著名诗人，和杜牧合称"小李杜"。

开成二年（837年），进士及第，起家秘书省校书郎，迁弘农县尉。开成三年（838年），成为泾原节度使王茂元（岳父）幕僚。后卷入"牛李党争"的政治旋涡，备受排挤，一生困顿不得志。大中十二年（858年），病逝于郑州，时年约45岁。

李商隐擅长诗歌写作，骈文文学价值颇高。其诗构思新奇，风格秾丽，尤其是一些爱情诗和无题诗写得缠绵悱恻，优美动人，广为传诵。其诗作在《唐诗三百首》中，占二十二首。有《李义山诗集》。

"相见时难别亦难"写了李商隐的一段恋情

无题·相见时难别亦难

相见时难别亦难，东风无力百花残。

春蚕到死丝方尽，蜡炬成灰泪始干。

晓镜但愁云鬓改，夜吟应觉月光寒。

蓬山此去无多路，青鸟殷勤为探看。

[解读]

见一面本就不易，分别时更觉得难舍难分，春风已变弱，而百花已凋残。春蚕到死时才会吐完丝，蜡烛只有燃烧殆尽后烛泪才会干涸。早晨照镜子时愁容满面，只怕头发白了，晚上吟诗时，感觉月光寒冷。从这里去蓬莱山没有多远的路，但愿青鸟能殷勤地为我去探视和照看你。

[品鉴]

研读李商隐，深感他的诗有种高级美，一种能渲染内心世界凄凉的美感。

李商隐出生于约公元813年，晚唐时期一个小官僚家庭。他3岁随父到浙江生活，然而不到10岁，他的父亲去世，后随母回到了怀州河内（今河南省沁阳市）老家。作为家中长子，他帮着母亲一起操持家务，"佣书贩舂"补贴家用，生活艰苦。

公元826年，13岁的李商隐举家搬到了洛阳城。

公元829年，16岁的李商隐在堂叔的教导下，因习得一手好文章而小有名气。这一年，他认识了57岁的大诗人白居易和63岁文采俱佳的令狐楚。令狐楚算得上李商隐的忘年交，他很欣赏李商隐的才华，聘其入幕府，并让其子令狐绹跟他学习。

这四年时间里，李商隐一边帮令狐楚做事，一边参加科考，然而屡试屡败。

公元833年，令狐楚去长安任职，20岁的李商隐便返回了河南老家。大概因为科举失败，让他心灰意冷，于是这一年，他去了玉阳山修道。此山有两峰，东峰有座玉阳观，西峰有座灵都观。李商隐在东峰玉阳观潜心修道两年多。

公元835年，22岁的李商隐，遇到了住在西峰灵都观修道的宋华阳。

宋华阳曾是某公主的侍女，具体是哪位公主尚无定论。然网上多处写的竟是玉真公主，如果查一查玉真公主的生卒年就会知道，她去世五十余年后李商隐才出生。如果宋华阳是玉真公主的侍女，那宋华阳至少也得七八十岁了，真是牛头不对马嘴！所以，宋华阳肯定不是玉真公主的侍女，而是其他某位公主的侍女。

宋华阳其貌不详，但能随公主修道而到此地，其人应该是青春靓丽，才貌俱佳。

李商隐和宋华阳在玉阳山携手修道，论道谈诗，志趣相投，很快两人便坠入爱河，难舍难分。

不久，宋华阳怀孕，两人相爱之事就再也藏不住了。然而，道观毕竟是道观，清规戒律自是严苛，怎会允许发生这事。于是，李商隐被赶下了山，而宋华阳也被遣送回宫。

如果李商隐没有在令狐楚那做过幕僚，得罪公主的下场必然是死罪。但这位公主显然是有政治头脑和仁慈之心的，只是将李商隐赶下了山，而并未将其羁押、惩处或者处死。

宋华阳的结局没有史料记载，但可想而知，在那个封建礼教森严的时代，她活着的可能性极小，只是道观不适合行刑，所以，她就被送下山去了。

这也是李商隐前半生都在怀恋宋华阳的主要原因吧。因为他的出现，使得一位原本在公主身边当差、衣食无忧的侍女名誉扫地，还付出了生命代价。

这首《无题·相见时难别亦难》便是后来（大约公元851年）李商隐回忆起这段恋情的时候，写给宋华阳的诗。他将相思之情刻画得入木三分，我见犹怜。

见你一面是多么不容易，分别时又是多么依依不舍啊。何况是现在，暮春时节，百花凋残，更让人倍感伤怀。

春蚕到死的时候才会吐完丝，蜡烛只有燃烧殆尽后烛泪才会干涸。我对你的思念就像春蚕吐丝那样，一刻也不能停止，就像蜡炬成灰那样，至死方休。

见不到你的日子，早晨照镜子时愁容满面，生怕连头发都白了。晚上吟诗的时候，连月光都感觉是寒冷的，啊！我是多么想和你见一面啊。

从这里去蓬莱山没有多远的路，但愿青鸟能代我去殷勤地照顾你。

意译一番，感觉李商隐堪称"情诗高手"！这样美妙动听的情话，恐怕连夜莺听了都要爱上他，何况是一个任人使唤、看人脸色、没人疼爱的侍女。

宋华阳爱上李商隐搭上了一条命，也因此名留野史。比起大唐皇宫内那百千万个无名宫女死得其所吧。至少，她是因为爱才殒命的。

"东风无力百花残"这句，仿佛是李商隐在暗喻自己的无能，没法保护自己心爱的女人和腹中孩儿，以至于最后落得个"凋残"的结局。

尾联两句，满怀希望，寄托着一丝浪漫的遐想，想让神鸟去帮他照看心爱之人。然而，结局已经在首联出现了，"相见时难别亦难，东风无力百花残"。

整首诗体现出恋人之间深深的思念之情，还有想见而不能见的无奈和怅惘，以及一些美好的幻想。

或许，初恋大多注定是没有结果的。从古至今，似乎都是如此，可叹李商隐也没有躲过此劫。

李商隐笔下的这首诗是写给谁的

无题二首·其一

昨夜星辰昨夜风，画楼西畔桂堂东。

身无彩凤双飞翼，心有灵犀一点通。

隔座送钩春酒暖，分曹射覆蜡灯红。

嗟余听鼓应官去，走马兰台类转蓬。

[解读]

昨晚的星星还有昨晚的风，在桂堂的东边，画楼的西边。身体虽然不像彩凤那样有一双会飞的翅膀，但是心与心之间有息息相通的默契。隔着座位传钩，在春天喝酒感觉浑身暖和，把东西放在遮盖物下，大家分组猜物，蜡烛的灯光照得很红。感叹听到鼓声，要去官府应卯了，骑马往校书省奔去，快马加鞭如蓬草翻转。

[品鉴]

虽说李商隐一生写了600多首诗，但最精华的都藏在这几首无题诗中。尤其这句"身无彩凤双飞翼，心有灵犀一点通"，被人无数次引用。

若说李商隐是情圣也不为过，因为，是他将男女之间的种种情感用华美的文字雕刻了出来。很多时候，我们能感受到那种心意相通的感觉，却苦于找不到恰当的词句来表达。而李商隐就像庖丁解牛一般，将这种细腻的微妙的情感用诗句拆解出来，并且表达完美。

只赏析了这两首诗，就已经发现李商隐写诗的特别之处了，他似乎特别喜欢化用典故。解读他的一首诗，能从中拆解出诸多的典籍故事来。当然，也从侧面反映出他的学识渊博。

据说，这首诗写于公元838年，是李商隐写给他妻子王氏的诗。

公元836年，23岁的李商隐从玉阳山修道归来后，暂时放下了心中的伤痛，转而发奋努力，考取功名。

这一年，他一边发愤图强，一边邂逅了传说中的柳枝姑娘，还写了组诗《柳枝五首》。据说此女是洛阳城内一位富商的千金，偶然间在大街上听到了李商隐写的诗句，便对他心生爱慕。之后，便一见倾心，你来我往。后来两人相约在某天会面，李商隐那时要去长安参加科考，就在李商隐要去赴约那天，他的同伴拿走了他的行李，李商隐便赶去追同伴，因此失约。柳枝姑娘等不到李商隐，不久后便出嫁了。李商隐悔恨不迭，写下了"春心莫共花争发，一寸相思一寸灰"的千古佳句。

公元837年，24岁的李商隐在令狐绹的帮助下，终于考中了进士。在此之前，李商隐已经参加了四次科考，第五次终于如愿。

令狐一家对李商隐的帮助是情深义重，恩同再造。60多岁的令狐楚与李商隐，既像忘年之交又像老师和学生。令狐楚毫无保留地指导李商隐写骈文，又让他与自己的儿子一同学习。令狐楚大概也是看他年幼丧父，甚是可怜，又很有才华，不忍其就此埋没。于是对李商隐像对待干儿子那样亲切。

而令狐绹对待李商隐，也情同兄弟，一起学习一起玩耍。虽然，偶尔也嫉妒自己的老爹器重一个外姓小子，但终究李商隐也曾帮过他，若没有李商隐的指导，他很难考中进士。

高中进士的李商隐正要在仕途大展拳脚的时候，他的恩公兼老师兼文友令狐楚去世了，享年72岁。这对李商隐而言，如晴天霹雳。没有令狐楚撑腰，他的仕途之路如何前进？好在天无绝人之路，料理完恩师令狐楚的丧事后不久，便有了好消息。

公元838年，李商隐25岁。他的同乡——泾原节度使王茂元邀他去泾州（今甘肃省平凉市泾川县）做幕僚。年轻气盛的李商隐，想都没想就去了。

王茂元自幼随父征战，以勇武著称。因此，他需要一位文臣谋士辅佐。而李商隐在令狐楚身边许久，也算小有名气。如今令狐楚去世，李商隐失去依靠，这时若能拉拢他到自己的阵营，岂不甚好？

于是，当李商隐抵达王茂元的府上时，王茂元特意置办了酒席招待，并将自己的姬妾和女儿喊来作陪。往后，又置办了几次酒席。

这首《无题二首·其一》大概就是在这个时期创作的，讲述了李商隐与王茂元的女儿见了几次面之后，在某次宴席上的故事。

昨天晚上，在桂堂东边、画楼的西边，见到满天星斗，还有和煦春风。还有见到你，我很开心。

虽然我们不像彩凤那样有一双会飞的翅膀，可以比翼齐飞，但彼此心里有息息相通的默契。

隔着座位传钩的游戏挺好玩，在春天喝酒感觉浑身都很暖和。还有分组猜物的游戏，也很有趣。还有烛光映照着你的脸红通通的，很美！

突然听到击鼓声，打断了我的思绪，忍不住感叹，又要去官府应卯了。唉，赶紧骑马往校书省奔去，快马加鞭，像一棵蓬草那样在风中翻转。

将这首诗意译出来，诗境是那样美妙。

前三联都在回忆昨晚夜宴的美好，回忆相见时的甜蜜和温馨。首联讲述了故事发生的时间、地点和天气状况。用环境渲染出一种美好的气氛。

颔联"身无彩凤双飞翼，心有灵犀一点通"是整首诗的点睛之笔，将相识不久、暗生情愫的男女之间的那种微妙的感情刻画得淋漓尽致，可谓神来之笔！

颈联中，"隔座送钩"和"分曹射覆"是古人饮酒时的一种游戏，讲述了席间发生的有趣的事情。用"春酒暖"来表达自己春心萌动。用"蜡灯红"引申出在烛光下，女子的容貌娇美。

尾联则是因为鼓声响起，从回忆中苏醒，回到现实中转而发出的慨叹。就好比闹钟响了，得出门去上班了。大概是起得晚了，所以，快马加鞭，马的鬃毛在风中乱飞，像蓬草那样乱蓬蓬的。"走马兰台类转蓬"这一句，有多种释义。可以理解为自己骑着马向兰台奔去，快马加鞭，犹如蓬草在风中翻转，意思就是骑得很快。也可以理解为马的鬃毛在风中乱蓬蓬的。也可以谐音理解为"累转蓬"，太劳累了以至于感觉自己像一株蓬草那样。

李商隐与王氏的相遇相知，一方面大概是王茂元的有意撮合，另一方面也是王氏倾慕李商隐的才学，还有一方面就是李商隐可能也想攀附王茂元的关系。

于是，不到一年，李商隐便用华美的诗词追到了王氏，两人很快喜结连理。

然而，王茂元是朝中"牛李党争"的"李党"成员，李商隐的恩师令狐楚是"牛党"成员。两派相斗，无异于楚汉相争。李商隐的行为被解读为对恩师的背叛，也就背弃了"牛党"，并且还很快搭上了"李党"的船，这件事情被当时许多文人墨客所诟病。

李商隐以为自己找到了新的靠山，却不料命运跟他开了个天大的玩笑。令狐楚去世后，他的儿子也是李商隐的同学兼好兄弟令狐绹，逐渐上位，官至宰相。

因为李商隐也成了"李党"的人，导致令狐绹后来的打击报复，搞得李商隐也是灰头土脸。

公元842年，29岁的李商隐失去了母亲，按照当时的风俗，他要守孝三年。

公元843年，30岁的李商隐再次失去了他的政治靠山，他的岳父王茂元去世。

公元851年，38岁的李商隐失去了妻子，由于他长期在外做官，没有来得及见妻子最后一面，悔恨交加，后来写了《锦瑟》，"此情可待成追忆，只是当时已惘然"表达出对妻子的深情和愧疚。

同年秋，李商隐应邀去了四川梓州（今四川省绵阳市三台县），过了四年左右的幕府生活。此间，李商隐心灰意冷，开始研究佛学，不仅长年吃素，甚至想要遁入空门。

王氏去世后的七年时间里，李商隐没再续弦。郁郁寡欢的李商隐于公元858年在郑州去世了，时年45岁。友人崔珏写给他的诗《哭李商隐》中有两句，概括了他的一生——"虚负凌云万丈才，一生襟抱未曾开"。

李商隐的一生，在"牛李党争"的夹缝中，左摇右摆，以至于错失了很多机会，因此被一些文人墨客所嫌弃。

才华固然重要，但是命运无常、造化弄人，才导致李商隐坎坷的仕途吧。李商隐后来应该参透了这点，所以才有遁入空门的想法吧。

大话诗词 **DA HUA SHI CI**

李煜 ▶▶▶

　　李煜（937年—978年），原名从嘉，字重光，号钟隐，又号钟峰白莲居士。生于金陵（今江苏省南京市），籍贯彭城（今江苏省徐州市），南唐中主李璟第六子，南唐末代君主、诗人。

　　建隆二年（961年），李煜继位，尊宋为正统，奉献岁贡以保平安。开宝四年（971年）十月，宋太祖灭南汉，李煜去除唐号，改称"江南国主"。次年，贬损仪制，撤去金陵台殿鸱吻，以示尊奉宋廷。开宝八年（975年），李煜兵败降宋，被俘至汴京，授右千牛卫上将军，封违命侯。太平兴国三年（978年）七月七日，李煜死于汴京，时年41岁。后追赠太师，追封吴王。世称南唐后主、李后主。

　　李煜精书法、工绘画、通音律，诗文均有一定造诣，尤以词的成就最高。李煜的词，语言明快、形象生动、用情真挚，风格鲜明，其亡国后词作更是题材广阔，含意深沉，在晚唐五代词中独树一帜，对后世词坛影响深远。后人将其词与李璟的词合刻为《南唐二主词》。

"一代词宗"李煜的千秋绝笔引无数人垂泪

虞美人·春花秋月何时了

春花秋月何时了，往事知多少？小楼昨夜又东风，故国不堪回首月明中。

雕栏玉砌应犹在，只是朱颜改。问君能有几多愁？恰似一江春水向东流。

[解读]

春天的花朵和秋天的月亮什么时候会消失呢？过去的事情，它们又知道多少？我住的小阁楼，昨晚又吹起了东风，在月明之时，实在不忍想起那已败亡的国家和故土。

雕花的栏杆，玉砌的台阶（泛指旧宫殿）应该还在吧？只是容貌变了。谁要问我的惆怅有多少？就像那条滚滚东流、绵绵不绝的春江水那样。

[品鉴]

"虞美人"原本是唐代的教坊曲，而教坊是从唐代开始设立的管理宫廷音乐、舞蹈和百戏等的官署。"虞美人"相当于皇家乐库里的曲子，后来被用作词牌的名字。其格式统一为上下片各四句，共五十六个字，双调。

这首词以问句起笔"春花秋月何时了，往事知多少"，由词义可知，李煜是看着天上的明月，感慨万千，才写了这首词。

"小楼昨夜又东风，故国不堪回首月明中"这两句讲他住的地方，昨晚吹了风，像是从故国吹来的一样，让他看着明月不知不觉间想起了自己被灭亡的国家，国家已经不在了，他心中实在难受。由景写到了物，又从物写到了国家。

"雕栏玉砌应犹在，只是朱颜改"讲的是他的猜想，皇宫应该还在，只是换了一群人。有种物是人非的感慨和伤怀。

"问君能有几多愁？恰似一江春水向东流"用一问一答的句式，更加凸显出李煜的惆怅和无奈之情。并且，最后一句"恰似一江春水向东流"与首句，从结构上讲，是以问起，以答作为结语，首尾呼应，一气呵成，可谓妙哉！

从诗境上讲，这首词勾勒出了一幅美好的画面，有花有月，有亭台楼阁，还有一江春水。然而，诗意是借着这些美好的事物来表达失去后的伤感、懊恼和无奈，从而反衬出词人作为亡国之君深深的痛苦之情。

品读完这首词，我仿佛走进了李煜的心里，他的惆怅刻进了这首词中，当我再次诵读时，这惆怅迎面扑来。李煜算得上帝王当中，最有才华的一位吧。琴棋书画，诗词歌赋，似乎没有他不会的，尤以词的造诣最高。

这首词是他的绝笔之作，也是他送给自己41岁的生日礼物吧。这一天也是七夕节，想来"月上柳梢头，人约黄昏后"。他不由得抬头看了看明月，想到这自然之物如此长久，年年岁岁都能看到，可物是人非，国破家亡，自己从帝王沦落成俘虏，被人软禁在这宫中不得自由，心头便泛起了浓浓的惆怅和绵绵的恨意。

看着月亮，遥想故国，昔日精雕细琢的宫殿楼阁，应该还在吧。只是住在里面的人，换了而已。谁要问我有多忧愁？看那绵绵不绝的春江水就知道了。

在这一问一答间，李煜不仅更加伤感，而且大概也受够了这两年来忍气吞声、受尽屈辱的俘虏生活。于是，他便将所见所感尽书笔端，写下了这首千古佳作。

随后，他又招来歌女作曲演唱。很快，就有人把这首词传给了宋太宗赵光义。七夕佳节，原本是宫廷内外难得的饮酒作乐之日，但这首词让赵光义看后十分扫兴，怒不可遏，当即下令赐毒酒给李煜。

李煜就这样被赐死，但这毒药不是一发致命，而是一种烈性毒药——牵机药。据传服用此药后，会引起全身抽搐不止，头足相接如同弯弓的形状，非常可怕！

很多人分析，说李煜是自作自受。写这么一首词，生怕别人不知，还招歌女来唱。在我看来，他是故意为之。一个才华横溢的人，他怎么可能不知道大肆招摇的后果，只有死路一条。他心知肚明。他只是想在临死前，给自己摆一场最后的盛宴，选在七夕之夜听一听歌曲，再合适不过。那是他41岁的生日当天，生于七夕，死于七夕，也算圆满。只是他没有想到，赵光义下手太狠，让他死得过分痛苦，死时的样子也过分丑陋！如此良辰吉日，却没有换来一个痛快的死法！

以李煜的才华，若是生在盛世，或许还能成为一代明君而被歌功颂德。很不幸的是，他这种一心钻研诗词歌赋，无心朝野的人，却偏偏被迫成了乱世之主，这让他如何施展才华？虽然他已用尽全力，奈何政局复杂，强敌难攻，非他所能左右。只能感叹一句，时也，命也！

虽然，他只活了四十一年，除去后面几年过得艰难的日子，其余日子也算过得锦衣玉食、声色犬马、逍遥快活。虽然，他没有当好一代国君，但他当好了一代词人。他虽无政绩可表功，却有诗词传天下。他这一生，也值了！

李煜与周娥皇姐妹之间的爱情，也有诸多版本和微词。李煜和周娥皇相爱，举案齐眉，琴瑟甚笃，伉俪情深。然而，周娥皇染病后，据传李煜和周娥皇的亲妹妹有染。大周后病逝后第四年，李煜娶了她的亲妹妹，并册立为后。大周后的亲妹妹的名字不详，有说叫周女英，也有说叫周薇，世称小周后。小周后跟随李煜过了两年俘虏生活，李煜去世后不久，她也去世了。

不知道小周后是不是李煜找的大周后的"替身"，就像苏轼娶了他的发妻王弗的堂妹王闰之，也像梁思成娶了林徽因的学生林洙。古往今来，类似的事情层出不穷。不知是爱屋及乌，还是新人胜旧人？是真爱前者，还是更爱后者？世人难以知晓。

李煜因为一首词而被皇帝赵光义毒死。没想到诗词竟然可以左右一个人的生死！有的人因为诗词写得好，得到高官厚禄，平步青云；有的人也写出绝妙诗词，却因此朝不保夕，命丧黄泉。

李煜的这首《虞美人·春花秋月何时了》，既表达了对故国故土的思念和热爱，也表达了物是人非的惆怅和身不由己的恨意，是对自己一生的最后回望和哀诉，也因为是绝笔，更添了几分伤感。

大话诗词 DA HUA SHI CI

晏 殊 ▶▶▶

晏殊（991年—1055年），字同叔，抚州临川县（今江西省抚州市临川区）人。北宋政治家、文学家。

晏殊自幼聪慧，14岁以神童入试，赐同进士出身，被任命为秘书正字。天禧二年（1018年）被选为升王府僚，后迁太子舍人。历任知制诰、翰林学士。宋仁宗即位后，他建议刘太后垂帘听政，并在崇政殿为仁宗讲授《易》，一度升至枢密副使，后因得罪刘太后而出知应天府。在地方大兴学校，扶持应天府书院，培育人才。仁宗亲政后，他更受宠遇，最终官拜集贤殿大学士、同平章事兼枢密使，成为宰相。晚年出知陈州、许州、永兴军等地，获封临淄公。至和二年（1055年），晏殊在开封病逝，终年64岁。获赠司空兼侍中，谥号"元献"。

晏殊以词著于文坛，尤擅小令，风格含蓄婉丽，与其第七子晏几道被称为"大晏"和"小晏"，又与欧阳修并称"晏欧"。后世尊其为"北宋倚声家初祖"；亦工诗善文，其文章又能"为天下所宗"。原有文集，今已散佚。存世作品有《珠玉词》《晏元献遗文》《类要》残本。

神童晏殊的逆袭人生有多精彩

浣溪沙·一曲新词酒一杯

一曲新词酒一杯，去年天气旧亭台。夕阳西下几时回？
无可奈何花落去，似曾相识燕归来。小园香径独徘徊。

[解读]

一边填词一边喝酒，还是去年的天气和亭台。西边落下的太阳何时再回来？

没有办法改变美丽的花儿凋落，似曾相识的燕子又回来了。独自在芳香的小园里徘徊。

[品鉴]

每当谈起宋词，便会想到"大晏"和"小晏"这对父子。虽不及"三苏"和"三曹"父子知名度高，但也能跟"大仲马、小仲马"父子相提并论了。

此番，我们来研读一首"大晏"的词吧。

这是一首动静结合的词。

上片描写的是相对安静的画面。诗人独自坐在去年坐过的亭台处，看着夕阳西下，一边填词一边喝酒，感叹时光易逝。

下片则描写的是相对动态的画面。诗人独自在花园里的小路上徘徊散步，低头看到小路两边满是凋谢的花朵，想要挽留却深感无可奈何。抬头又看到燕子回巢，仿佛是似曾相识的那几只。闻着花香，有些感叹，美好的事物往往留不住。

从整首词可以看出，诗人在抚今思昔。从"几时回"和"燕归来"可以看出，诗人在等待着什么人回来，盼望着那个人像燕子一样早日归来。

此词写于哪一年，无法查到。只好研究一番晏殊的生平履历，从中推敲了。

晏殊生于公元991年，是抚州临川县（今江西省抚州市临川区）人，跟王安石是同乡。自幼好学，7岁能文，有"神童"之誉。他的先祖是春秋时期齐国的宰相晏婴。

1005年，14岁的晏殊受赐同进士出身。

古代文人中的神童不多，除了晏殊，还有10岁进了弘文馆的杨炯。而晏殊最先获得进士身份。

1008年，17岁的晏殊失去了父亲，不久，他的母亲也去世了。他不到18岁，父母俱亡，晏殊成了孤儿。

晏殊有个弟弟叫晏颖，比晏殊小3岁，也是少年才子，宋真宗时赐同进士出身，授奉礼郎。兄弟两人相依为命，同吃同住同学习，还同去翰林院伴读，情谊深笃。然而，天有不测风云，人有旦夕祸福。1011年，17岁的晏颖去世了。这时才20岁的晏殊便成了真正的独自一人，父母兄弟都去世了。

晏颖之死，颇为蹊跷，据《临川县志》载，晏颖的死亡，如同蚕蜕般平静。案上一纸，大书小诗二首，一云："兄也错到底，犹夸将相才。世缘何日了，了却早归来。"一云："江外三千里，人间十八年。此行谁复见，一鹤上辽天。"皇帝御赐"神仙晏颖"四字于晏家。

从"了却早归来"一句可以看出，弟弟告诉哥哥，了却尘缘，早日回去。所以，可以推断出晏殊也是来历不凡。

大约1015年，24岁的晏殊和工部侍郎李虚己之女李氏喜结良缘，但婚后两三年，李氏就病逝了。27岁的晏殊续娶了孟氏。13年后，孟氏去世。晏殊40岁时，又续娶了王氏，最终这位王氏陪他到最后。

大抵才子和佳人往往成对出现，比如李商隐和宋华阳、陆游和唐琬等，然而，查不到晏殊和其他佳人的相关故事。

所以，这首《浣溪沙·一曲新词酒一杯》，从"无可奈何花落去，似曾相识燕归来"这两句可以看出，是借景抒情，借物喻人，可能是在孟氏去世以后写的。

"夕阳西下几时回"是在说，夕阳落山了还能再回来吗？仿佛又在说，人死了还能复生吗？

李氏虽是原配，毕竟相处时间短，没有多少感情积累。而孟氏与他相伴13年，孟氏去世后，他定是伤怀不已的。

"夕阳西下"也似暗含了自己人到暮年。所以，这首词最有可能是写于1031年春，晏殊40岁时，为怀念他的孟夫人所写。这首词不仅在表达惜春伤春的感慨，更是表达对心爱之人的怀念和眷恋。

一句"似曾相识燕归来"仿佛在说，你看春天到了，燕子都回来了，你呢？什么时候能够回来？哪怕是回到我的梦中，与我相见。然而，正如欧阳修所写"门掩黄昏，无计留春住"，生命终归要走向衰败和死亡，谁也无法留住。

不过，"无可奈何花落去，似曾相识燕归来"这两句暗含了辩证唯物主义的思想。仿佛在说，现实虽然很无奈，但希望还是有的。也因此，这首词穿越一千多年的时空，仍被后人津津乐道。

晏殊的仕途之路几起几落，因官至宰相，被称"宰相词人"。他还辅佐过两代皇帝。在宋仁宗幼年继位时，建言太后"垂帘听政"，为稳定朝局立下了汗马功劳。

不仅如此，晏殊还善于提拔和培养门生，比如范仲淹、王安石等都出自他的门下，还有欧阳修也经过他的栽培和引荐，得到了朝廷的重用。

在教育领域，他还大力兴学，培养人才，扶持了应天府书院，大力改革教育，上至京师，下至郡县，都设了官学，史称"庆历兴学"。

在文学方面，他笔耕不辍，写下了一万多首词，且脍炙人口的句子颇多。比如，"红笺小字，说尽平生意。鸿雁在云鱼在水，惆怅此情难寄""昨夜西风凋碧树，独上高楼，望尽天涯路。欲寄彩笺兼尺素。山长水阔知何处？""无情不似多情苦。一寸还成千万缕。天涯地角有穷时，只有相思无尽处。""满目山河空念远，落花风雨更伤春，不如怜取眼前人。""梨花院落溶溶月，柳絮池塘淡淡风。"诸如此类，不胜枚举。

然晏殊的大多作品已杳无踪迹，传世有《珠玉词》3卷，清人所辑《晏元献遗文》等。

1055年，晏殊病逝，终年64岁。

纵观晏殊一生，无论是政治才能，还是文学才华，都堪称楷模。为人勤俭清廉，还培养出了一位才华出众的儿子晏几道，以及几位青出于蓝而胜于蓝的门生王安石和范仲淹。他也算后继有人，桃李满园了。

王安石 ▶▶▶

王安石（1021年—1086年），字介甫，号半山，人称半山居士，自号临川先生。北宋临川县（今江西省抚州市临川区）人，北宋时期杰出的政治家、文学家、思想家、改革家。

庆历二年（1042年），王安石考中进士。历任扬州签判、鄞县知县、舒州通判等职，政绩显著。熙宁二年（1069年），被宋神宗升为参知政事，次年拜相，主持变法。因守旧派反对，后被罢相。一年后，被神宗再次起用，旋即又罢相，退居江宁。元祐元年（1086年），保守派得势，新法皆废，王安石郁然病逝于钟山，终年65岁。累赠为太傅、舒王，谥号"文"，世称王文公。

王安石潜心研究经学，著书立说，创"荆公新学"。其散文雄健峭拔，名列"唐宋八大家"之一；其诗"学杜得其瘦硬"，擅长于说理与修辞，晚年诗风含蓄深沉，以丰神远韵的风格自成一家，世称"王荆公体"；其词不多而风格高峻。有《临川集》等著作存世。

专心建功立业的王安石，也曾多次被贬

泊船瓜洲

京口瓜洲一水间，钟山只隔数重山。
春风又绿江南岸，明月何时照我还。

[解读]

京口城和瓜洲镇只隔着一条河，距离钟山也只隔几座山而已。春风吹来，长江两岸的草木禾田又返青了，明亮的月光呀，你什么时候才能照着我回去呢？

[品鉴]

思乡心切的时候，便忍不住想起王安石的一句诗："春风又绿江南岸，明月何时照我还。"或许，在世人眼中，他政治家的身份比诗人的身份更让人印象深刻。王安石变法已经刻进了千年史册中，尽管最后变法失败，但影响深远。

原以为这首诗中"明月何时照我还"指的是回到家乡，可研究了王安石的生平履历后，我却不以为然。

关于此诗的创作时间，历来颇有争议。据我推测，此诗应作于王安石第二次赴任宰相之前。如此，"春风又绿江南岸，明月何时照我还"便是一语双关。所谓的"还"，不是指还乡，而是指回到京城，回到皇权中心，那里才是他施展才华、一展抱负、大展宏图的地方。

因此，这首诗是在借景抒情。短短四句诗，前两句仿佛在说，我所在的地方，与皇权中心，只隔了一条河、几座山而已。因而"京口瓜洲一水间，钟山只隔数重山"这两句便有种自我安慰的意味。其言下之意好似在说，不要着急，钟山距离京城很近，我离皇权也很近，没有那么遥远。

而后两句"春风又绿江南岸，明月何时照我还"，仿佛在说，你看春天来了，万物都返青了，明月什么时候才能照着我回去呢？因此，诗句中的"明月"代指朝廷或皇帝，而"照我还"的"照"则谐音为"召"，意为"召我还"。后两句，一方面抒发自己被贬后的苦闷之情，另一方面表达出自己还想早日回到朝野，继续开展变法的想法和决心。

所以，这首诗不是一首简单的写景思乡诗，而是一首表达政见的诗。但如今，我们常常用后两句来表达思乡之意。

王安石是江西抚州临川县（今江西省抚州市临川区）人，出身官宦世家，自幼聪慧，博学多闻，21岁便考中进士，历任扬州签判、鄞县知县、舒州通判等职，政绩显著。

1069年，王安石得到了宋神宗的器重，大力推行政治、经济、军事、文化等各个领域的改革，这也是历史上继"商鞅变法"之后的又一次重大改革。然而，新法挫伤了保守派的利益，也因此引起了"新旧党争"，王安石遭到了旧党的弹劾。

1074年，王安石被罢免宰相一职，返回钟山（今江苏省南京市紫金山）时已53岁。

为何会把船停在瓜洲？依照我的推测，这首诗写于1075年3月，即初春之时，二次拜相之前，大约是王安石去会友或踏青的路上有感而作。诗人看到春天来了，万物复苏，想到自己还处在被贬谪之时，难免伤感，因此作此诗聊表慰藉和抒怀。

这首诗大概是传到了宋神宗那里，宋神宗读完诗后明白了诗中意，于是念及旧情，又将王安石召回了京城，让他二次拜相。

王安石的变法依旧受到重重阻挠，迫不得已，他托病请辞。然而，宋神宗并没有同意。直到1076年，因王安石的长子王雱去世，宋神宗才同意王安石辞官。55岁的王安石失去了33岁的长子，老来丧子之痛，其悲伤程度可想而知。

虽然，历史记载王雱是因病辞世，但并未写清病因。试问年纪轻轻怎会因病去世？如果大胆猜测，极有可能是被旧党派人毒害也未可知。王安石大概也意识到了这点，所以才会在他的儿子去世后，坚决辞去宰相之职。

然而，宋神宗难得找到一位像王安石这样有才华的宰相，怎肯轻易放他离去。虽同意他辞去宰相，但宋神宗将他外调为镇南军节度使，这样既缓和了党派斗争，又能保全王安石。

1079年，宋神宗再次将王安石调回京城，担任观文殿大学士等要职。

好景不长，1085年，37岁的宋神宗去世，这意味着王安石变法的结束和失败。

次年，即1086年，王安石在南京钟山去世，终年65岁。

从这样的时间线可以看出，王安石与宋神宗之间，君臣之谊十分深厚。宋神宗是王安石的伯乐，而王安石是宋神宗的左膀右臂。宋神宗21岁时便慧眼识珠发现了满腹经纶的王安石，并大力重用他。宋神宗年纪轻轻便有着雄韬伟略，一心想要改变宋朝积贫积弱的现状，为此，他承受着势力强大的旧党施压，依然力挺王安石变法。而王安石深明大义，于他而言，能遇到一位明君实属三生有幸。为此，王安石奋不顾身，顶着被满朝文武孤立、诋毁、弹劾甚至迫害的危险，也要推行变法。

但不论宋神宗赵顼和王安石如何君臣一心，如何力挽狂澜，也无法继续推行新法。宋神宗因变法未成，加之战事节节败退，满腔热血全都付之一炬，最后，忧郁而终。

王安石因子去世，已是悲痛难忍，再加上宋神宗——他的伯乐、领导、战友、知己、忘年交去世，对他而言，打击更甚。如此，宋神宗去世一年后，王安石也随之而去了。

虽然，他们呕心沥血的努力，没有换来变法的胜利，但君臣之谊，感人至深！

王安石的政治生涯中有一位劲敌，不是别人，就是那个"砸缸"的司马光。因为司马光天资聪颖，年少成名，除了与王安石政见相左外，其余方面，不论是才华还是为人处世，都算得上人中龙凤，与王安石不相上下。

王安石19岁时迎娶了自己的表妹吴琼，据说他一生未纳妾，与司马光、岳飞等人一样，属于不近女色、专攻事业的人。在那个纳妾蓄妓成风的年代，他们能做到独善其身，实属难得，也更加让人敬佩！

苏 轼 ▶▶▶▶

苏轼（1037年—1101年），字子瞻，又字和仲，号铁冠道人、东坡居士，世称苏东坡，汉族，眉州眉山（今四川省眉山市）人，祖籍河北栾城，北宋著名的文学家、书法家、美食家、画家，历史治水名人。与其父苏洵、其弟苏辙，并称"三苏"。

嘉祐二年（1057年），苏轼进士及第。后签书凤翔府判官。宋神宗时，他在杭州、密州、徐州、湖州等地任职。元丰三年（1080年），因"乌台诗案"被贬为黄州团练副使。宋哲宗即位后任兵部尚书、礼部尚书等职，并出知杭州、颍州、扬州、定州等地，晚年因新党执政被贬惠州、儋州。宋徽宗时获赦北还，途中于常州病逝，终年64岁。宋高宗时追赠太师；宋孝宗时追谥"文忠"。

苏轼是北宋中期文坛领袖，在诗、词、散文、书、画等方面取得很高成就。为"唐宋八大家"之一。苏轼善书法，为"宋四家"之一。也擅长文人画，尤擅墨竹、怪石、枯木等。作品有《东坡七集》《东坡易传》《东坡乐府》《潇湘竹石图卷》《枯木怪石图卷》等。

你可知苏轼写的"寂寞沙洲冷"有多流行

卜算子·黄州定慧院寓居作

缺月挂疏桐，漏断人初静。谁见幽人独往来，缥缈孤鸿影。

惊起却回头，有恨无人省。拣尽寒枝不肯栖，寂寞沙洲冷。

[解读]

月牙儿挂在那枝叶稀疏的梧桐树上，夜深人静时滴漏的水已经断了。而人声刚刚安静下来，谁能看见幽居之人独自往来，那影子隐隐约约像一只孤独的鸿雁。

鸿雁受惊回头看，有点怨恨没人来探望它。它拣遍了所有冰冷的树枝，依然不肯栖息，宁肯待在那又冷又寂寞的沙洲里。

[品鉴]

在深入学习了诸多唐诗宋词后，最令我钦佩的诗人当数苏轼了。他的作品，或许没有李白的飘逸洒脱，或许没有杜甫的忧国忧民，或许没有李贺的奇思妙想，却有着无可比拟的哲思，能深入我心，启迪智慧。他的作品就像一杯清茶，清冽、醇香、隽永。

苏轼的创作量很大，随机挑了一首，文笔如此洗练，让人钦佩！

这首词写在他被贬职到黄州（今湖北省黄冈市），住在定慧院的时候。"寓居"这两个字，仿佛是在告知读者，他是住在集体宿舍而不是独栋别院，生活条件有些艰苦。

看一看苏轼的生卒年月，再看看岳飞和李清照的生卒。原来他们几人中，苏轼出生的时间最早，李清照次之，岳飞最晚。再看寿命长短，岳飞39岁便去世了，苏轼终年64岁，李清照享年71岁。不过，这三人在时代的长河中有几年交集。苏轼去世时，李清照17岁，她刚刚与赵明诚结婚。岳飞去世时，李清照58岁，那时李清照已经成为遗孀。按照时间线推理，苏轼去世两年后，李清照19岁，而岳飞刚刚出生。

遗憾的是我解析的这三位，没能聚在一起，喝个小酒，吟诗作对。不过还好，三人都曾有过交集。李清照的父亲李格非是苏轼的学生，虽然李格非在苏轼身边只有一年时间，但也不排除，他会把7岁的女儿李清照带去大文豪苏轼那里拜个年，问个好什么的。

李清照58岁时，她应该听说过抗金名将岳飞，岳飞也应该听说过当世的大才女李清照吧。无奈，他忙于抵御金兵，无暇前去拜谒前辈，毕竟，他也算个诗人。李清照应该也很佩服这个智勇双全、精忠报国的晚辈吧。毕竟，她也是个忧国忧民、有家国情怀的女诗人。

然而，等我再次研究他们三人时才知，苏轼与李清照之间隔着"新旧党争"的鸿沟。李清照的父亲李格非虽不是新党，但他把李清照嫁给了新党的核心人物赵挺之的儿子，这就意味着李家从此与被视为"旧党"的苏轼水火不容了。

李清照与岳飞之间也隔着一个鸿沟。秦桧害死了岳飞，但秦桧是李清照的表妹夫。不过，李清照应该也不屑与秦桧这样的人多交往吧。

这首词中的"缺月、疏桐、漏断、孤鸿"等词，可以看出苏轼当时的心情并不好。写这首词时，他已经45岁了，人到中年，宦海沉浮，而陪伴在侧的是他的第二任妻子王闰之，时年34岁。

"缺月、疏桐、漏断、孤鸿"这几个词，一般会在配偶去世后才用。苏轼此时有配偶在身边，却仍用此词。所以，我猜测在他的内心深处还是更加钟情于他的原配夫人王弗，毕竟他与王闰之的年龄相差11岁，内心多少还是有些代沟吧。

这首词中的"惊起却回头"中的受惊者，应该指的是那只"鸿雁"。

他看到了鸿雁的孤独，就像看到了自己的孤独。夜深人静，他睡不着，不如起来看屋外的夜景吧。

这首词大概写在秋冬季节，树叶都掉得稀疏了。漏壶水尽都没有人来续，大概因为夜深了吧。"有恨无人省"，这一句仿佛在写人走茶凉的状态，想到以前风光的时候，门前车水马龙，如今被贬，连个来探望的人都没有。

"拣尽寒枝不肯栖，寂寞沙洲冷"这句尤为经典，似乎在暗喻自己，就像那只鸿雁，宁肯待在这孤独寂寞寒冷的沙洲里，也不愿栖身在那高高的树枝上。这句词的意思，暗含了作者宁可忍受艰苦的生活，也要保持高洁的品性，不愿同流合污的意思。

苏轼先生万万没想到的是，他的这首词在923年后，也就是2005年，由一位名叫周传雄的歌手将最后一句"寂寞沙洲冷"作为歌名，唱遍了全国。这首歌的词作者陈信荣定是读过苏轼先生的这首词，然后有感而发创作的吧，其歌词中有一句"夜深人静独徘徊"与苏轼词中"漏断人初静，谁见幽人独往来"的意思相应，足见苏轼的词对后世的影响之深远。

东坡在西林寺墙壁上题诗，望庐山时顿悟了什么

题西林壁

横看成岭侧成峰，远近高低各不同。

不识庐山真面目，只缘身在此山中。

[解读]

横着看山峦起伏，侧面看山峰耸立，从远处、近处、高处、低处，

看到的庐山都不一样。无法看到庐山真正的样子，只因身在山里。

[品鉴]

此诗写于公元1084年，这一年，苏轼已经47岁。因为"乌台诗案"，他被贬到黄州（今湖北省黄冈市）当团练副使已4年有余。所谓"团练副使"，原是唐代设置的一种官职，到了北宋，此职几乎专为被贬官员而设，权力低微，俸禄无多。

宋神宗想要重新起用苏轼，但遭到众臣反对。于是，神宗便给苏轼改迁到了距离京城比较近的汝州（今河南省汝州市）当团练副使。然而，苏轼在被贬的4年时间里，对官场已失去热情。

接到任命后，他并未立刻北上前往汝州，而是从黄州，乘船一路直下到了江西九江。在这里，他与友人道潜法师一同去了庐山。

道潜法师，俗姓何，本名昙潜，字参寥，赐号妙总大师。年纪比苏轼小6岁，因在诗书上造诣颇深，而与苏轼志趣相投，两人往来甚密，互为知己。

依照相关记载及我的推理，这首《题西林壁》并不是在庐山上写的。

苏轼的友人黄庭坚，就是那位大名鼎鼎，与苏轼齐名的书法家、文学家，与苏轼在1084年相约游览了东林寺，尔后，又同去了距离东林寺不远的西林寺。

诗题"题西林壁"这四个字，我曾一直念作"题西，林壁"，如今才知，应该读作"题，西林壁"，因为这是写在西林寺墙壁上的诗。鄙人有幸曾到访过西林寺，亲见了苏轼题在墙壁上的诗，也站在他可能站过的石亭里，远远地看了看仙气飘飘的庐山，如同走进了这首诗境中，感慨万千。

以前理解这首诗，只是照着字面意思去解读，未觉特别。如今深入研究，才发现这首看似简单的诗，却蕴藏着深刻的哲理。

从诗的前两句"横看成岭侧成峰，远近高低各不同"可以看出，苏轼不仅去过庐山，并且还从多种角度观察过庐山，因而才会从不同的角度看到庐山不同的样子，才写出这两句感慨。

看山，尚且都能看到不一样的，更何况，从自己的视角出发，看人或事，也会看到不一样的。我们往往从自我的视角出发，给某件事或某个人下定义。事实上，我们没有看到事情的每个方面。因为观察角度的改变，眼前所呈现的情况就会不同，我们会因眼前的情况而得出不同的结论。如果我们执着于看到的那个情况，那么，永远看不到事情的全貌。

近年流行的航拍，帮助我们多了一个视角去看山看水看人，增加了我们认识事物的新视角。就像那个"500米口径球面射电望远镜"，其实，也是人类认识地球以外银河系其他星球的一只"大眼睛"。而事物的本质，需要我们透过现象来观察分析，再得出结论。这时，就需要我们抛开表象，不着于表象，才能超然物外，究其根本，才能找到本质。

诗的后两句"不识庐山真面目，只缘身在此山中"，颇有一种"当局者迷，旁观者清"的感慨，这两句也是此诗的诗眼。

或许，我们永远无法了解透彻一个人或一件事，就像我们永远无法了解清楚自身一样。而苏轼通过看山，也体会到了这一点。

这次游赏，在友人的陪伴下，苏轼看了山，大概也想通了很多事情。他可能会想，为何被贬？因为他反对王安石变法。当初看那些"新法"时，他觉得各种不妥，于是因反对新法被贬官。如今被贬后再看，就像眼前这座庐山，从不同的角度看，有不同的样子，于是，这"新法"又是另一番感觉了。

他可能想过，王安石的"新法"并非一无是处，也许有几分可取之处。为何我那时执迷不悟，非要将"新法"批判得一无是处，而招来这被贬之祸？还连累亲友数十人。如果当初支持皇帝的意思，不行吗？自己看到的难道就一定是对的吗？如今想来，不一定对啊。

果然，去山里走走，人的思想境界都开阔了。比起他在黄州的寓所里写的《卜算子·黄州定慧院寓居作》所表现出来的苦闷忧愁和带点怨恨的消极心态，他写这一首诗的心态明显积极了许多，心理也通透了许多。

被贬，于他而言，不一定是坏事。他终于可以放下凡尘琐事，去游山玩水，去写写诗词了，也不错啊。所以，很多事情与自己看事情的角度和态度有关，而并不是事情本身。

这首诗不仅让人看到了庐山变幻多姿的美，最重要的是启发了人们换个角度看问题，往往会有不同的收获，消极的事情没准也能变成积极的。所以，当你遇到挫折时，不妨换个角度再看，没准它是你成功的垫脚石呢？

《水调歌头》可能在写苏轼的自我放逐和安慰

水调歌头·明月几时有

丙辰中秋，欢饮达旦，大醉，作此篇，兼怀子由。

明月几时有？把酒问青天。不知天上宫阙，今夕是何年。我欲乘风归去，又恐琼楼玉宇，高处不胜寒。起舞弄清影，何似在人间。

转朱阁，低绮户，照无眠。不应有恨，何事长向别时圆？人有悲欢离合，月有阴晴圆缺，此事古难全。但愿人长久，千里共婵娟。

[解读]

丙辰年（1076年）中秋，我高兴地喝酒喝到了天亮，酩酊大醉，写下这篇词，同时怀念弟弟苏辙（字子由）。

不知何时，明月都已当空，我举起酒杯问苍天。不知道天上的仙宫里，现在是什么年代。我想乘风到那天上，又怕翠玉楼阁太高，受不住那儿的寒冷。站起来跳着舞，摆弄着自己的影子，哪里比得上在人间。

月光转过红色的阁楼，洒向了那雕饰华丽的窗户，照得（我）毫无睡意。不应该怨恨，为什么月亮总在人们分别的时候才变圆？人有悲欢离合的变迁，月有阴晴圆缺的变化，这事从古至今就难避免。只希望人们能够长长久久，即使相隔千里也能共沐这美好月光。

［品鉴］

苏东坡的名气似乎比苏轼更大。说到苏轼，我们记住的是"明月几时有"和"大江东去浪淘尽"，而说到苏东坡我们似乎想到的是佛印，还有很多故事，但其实都是同一个人，只是名号不同。然而，名号不同给人的感觉也完全不同。

这首词是苏轼39岁时在密州（今山东省潍坊市诸城市，又称龙城）做太守时写的。公元1076年，他虽未被贬，却已被朝堂疏远了。

原本，我一直以为这是一首表达对爱人的相思词，如今，我才了然，这首词不仅有对爱人的思念，同时还有对胞弟的思念之情。足见苏轼与苏辙之间兄弟情深。

中秋之夜，苏轼举起酒杯，看看天空，月亮不知何时已挂在那里。他高兴地喝着酒，喝到了晨光熹微，诗兴大发，写下了这首词。

他看着天空喝着酒，心里想着，我如今身在宋代，那么天上，如今是什么朝代？想乘风而去，到那美玉堆砌的仙宫里走一走，又怕那高处太冷，自己受不了寒冷。

苏轼喝得醉醺醺，不知不觉地哼着小曲，与那月光下自己的影子舞蹈起来。"何似在人间"这句，可以解释为哪里比得上人间更好，也可以理解为好像是在人间。

看到这句时，我不禁想到了李清照的一首词《渔家傲》，其中写道："仿佛梦魂归帝所，闻天语……九万里风鹏正举。风休住，蓬舟吹取三山去！"也是乘风而上，到了仙宫，与此句意思颇为相似。

苏轼看着月亮好一会儿了，月亮从红色阁楼转而照到了窗户上，照得他毫无睡意。想一想，不应该怨恨什么，人生就是这样，月亮尚且有圆有缺，何况人呢，难免悲欢离合。这事情从古至今就无法永远团圆。就像月亮不会一直是圆的，而家人也不可能一直在一起永远不分开。所以，想开点吧，有什么可抱怨的？又不是只有你苏轼一个人经历这分离的痛苦。

他在心里默默祈愿，希望人们能够长长久久地在一起，共同沐浴这美好的月光，欣赏这美丽的夜空。

这首词也让人看到苏轼是个重情重义的人。他不仅对妻子有着真挚的爱，对兄弟之情他一样在乎。

在这个家国团圆的日子，他在密州任职而无法与兄弟团聚，心中惆怅不已。

这也是苏轼自我开导的一首词吧，他告诉自己，人世间难免会有悲欢离合，不可能一直欢乐。他如今的境遇，虽然有些落魄，但也是人之常情，是每个人都要经历的，所以，不要怨恨什么。

最后一句"但愿人长久，千里共婵娟"，体现了苏轼的善良，也让我想起了一句诗"海上生明月，天涯共此时"。虽然我们不能相聚，但是我们头顶着同一轮明月，也算是相聚了吧。月亮代表着思念，月亮会把我的思念传信给你吧？让你知道，此时此刻，我看着月亮，正在想你。

写这篇文章的时候，歌手王菲于1999年演唱的歌曲《但愿人长久》一直萦绕在我的耳畔，声音是那么空灵，正应此词。而这首歌曲就是根据苏轼的这首词改编而来，由作曲家梁弘志谱曲，在1982年由邓丽君首次演唱。作为经典名曲，后被张学友、王菲、蔡国庆、白雪等多位歌手翻唱。

苏轼若能听到，一定会很欣慰。

"天涯何处无芳草"暗示苏轼移情别恋了吗

蝶恋花·春景

花褪残红青杏小。燕子飞时，绿水人家绕。枝上柳绵吹又少。天涯何处无芳草。

墙里秋千墙外道。墙外行人，墙里佳人笑。笑渐不闻声渐悄。多情却被无情恼。

[解读]

花朵渐渐褪去颜色，只留些许残败的红花，青色的杏子还很小。燕子在空中飞舞着，清澈的河水围绕着村落人家缓缓流着。树上的柳絮被风吹得越来越少了。放眼远方，到处都有芳香的花草。

围墙里有秋千，围墙外有条路。墙外有行人，墙内有位美貌的女子在欢笑。不知怎的，笑声突然听不到了，说话声也渐渐消失了。多情的我却因这无情的人而烦恼。

[品鉴]

这首词的创作时间及背景不详，故也给了研究者很大的发挥空间。

词的上片以写景为主，虽是晚春，却也明媚。从这句"花褪残红青杏小"可以推算出，应是四五月份。那时节，柳絮飘飘，莺歌燕舞，流水人家，到处可见芳香的花草，词中所描绘的春景，真美！

从这句"绿水人家绕"可知，这词是苏轼在南方像乌镇这样的地方所写。因为北方很少有流水盘绕着村落的，大多都是小河路过村子或者穿村而过。身为北方人的我是极羡慕这样美丽的景致。

初识这首词是从"天涯何处无芳草，何必单恋一枝花"开始。那是念小学时，同学们之间互相开玩笑的话。直到高中时才知"天涯何处无芳草"这句话来自苏轼的这首词，且本意不是那样的。但被引申到民间后竟没有任何不协调的感觉，可以用来劝一劝那些失恋的人，不必在一个人身上耗尽所有。若在一处找不到合适的，便想开点，放眼远方，没准就能找到适合你的。

词的下片以写人为主，女主是那个荡秋千的女孩，而男主则可能是苏轼，也可能是他看到的某个男子。想象一下，那围墙里有个荡秋千的女子的欢声笑语，感染了墙外正在行走的翩翩少年郎驻足倾听。那个女子因何笑得这么爽朗？正当少年郎仔细聆听时，笑声却戛然而止，连说话的声音都没了。这少年郎顿觉伤感，唉！不由得感叹"多情反被无情恼"。

多么有趣！没准这少年郎驻足倾听时，围墙内的佳人和侍女也在侧耳倾听，大家只一墙之隔而已。等到少年郎失望地迈着步子走远了，佳人与侍女怕是忍不住捧腹大笑了，然后说一句："这个呆子！"

这首词静中有动，动中有静，文采也格外好。算得上婉约派风格，文笔细腻，清新脱俗，情景交融，实在很妙！若不标注作者是苏轼，会让人误以为是哪位才女所写。

关于这首词的创作时间，应是在苏轼的发妻王弗去世若干年后的某个春天。

"花褪残红青杏小"这句似乎暗喻了一些事情。"花褪残红"暗喻了"花落人亡"，如花一般美丽的妻子已经去世了。而"青杏小"则可能暗喻了他的第二任妻子王闰之年纪尚轻，比他小11岁，像青涩的杏子那样不成熟，思想上还有代沟。于是，他似乎渴望着爱情的再次降临。

"天涯何处无芳草"这句词便初露他要移情别恋的端倪了。

他暗恋的女子在高墙大院里荡着秋千，可想而知，应该是未出阁的美丽少女。然而，他有情，对方无意。最后一句"多情却被无情恼"，点破了之前所铺陈的一切美好。只能叹一句："流水有意，落花无情。烦恼三千丝，缘愁似个长了！"

写到这里，我想到了钱锺书先生的小说《围城》里的那句经典名言："围在城里的人想逃出来，城外的人想冲进去，对婚姻也罢，职业也罢，人生的愿望大都如此。"

除此之外，还可以有另一种理解，苏轼作为第三人所观察到的发生在小镇上的故事，就像卞之琳的那首《断章》中所写"你站在桥上看风景，看风景的人在楼上看你"。

苏轼站在桥上正欣赏美丽的春景时，看到一位年轻男子走着，走着，停在了一面围墙外，而这时，从墙内传出了欢快悦耳的女子的笑声。苏轼看到墙内是一位美丽的女子在荡秋千。男子忍不住靠近围墙，想要听一听这悦耳的笑声。这时，墙内的女子听到脚步声靠近，于是，立刻生了警觉，停止了笑声。男子自觉无趣，只好走开。

苏轼如同看了一出小剧场，于是，便写了这首词。而"天涯何处无芳草"便是这首词的词眼，告知那个男子，不要只盯着墙内的佳人，大丈夫何患无妻，可以看看别处，两情相悦才是真正的爱情。

苏轼与知己王朝云在西湖初见是怎样一番情景

饮湖上初晴后雨二首·其二

水光潋滟晴方好，山色空蒙雨亦奇。

欲把西湖比西子，淡妆浓抹总相宜。

[解读]

阳光下，西湖上，水波荡漾，波光粼粼，若是晴天就更美了，雨后的西湖周围，群山环抱，雨雾蒙蒙，景色奇美。想要把西湖比喻成貌美的西施，不论淡妆还是浓妆，都那么好看。

[品鉴]

说到西湖，我总会想起电视剧《新白娘子传奇》，白素贞与许仙之间的爱情故事几乎成了西湖的代名词，而"断桥"已经演变成"鹊桥"。无数情侣去杭州西湖，想必都是被那美丽动人的爱情故事所吸引吧。而苏轼曾泛舟西湖，大概也想寻找爱情吧，有诗为证。

从诗题"饮湖上初晴后雨"可知，苏轼在西湖泛舟饮酒。刚开始，阳光普照，波光粼粼，后来下了雨。所以，苏轼会说要是晴天该多好，若是那样的话西湖的山水景色就更美了。不过，雨后的西湖风景也不错，尤其是周围环抱的群山，雾雨蒙蒙，别有一番景致。

面对眼前这番景色，忽然感觉，西湖就像那美女西施，无论是略施粉黛还是浓妆艳抹，都很好看。其实，也就是说，无论是晴天艳丽的湖景还是阴雨天黯淡的湖景，都很美。

据说这首诗，是苏轼被贬到杭州担任通判时所作。可见，苏轼也喜欢四处走走，这跟岳飞、李清照的爱好是一样的。若放到如今来看，就是旅游、采风。

苏轼担任通判的这个官职，从宋朝开始设置，到清朝后被废除，虽然已经远离中央，但他还能在地方担任要职，这恐怕还是得到他父亲的庇佑吧，否则，他早就跟苏武一样，被流放边地牧羊去了。

还有一种说法，是苏轼写这首诗的时候，年龄为38岁，陪伴他身边的不是王弗，也不是王弗的堂妹王闰之，而是12岁的王朝云。

通过苏轼的履历可以推知，他是在杭州任职期间认识了杭州人王朝云。此女早年家境贫寒，沦为西湖歌姬，因为才貌出众，而成为西湖名姬。

大概是苏轼在西湖泛舟观看歌舞的时候，认识了王朝云吧。尽管那时的他已经有了继室王闰之，但见到王朝云，让他找到了发妻王弗的影子。于是，苏轼不顾妻子和家人的反对，将这位歌姬纳为侍女。6年后，18岁的王朝云便成了他的侍妾。

再看王朝云的生平，令人惊讶不已。苏轼比王朝云年长26岁，这是什么概念？不敢深思。尽管在古代，12岁的侍女司空见惯，如达官贵人家里的婢女、侍女多的是十几岁的，但是作为侍妾，两人的年龄差距太大。

王朝云在当侍女的6年时间里，与苏东坡朝夕相对。王朝云青春貌美又能歌善舞，能为苏轼解闷；又懂佛理，能为苏轼疏导心中郁结。

原以为能写出"十年生死两茫茫，不思量，自难忘，千里孤坟，无处话凄凉"这样的词的人，该是个痴情种。却不知，苏东坡原来是这般多情！

看看他的结发妻子王弗，17岁嫁给苏轼，27岁去世。他的侍妾王朝云，与他相伴22年，34岁去世了，并且她为苏轼生下的孩子半岁便夭折了。而继室王闰之，也才活到45岁便去世了。三个女人，去世的时候都挺年轻的。可叹，红颜薄命。

这首诗可能是苏轼在西湖泛舟，初见王朝云时所写。看到她那么美丽出众，遂将王朝云比喻为沉鱼落雁的西施，还夸赞她不论淡妆浓抹都好看。如果从这个较为狭隘的角度看，似乎也能说得通。

当然，如果纯粹只看表面，这就是一首赞美西湖的诗。但深入研究，就会发现这首诗不仅赞美了西湖美，也赞美了西湖上的人更美。

也许苏轼看到王朝云的时候，可怜她年幼，又才貌双全，却在这烟花之地卖唱，便生出一片慈悲心，想要将她救出"火海"。于是，为她赎身，将她收为侍女。后来，苏轼又发现王朝云与自己在精神境界、思想层面有着难得的默契和共鸣。所以，把她纳为侍妾，相伴左右。

如果你失意了，不妨读一读《赠刘景文》

赠刘景文

荷尽已无擎雨盖，菊残犹有傲霜枝。

一年好景君须记，最是橙黄橘绿时。

[解读]

荷花凋谢，已没有伞盖能遮风挡雨了，菊花虽已枯萎，却仍有傲人的枝干抵挡寒霜。一年之中最美好的景色，你应该记住，就是那橙子黄了、橘子还绿的时候。

[品鉴]

这首诗写于公元1090年，彼时，苏轼已53岁，人在杭州。

就在前一年即1089年，他被调到杭州担任知州和龙图阁学士。时逢杭州大旱闹饥荒，瘟疫并行。苏轼便施粥、送药给百姓，深得民心。见西湖干涸，杂草丛生，于是，他率二十万人为西湖清淤。还把清出的淤泥和葑草堆成了三十里长的堤岸，方便湖两边居住的人们往来。后几经修筑，成了今天我们所见到的样子。后人为了纪念苏轼治理西湖的功绩，将此堤命名为"苏公堤"，简称"苏堤"。1988年，杭州市在苏堤南端修建了苏东坡纪念馆。

写这首诗的时候，想必苏轼已在杭州小有成就。

此诗为七言绝句，前两句对仗工整，"荷尽"对"菊残"，"擎雨盖"对"傲霜枝"。从这几个词不难看出苏轼写这首诗的时间已是初冬。前两句用了反衬的表现手法，将菊花虽败却傲骨的精神，用残荷反衬了出来，令人对菊花的精神生起了怜爱和钦佩之情。

后两句重在表达诗意，一年中最好的时间，其实是橙黄橘绿的时候。

纵观整首诗，前两句的"荷尽、菊残"有种说不尽的凄凉。后两句却有"橙黄，橘绿"这种鲜明的颜色，用生机勃勃的景象来与前两句对比。对我而言，记忆最深刻的莫过于"橙黄橘绿"了，这四个字让整首诗的画面瞬间就鲜亮了起来。

而这后两句也是苏轼要告诉友人刘景文的核心意思。虽然，你年事已高，但"老当益壮，宁移白首之心？穷且益坚，不坠青云之志"。如此分析起来，这是一首励志诗。

刘景文，本名刘季孙，字景文。他是北宋大将刘平之子，也是北宋诗人。苏轼在杭州时，他担任两浙兵马都监，驻杭州。

两人相见时，苏轼53岁，而刘景文已57岁。接近花甲之年的刘景文大约是感叹自己年事已高，却无建树，连朝堂内都进不去，还在地方担任着小官。于是，苏轼写了这首诗来劝勉他。告诉他，你现在还不老，你的政治生涯正值"橙黄橘绿"这样的好时节。

"橙黄橘绿"一般出现在秋天，简而言之，苏轼觉得一年之中最好的季节是秋天，因为那是收获的季节。其实，也是在暗喻，一个人一生之中最好的时节是中年及以后，因为那是收获的年龄段。

我感觉这首诗不仅是苏轼在勉励他的友人刘景文，而且也是在勉励自己。

宋哲宗即位后，重新起用了他。然而，当他再回到朝堂时，却发现了旧党的腐败问题，于是，他上书抨击了旧党。自此，他无法容于旧党，也不被新党接纳，只好自请外调杭州，远离政治中心的斗争。

可以想象，两人见面时的恓惶。苏轼虽在杭州立住了脚跟，内心却还是有一些不甘。友人刘景文，也有相似的感叹。朋友在失意，他也郁郁寡欢。于是，这首诗便自然而然地有了托物言志的意味。

"菊残"二字，刻画出自己风烛残年的意思，"傲霜枝"则塑造了菊花的傲霜精神，同时也鼓励他自己，面对艰难困苦的外界环境时，要向菊花学习，要有傲骨，永不屈服，永远不被困难打败。

不过，被贬也是机会。因为"上天为你关上一扇门的时候，必然为你打开了一扇窗"。我始终认为任何事情都有两面性，心向阳光，自然会看到积极的一面。

苏轼被贬期间，在杭州、黄州、惠州等地，写下了许多著名诗词。虽然他政途受挫，在文学事业上，却取得了辉煌的成就，所以说"塞翁失马，焉知非福"呢。

如果有一天，你也失意了，不论因为什么原因，不妨读一读东坡先生的这首诗吧，相信你会汲取到前进的力量。

努力耕耘吧，天助自助者！

东坡先生的处世哲学就是醉酒装睡吗

醉睡者

有道难行不如醉，有口难言不如睡。

先生醉卧此石间，万古无人知此意。

[解读]

有路难行走，不如醉酒，有口难说话，不如睡觉。先生喝醉，躺在这石头上，千年万世怕也没人能领会您的意思吧。

[品鉴]

这样白话文一般的自嘲诗，在苏轼的作品中很少见，也寻不到这首诗的创作年份和背景，更寻不见赏析，所以，我可能有幸成了第一个翻译和赏析它的人。

司马迁在《报任安书》中写道："盖文王拘而演《周易》；仲尼厄而作《春秋》；屈原放逐，乃赋《离骚》；左丘失明，厥有《国语》；孙子膑脚，《兵法》修列；不韦迁蜀，世传《吕览》；韩非囚秦，《说难》《孤愤》；《诗》三百篇，大底圣贤发愤之所为作也。"

苏轼、李清照、岳飞等几乎都是如此，发愤时所写作品诸多，这一首，也不例外。

《醉睡者》整首诗只有四句，意译一番最易理解。前两句"有道难行不如醉，有口难言不如睡"是说，有路不能走，这是多么憋屈，只好喝酒装醉了。明明有嘴，却不能说，不能辩解，那就呼呼大睡吧。可见，这诗应该是在他提出了反对政见后，受到排挤和打压而写的。他郁郁寡欢，不如喝酒装睡。

苏轼虽不是谏议大臣，但在他的从政生涯中，多次向皇帝提建议。他的建议往往都是只为百姓和朝堂考虑，却没有考虑自己的利益得失。因而，常常使自己陷入困境，多次被贬，甚至迫不得已，自请外调。即便如此，他始终不改"英雄"本色，颇有魏徵之遗风。

这首诗虽然查不到年份，但可以推理出是在他官场失意时所作。

后两句"先生醉卧此石间，万古无人知此意"堪称神来之笔。他醉卧于大石上，然后换用石头的身份，写出了这两句，充满了戏谑。仿佛那块石头醒了，活了，感觉到有人压着它，于是，它便跳出来，看着这个醉汉说："你醉卧在我这块石头上，即便躺个千秋万世，怕也无人能够体会到你内心的委屈和愤懑吧。"

换言之，你还是赶紧起来回家去吧，躺在这里也无济于事，解决不了任何问题，该面对的还得面对。

而"万古"不仅有万世万代的意思，还有死亡的意思。所以，后两句"先生醉卧此石间，万古无人知此意"，也可以理解为你躺在这石头上，即使死了也没人知道你的意思和委屈。

或许正是仕途的失意，让他点燃了文学创作的热情，佳作不断，金句频出。

如今，千年后再看王安石变法，是对，还是错？到底是王安石对，还是苏轼对？还是他们都错了？仔细想来，不过是政见不同、立场不同而已，无所谓对错。

通过这首诗，得到了一个启示：当你有路不能走的时候，就今朝有酒今朝醉吧；当你百口莫辩时，就不要辩了，呼呼大睡，没准还能躲过一劫；不要期待有人能够理解你，纵使你在那石头上躺一万年，甚至化成一块石头，也没人能为你排忧解难。

所以，很多事情看明白了，却不能说破。若说破，说不定会一步错，步步错。最好装傻充愣，醉酒装睡，如此，万事大吉。

这首诗看似简单，却饱含了丰富的人生哲理，值得一读。

多少人，几经贬谪就会一蹶不振，就像石头的棱角也会被磨平。而苏轼却不一样，他几经贬谪，被重新任用调回政治中心后，依然初心不改，坚持政见，直言不讳地提意见。于是，他再次被贬。等下次回来，他还是棱角分明。他的意志力坚不可摧，非常人能够企及，这也是我挚爱苏轼的原因之一。

他的诗，有文采有深度；他的人，更具有一种榜样的力量！看到他，常感自惭形秽，并自觉汲取他的榜样力量，然后，奋勇前进！

苏轼游览赤壁时，是否羡慕三国周瑜

念奴娇·赤壁怀古

大江东去，浪淘尽，千古风流人物。故垒西边，人道是，三国周郎赤壁。乱石穿空，惊涛拍岸，卷起千堆雪。江山如画，一时多少豪杰。

遥想公瑾当年，小乔初嫁了，雄姿英发。羽扇纶巾，谈笑间，樯橹灰飞烟灭。故国神游，多情应笑我，早生华发。人生如梦，一尊还酹江月。

[解读]

长江滚滚向东流，大浪淘沙，淘尽了千百年来杰出的历史名人。旧营垒的西边，人们说是三国时期的周瑜曾激战的赤壁。乱石矗立在江中，江水波浪滔天，拍打着岸边，卷起的浪花像层层白雪堆砌。江山美如画卷，一时间涌现出多少英雄豪杰。

追忆当年的周瑜，小乔刚嫁给他，他雄心壮志，意气风发。手持羽扇，头戴纶巾，谈笑风生间，敌军的战船就已灰飞烟灭。我在故去的国土神游着，应该会有人笑我多情吧，白发都早早长了出来。人生如同梦一场，洒一杯酒，祭奠长江上升起的明月吧。

[品鉴]

这首词写于1082年7月，苏轼因"乌台诗案"被贬黄州（今湖北省黄冈市）后两年多所写。

词题中所写的"赤壁"，后人持两种观点，一种观点认为是黄州的赤壁，又名"赤鼻矶"，在今湖北省黄冈市最西端的赤壁山，由于山体凸出，状如赤壁山悬挂的鼻梁，岩石通体赭色，因而得名。据说苏轼多次到访这里，还在这里写过《前赤壁赋》《后赤壁赋》和这首《念奴娇·赤壁怀古》等佳作。另一种观点则认为"赤壁"在今湖北省赤壁市西北部，即三国时期赤壁之战的古战场。

而我赞同第二种观点。虽然，三国古战场距离苏轼驻扎的黄州大约180公里，但是并不算远。如果苏轼利用休沐时间坐车去三国古战场参观游览，完全合情合理。更何况，宋代的官员全年享有一百多天假期，算得上古代官员最幸福的时期了。

词中提到了"大江东去"，这里的"江"指的是长江，词中还提到"乱石穿空，惊涛拍岸，卷起千堆雪"，这句可以看出这是苏轼在长江边看到的壮观景象，而三国古战场就在长江边。所以，这首词中的"赤壁"就是三国古战场的赤壁。

只有身临其境，作品才会更加真切感人。我认为，苏轼就是身临其境才写出来的这首千古佳作。

词的上片，重在写景。用浪花如雪，描绘出长江的气魄。又用"江山如画"四字概括了赤壁古战场的美。苏轼在黄州住了两年多，应该把黄州的名胜古迹都寻访遍了。所以他不惜舟车劳顿来到赤壁，看着眼前大气恢宏的长江卷起惊涛骇浪，还有刻着"赤壁"二字的摩崖石刻，景色美如画，让他自然想起了古往今来的许多英雄豪杰，尤其是那位"长壮有姿貌、精音律"的周瑜。周瑜曾在此打过仗，并且是历史上以少胜多、以弱胜强的著名战役——"赤壁之战"。

词的下片，重在抒情。想到赤壁之战时的周瑜才34岁。那时他刚娶了小乔，正春风得意马蹄疾，手持羽扇，头戴纶巾，谈笑风生时，敌人的战船就灰飞烟灭了。想一想，这是何等威武雄壮，让人钦佩！而今，我站在这江边，神游在过去的历史长河中，人们会笑我吧，这么多愁善感，难怪这么早就长了白发。人生如梦一场，倒一杯酒，祭奠这江上升起的明月吧，也祭奠在此阵亡的英雄们吧。

45岁的东坡先生，人到中年就已白发丛生，确实是早了点，或许是因为愁绪太多，所以，早生了华发。看得出苏轼是很羡慕周瑜的，也是钦佩他的。

看看周瑜多厉害，才34岁就已指挥着千军万马，冲锋杀敌，还能抱得美人归，多么厉害的人物！而自己已经45岁了，却还在被贬中。对比之下，苏轼深感惭愧，也倍觉凄凉！苏轼可能在江边站了许久，所以，才能看到月亮升起。

从这首词中，不难看出苏轼的孤独和伤感，也不难看出他怀才不遇的辛酸和壮志难酬的压抑。周瑜的幸运是遇到了孙策和孙权，所以才会被委以重任，有机会施展抱负。而他……真是一言难尽！

怀古思今，人生不过大梦一场。

还是想开点吧，厉不厉害，最后不都是黄土一堆！东坡先生如此安慰着自己，于是端起酒，撒到江中，权当他对这里曾经牺牲的英雄们表达一些慰问和敬意吧。

不得不说，这首词也有苏轼自我宽慰的意思。其实，用诗词来开导自己是好的，总比想不开跳江的好。至少，他还有勇气面对挫折，继续活下去!

活下去，一切都会好起来的!

苏轼的洒脱是"竹杖芒鞋轻胜马，一蓑烟雨任平生"

定风波·莫听穿林打叶声

三月七日，沙湖道中遇雨。雨具先去，同行皆狼狈，余独不觉。已而遂晴，故作此词。

莫听穿林打叶声，何妨吟啸且徐行。竹杖芒鞋轻胜马，谁怕? 一蓑烟雨任平生。

料峭春风吹酒醒，微冷，山头斜照却相迎。回首向来萧瑟处，归去，也无风雨也无晴。

[解读]

题记：三月七日，在去往沙湖的路上遇到了大雨。掀去雨具，同行的人都很狼狈，只有我不觉得。不一会儿天放晴了，因此写下这首词。

不必听大雨穿过竹林拍打叶子的声音，为什么不边走边放声吟唱呢? 拄着竹子当拐杖，穿着草鞋，轻装上阵，走起路来胜过骑马，有什么好害怕的呢? 穿着蓑衣，任凭它风吹雨打，我就这样走着，任由命运来捶打。

春寒料峭，风吹醒了酒意，我有点冷，山头上的阳光迎面斜照过来。回头看刚才下雨的地方，还是回去吧，那儿已没有风雨，也没了阳光。

[品鉴]

不论经历了什么，学习诗词歌赋的路还得继续走，姑且听一听东坡先生笔下的穿林打叶声吧。

据说这首词写于1082年，是苏轼被贬黄州（今湖北省黄冈市）后第三年春天所写，大概是跟几个朋友一起去附近的沙湖游玩，路上遇到了瓢泼大雨，尔后，雨过天晴，有所感悟而作。

题记中所写"雨具先去"这句，我认为"先"同"掀"，意为掀掉雨具，而不是网上的雨具先前被带走之意，如果没带雨具，后面何来"一蓑烟雨任平生"呢？

根据题记的描述，可以想到彼时45岁的东坡先生虽已步入中年，但跟同龄人一起玩耍时，依然如少年般活泼可爱。他们互相之间掀翻了斗笠，然后，大雨瓢泼，大家都淋成了落汤鸡，样子很狼狈，于是，大家互相埋怨起来，只有东坡先生不以为然，他觉得淋个雨还挺浪漫。结果，没一会儿，天又放晴了。

东坡先生想，不如把这件趣事写下来吧！于是，便有了这首词。

此词的特别之处就在于题记，因为大多数词没有题记。因而，这也算东坡先生在文学创作方面的大胆突破和创新。

回到词中，东坡先生仿佛在说，何必听那大雨哗哗拍打树叶的声音呢？边散步边吟唱诗歌，多好啊？拄着竹杖穿着草鞋，走在这雨中，多么欢快，多么轻松，比骑马更快乐啊，有什么好害怕的呢？我在雨中穿着蓑衣，就这样走着，走着，任凭它风吹雨打，又能奈我何？我自逍遥走一生。

喝了酒，吹了点风，好冷，雨后初晴，阳光迎面斜照，回头看看刚才走过的路，已经没有风雨，也没有了阳光，天色已晚，不如回去吧。

意译一遍，很明显能感受到，这首词在借景抒情。对于东坡先生而言，要抒发的不过是满腹幽怨，但是，看看这首词，显然他已然醒悟。

下个雨，有什么好害怕的呢，雨中漫步，吟唱诗词，这是多么潇洒又浪漫的事情，何必躲避？雨打竹林，沙沙作响，其实，蛮好听的。就这样在雨中走着，这一生又有何难，风吹雨打奈我何？

彼时，东坡先生颇像个顽皮青年，与同行的一群中年人显得格格不入。

原以为苏轼就这样在雨中潇洒地走着，可没想到第二段，春寒料峭，风吹得他有点冷，看看天气，日暮了，也不下雨了，还是回家去吧。

虽然"也无风雨也无晴"说得极好，那种泰然自若的样子，让人羡慕，但隐约觉得，东坡先生还是接受了命运的安排，不打算反抗了。

从哪儿来的，还得回哪儿去，潇洒也只是暂时的。毕竟，他还想在官场待着，还希冀着某一天能够大展宏图；毕竟，他还没有看破红尘，想要脱离这红尘牵绊。所以，回去吧。

以前读到"一蓑烟雨任平生"的时候，感觉到十分洒脱和任性，而今研读这首词才知，不过是暂时的快乐罢了，终究还是妥协了，还是要回去。虽然，面对风雨人生，他已淡然了许多，不悲不喜，不怒不哀。但终究，他还是选择了回首向来处，归去也。

若是没有那雨后的风，该多好，他便可以沉醉其中，竹杖芒鞋，在这雨中，走啊走，走啊走，走到天荒地老，走到宇宙之极。光脚穿着草鞋，感受着雨后松软湿润的泥土，闻着芳香四溢的花草，听着滴滴答答的雨打竹林声，忘乎所以，该是何等解脱和自在！

可惜了，被风吹醒了，"一蓑烟雨任平生"便如同做梦一般，得回去了。

看到苏轼这样的心境，想来当官也未必开心。官场必然是明争暗斗，一句话说错，轻则乌纱帽丢了，重则命都没了。所以，还是做个普通人吧。

东坡祈雨太白山，路过横渠镇书院涂鸦一首诗

太白山下早行至横渠镇书崇寿院壁

马上续残梦，不知朝日升。

乱山横翠幛，落月淡孤灯。

奔走烦邮吏，安闲愧老僧。

再游应眷眷，聊亦记吾曾。

[解读]

马车上睡着了接上早起还未做完的梦，不知道何时朝阳已经冉冉升起。纵横交错的山峰像一个绿色屏障横在眼前。月亮已落下，村舍的灯火逐渐暗淡。往来奔走得麻烦邮差小吏，安静悠闲时有些愧对老僧的教诲。再来游玩应该会有些眷恋此处，姑且记录一下，我曾到此一游。

[品鉴]

这首诗的诗题"太白山下早行至横渠镇书崇寿院壁"读来有些拗口，并且太白山、横渠镇、崇寿院这三个关键词，宁肯这样堆在一起读来拗口，东坡先生是一个也舍不得丢。

诗题写这么长，怎么读才对？读了好多遍，我想应该是这样读：太白山下/早行至横渠镇/书崇寿院壁。

我给东坡先生出个主意，不如改为：太白山下横渠镇/书崇寿院壁。去掉"早行至"三个字读起来明显更流畅，但东坡先生偏偏要加上

这拗口的"早行至"，恰恰是这三个字表现出他是多么不喜欢早起。如此理解，东坡先生可真是太有趣了。

诗题的意思很简单，就是一大早赶到了太白山下的横渠镇，在崇寿院的墙壁上题了首诗。

翻译完这首诗，我只想哈哈大笑。看来古人出去游玩时，也得早早起床赶马车。虽然现在有汽车，比过去的马车快多了，但外出旅游也还是得赶早。

看到东坡先生一早为了赶路，大概鸡还没打鸣，他就起床坐上了马车，然后，在马车里晃晃悠悠地睡着了，还续上了早起没做完的梦。从这首诗中我仿佛看到了旅行团的车上，一群人打着呼噜睡早觉的样子，忍不住笑出声来。

赶了会儿路，见太阳从东方升起来了，眼前横着绿色的山，月亮已经落下，村落还有几点灯火，这山中的晨景也是挺美的。

东坡先生为何会一大早赶去太白山呢？我原以为他是去游玩的，结果查了很多资料，发现他并不是去游玩。

1061年春，24岁的苏轼在凤翔府（今陕西省宝鸡市凤翔区）担任判官。恰逢关中大旱，民不聊生。为此，他组织了一队人马前去太白山求雨，途经太白山下的横渠镇，在镇子上有名的崇寿院墙壁上，提笔写下了这首诗。

东坡先生要去求雨的太白山，位于今陕西省宝鸡市眉县、太白县和西安市周至县三县交会处，是南北分界线秦岭山脉的主峰，也是中国大陆东部第一高峰，主峰拔仙台，海拔3771.2米，高于五岳，是中国境内十大最高山之一，相传太白山还是道家的第十一洞天，唐宋文人竞相至此挥毫泼墨，留下了许多赞颂太白山的佳作。

2020年初次解读这首诗时，我尚未踏足太白山，但对太白山充满了好奇与憧憬，总觉得太白山有仙气。及至校对这篇文章时已经2024年，这时，我已去过了太白山。那里确实仙气飘飘，传闻和《西游记》

中的太白金星有关，所以，也能理解苏轼去求雨的举动了。

遗憾没寻到苏轼写给太白山的祈雨文，但可以看看其弟苏辙写的《太白山祈雨诗》这首诗组，其内容估计大体相似。

太白山祈雨诗

田漫漫，耕抱抱。
拔陈草，生九谷。
人功尽，雨则违。
苗不穗，荸不米，
　　哀将饥兮。

太白山祈雨诗·其二

山岩岩，奠南西。
嗟我民，匪神依。
伐山木，蓻稷黍。
求既多，诉不已，
　　犹我许兮。

太白山祈雨诗·其三

山为灰，石为炭。
水泉沸，百草烂。
神予我，旱夺之。
孰为是，骄不威，
　　尚可弛兮。

太白山祈雨诗·其四

雷冯空，雨腾渊。

诛孽妖，反丰年。

顾千里，瞬三日。

神在堂，龙为役，

是何惜兮。

太白山祈雨诗·其五

雨既止，百谷复。

筑场壤，治囷簏。

为酒醴，伐豚羔。

舞长袖，击鸣鼍，

匪以报兮。

从这首诗组可知，古人非常敬奉神明。在科技欠发达的古代，祈雨是人心所向的一件事。

认识了太白山，再看太白山下的横渠镇，如今还在，且地名和位置均未改变。此镇的名气仰仗于太白山，而太白山的游客服务则仰仗横渠镇，镇靠山，山也靠镇，相得益彰。

横渠镇上有个崇寿院，而此地正是大儒张载年少求学的地方。张载是谁呢？就是那位写出"为天地立心，为生民立命，为往圣继绝学，为万世开太平"的原作者，这四句话被后人称为"横渠四句"，其内容高度概括了作为文人的气魄和使命，900多年来一直为后人所津津乐道和传诵。他是宋代的思想家、教育家、关学创始人。不过，他其实只比苏轼年长17岁而已，同朝为官，大概他们见过面吧。但苏轼去崇寿院时，41岁的张载可能在云岩县（今陕西省延安市宜川县）担任著作佐郎。晚年张载辞官归故里后，就在崇寿院讲学。他去世后，人们为了纪念他，将崇寿院改为"横渠书院"，历经多次破毁和修复。现存的横渠书院在原来的基础上扩建修复，又称"张载祠"，就是苏轼当年去过的崇寿院，祠内还有清代康熙帝御笔的"学达性天"牌匾。

理清了这段历史，便知崇寿院在当时应该还是个寺院，里面住着僧人，而崇寿院建于何时却无从考证，但应该是个香火鼎盛之处，所以，才能把苏轼吸引过去题诗。

事实证明我的推理是对的，据《眉县志》载："北宋时，本县有三座巍峨宏大的佛寺，一是斜峪关的蟠龙寺，二是横渠镇的崇寿院，三是县城南郊的净光寺。"有这句县志和苏轼的"安闲愧老僧"佐证，便能确定崇寿院在当时确实是佛寺，还是个远近闻名的大寺。

"奔走烦邮吏"是奔走起来，难免劳烦邮差和小吏的意思吗？我在想为何如此呢？难不成像古装剧中那样，县太爷出门时会有衙役鸣金让道？但从凤翔府到眉县横渠镇，不可能那样一路兴师动众吧？那么为何会麻烦邮差和小吏？

这样的异想天开在两年后再次研读这首诗时，我找到了答案。

原来我国周朝开始就有邮差，只是不同的朝代对这个职业的具体职责划分和称呼不同而已。据说，邮差在周朝叫"行夫"，在秦朝叫"轻车"，在汉朝叫"邮人"，在宋朝叫"递夫"，在明清叫"驿夫"。并且，古代的邮差在驿站工作，还兼负接待宾客的工作。宋代开始，邮差的工作才单独被划分出来专门负责传递书信，一般传递的都是政令、军情等，叫"递夫"，又称"铺兵"。

由此再看苏轼这句诗"奔走烦邮吏"，便能理解其中的意思了。他是代表一方百姓去祈雨的，不是一个人去的，他代表的是整个凤翔府。所以，他住的肯定是驿站，而每到一处需要提前写信告知驿站，信件内容可以参考电视剧《西游记》中唐僧的说辞，比如，我是苏轼，从凤翔府来，要去你们太白山祈雨，路过横渠镇，需要借宿一宿，烦请帮忙安置驿房为妥，不胜感激。

而祈雨是当时凤翔府的官方活动，所以，当时的眉县横渠镇方面自然会派驿站人员热情接待。这一来一往，必然会劳烦驿站的邮差传递书信，麻烦那些小官吏接待招呼，所以，苏轼感觉挺不好意思，这么多人来这吃住麻烦人家。当小吏们陪他到了当地知名寺院崇寿院时，他看到寺院香火鼎盛，眼前的太白山已经远远可见，景色秀丽，于是，他诗兴大发，便写下了这首诗。一来表达自己的对驿站的感激之情，二来当"人过留名，雁过留声"之用，也顺便留个纪念。

这件事从侧面可以看出苏轼的为人，很有感恩之心。接待本就是驿站人员的分内工作，但在他的心里仍觉得麻烦了人家，全诗虽没有一个"谢"字，但从"烦"字我们不难体会到苏轼的心中，其实很感激那些人，足见苏轼怀有感恩之心。

诗中"安闲愧老僧"一句，可从多种角度理解。依我看来，大概是苏轼在崇寿院里体会到了宁静致远的感觉，而他目前"家事国事天下事，事事关心"，还不能认真修行，烦心事太多，心中无法安宁。因而感到有些愧对老僧的开示和教诲。

这首诗的内容颇似一篇游记。由标题"太白山下早行至横渠镇书崇寿院壁"可知，这首诗还是写在崇寿院的墙壁上的，因而也叫"题壁诗"，有点类似当今的涂鸦，不过涂鸦更随性，想画就画，想写就写。题壁诗则更像古代的"诗词展示栏"，也像现代人写的"到此一游"，可比之古人，我们似乎浅薄了许多。

纵观整诗，属于五言八句律诗，首联两句"马上续残梦，不知朝日升"从叙事入笔，讲述早起坐马车去祈雨，在路上太阳出来了；颔联"乱山横翠幛，落月淡孤灯"主要写景，描述了清晨的太白山远景和清晨山村景；颈联"奔走烦邮吏，安闲愧老僧"则写人，写出了他对邮吏和老僧的感受。尾联"再游应眷眷，聊亦记吾曾"则是抒情，表达了苏轼对这趟祈雨之行的眷恋，而他所眷恋的大概就是这里的山景、人情，还有美食吧。

全诗看似简单，却将事、景、人、情这四大要素集齐，并且同时运用了抒情、记叙、议论这三种表达方式。情景交融，描绘出了一幅太白山下山村春景晨曦图，由此，不得不钦佩大文豪苏轼。

后来，他把这首诗寄给了弟弟苏辙。而苏辙看到后，很快和了一首《次韵子瞻太白山下早行题崇寿院》：

山下晨光晚，林梢露滴升。

峰头斜见月，野市早明灯。

树暗犹藏鹊，堂开已馔僧。

据鞍应梦我，联骑昔尝曾。

苏轼和苏辙的兄弟情很叫人感动，他们不知的是，几百年后，他们曾经唱和的这两首诗，已经成为横渠书院（其前身为崇寿院）的史料被后人引用了。

再看这首《太白山下早行至横渠镇书崇寿院壁》，是苏轼在24岁时写的，可以说作此诗时他还很年轻，亦可说年轻有为。借用《荀子·修身》中的名句"路虽远，行则将至；事虽难，做则必成"。

苏轼写给范仲淹之子的勉励诗疑缺字少句

送范德孺

渐觉东风料峭寒，青蒿黄韭试春盘。

遥想庆州千嶂里，暮云衰草雪漫漫。

渐渐地感觉到东面吹来的风，带着些许寒意，把青蒿和韭黄试着做成春饼。想一想遥远的庆州，山峰高耸如屏障一般，低矮的云下衰败的草，还有漫天的雪。

[品鉴]

古往今来，在众多诗词中，送别诗几乎占据了诗坛半壁江山。比如，李白写的《赠汪伦》中"桃花潭水深千尺，不及汪伦送我情"；王维写的《送元二使安西》中"劝君更尽一杯酒，西出阳关无故人"；王勃写的《送杜少府之任蜀州》中"海内存知己，天涯若比邻"；李叔同写的《送别》中"长亭外，古道边，芳草碧连天……问君此去几时来，来时莫徘徊"。苏轼也写了不少送别诗，比如这首《送范德孺》，很少有人关注，所以，更需人们来研究。

作为一首送别诗，这首诗给人的感觉是没写完。我真想问问东坡先生："您当时写的这首诗，真的只有这四句吗？"

这首诗依旧查不到创作年份和背景，因而，我只能推测了。

假若只有这四句，我便这样理解：东风阵阵吹来，我已经感觉春寒料峭了。想到那春天的青蒿长高了，韭黄可以做成菜，得多么美味可口。再想一想远在甘肃庆阳的范德孺，在那高山如嶂、衰草连天、雪花飘飘的苦寒之地，戍边卫国太辛苦，你要多保重身体。

从诗意可以看出，这首诗的巧妙就在于言未尽。虽然只有四句，但如果你多读几遍，不难理解他的言外之意，也能感受到东坡先生和范德儒之间的真挚友谊。

诗的前两句"渐觉东风料峭寒，青蒿黄韭试春盘"，第一句写冬天的天气，第二句写春天的美食，从看似风马牛不相及的两个事物中可看出东坡先生有着诗人雪莱一般的哲学思想。"冬天来了，春天还会远吗？"所以，只是这两句，便让我眼前一亮，从东坡先生几百篇的作品中，把它挑选了出来，与众人一起学习品鉴。

后两句"遥想庆州千嶂里，暮云衰草雪漫漫"，第三句写距离遥远，第四句写环境艰苦。从这两句也可以看出，这是某年冬天，东坡写给友人范德儒的诗。而他大概身处南方的温暖之乡，因此，才会想到西北之地的冬天该是极冷的，衰草连天，大雪漫漫。

纵观全诗，不见一句关切之语，却已将他对友人的关爱之情，融于字里行间，令人感同身受。这也是此诗的高深之处。由此，我又推断，这首诗应该是写于东坡先生的中年时期。那时，诗词创作的技巧，他已经熟稔于心。而在青年时，他尚未掌握；在年老时，他又不屑于玩技巧。故而，多半写于中年时期。

从此诗中，也能感受到东坡先生对好友遭遇的同情和鼓励。比如这句"青蒿黄韭试春盘"，仿佛在告诉友人，春天不远了，挨过了冬天就可以吃春饼了。你要开心一点，时间过得很快，天气很快就变暖了，你的外派工作很快也会结束的。要相信明天，相信希望！

假若，后面还有几句被后人传抄时弄丢了，那我学高鹗，他补《红楼梦》，我就补苏轼的诗。

（原句）

渐觉东风料峭寒，青蒿黄韭试春盘。

遥想庆州千嶂里，暮云衰草雪漫漫。

（补缺）

思君戍边苦寒地，披衣上马战鼓鸣。

一门忠烈三代守，为解国忧定边行。

我绞尽脑汁才想出这四句来，虽然，诗句的气氛显然与苏轼的不同，而且，东坡先生的第二、四句的韵脚是"an"，而我的第六、八句的韵脚是"ing"，但意思算是完善了些。

我想，东坡先生写这首送别诗的时候，应该是钦佩范德孺的，并且也应该是关心他的，否则，何必去写。东坡先生若是看到我接的这四句，大概得捋着胡子，笑岔气了，忍不住说道："这黄毛丫头，真有胆！"

好吧，东坡先生，原谅我的粗浅，您看看，乐呵乐呵就好。

终于，到今天，这十多首东坡先生的诗词分享，让我"入境"了。感谢东坡先生给晚辈这样一个与您对话学习的机会。

这四句诗中，我最看重的便是这句"青蒿黄韭试春盘"，恍如看到了一位喜爱美食的诗人，难怪会有餐饮店的店铺名叫眉州东坡，原来东坡先生对美食真的很有研究。

范德孺是谁？我看到标题时的第一反应就是这个问题。查了半天才知，他是北宋杰出的思想家、政治家、文学家范仲淹的儿子，那个"先天下之忧而忧，后天下之乐而乐"的范文正公的儿子。

范德孺可是江苏苏州人啊，居然被任命到庆州（今甘肃省庆阳市）做知事。南方人到了西北地区，可想而知会水土不服，但为了保家卫国，只好如此。

所有的四海升平，都是一部分人顶风冒雪，为我们撑起了一片艳阳天。从古至今，无不如此。

"十年生死两茫茫"是苏轼对发妻王弗的一往情深

江城子·乙卯正月二十日夜记梦

十年生死两茫茫。不思量，自难忘。千里孤坟，无处话凄凉。纵使相逢应不识，尘满面，鬓如霜。

夜来幽梦忽还乡。小轩窗，正梳妆。相顾无言，惟有泪千行。料得年年肠断处，明月夜，短松冈。

[解读]

十年了，你我生死相隔，茫然若失。不刻意去想，也难以忘怀。你的坟墓远在千里之外，到哪里去诉说内心的凄惨悲凉？纵然你我相逢，大概你也认不出我来了，我如今满脸灰尘，鬓发斑白。

夜里做了梦，梦中回到了家乡。小屋的窗前，你正在梳头化妆。你我相见默然无语，唯有泪如泉涌，你可知每一年让我肝肠寸断的地方是哪儿吗？就是这月光明亮、长着低矮松树的山冈（你的坟）前。

[品鉴]

每次读这首词，忍不住泪流满面。虽然，这是一首悼亡妻的词，与我所要悼念的人不同。但借着这首词，也能抒发我的悲痛！

从这首词中，可以想象当时的场景。明月当空，千里之外，你的坟墓孤独地矗立着。苏轼想着发妻悲痛不已，年纪轻轻才26岁便躺在了这里，一晃已经10年了。而他自己，饱经沧桑，鬓发斑白，已经38岁了。若是夫妻相逢，你还认得出我吗？

看着妻子王弗的墓地，如此孤独，他忍不住泪流满面。一边想着妻子，一边念叨着自己前几日做的梦。

梦里我回到了家乡，看到你在小屋的窗户前，梳妆打扮。梦里，我们默然相对，泪流满面，却并没有说话。我想，你大概是想我了吧。

你可知这年年让我肝肠寸断的地方在哪儿吗？就是这明月照耀着、长着矮松的地方——你的坟头啊。你可知，你的离去，让我多么伤痛！十年了，你已经走了十年，这十年，我是何等痛苦？你可知，我对你的爱有多深，思念有多浓？

意译一番，令人感伤。

这首词写于乙卯年正月二十日，用干支纪年法推算，的确应是1075年，而苏轼出生于1037年，所以，写这首词时，他只有38岁，并不是传言的40岁。当时，苏轼在山东密州（今山东省诸城市）担任知州。这也是他被弹劾后，从杭州调到了密州，自请出京的第五年。

按照王弗的生平推算，她生于1039年，比苏轼只小两岁，16岁嫁给了苏轼。因古人都喜用虚岁，所以，实际上是15岁嫁给了苏轼，那么意味着苏轼17岁时娶了15岁的王弗为妻。

少年夫妻可谓情深意笃，恩爱有加。可惜王弗红颜薄命，26岁便去世了。十年后，王弗冥寿才36岁，而苏轼已经38岁了，人到中年有着说不尽的沧桑。

阴阳两相隔，这是何等的凄楚？尽管苏轼已经有了王闰之陪伴，但他对发妻的爱，时隔十年，依然如初。

从词题"江城子·乙卯正月二十日夜记梦"可以看出，这首词是苏轼记录的梦境，时间是正月二十日夜。可想而知，当时年还没有过完，因为出了正月才算过完年，也算佳节思亲的情感延伸。

上片"十年生死两茫茫，不思量，自难忘。千里孤坟，无处话凄凉。纵使相逢应不识，尘满面，鬓如霜"，主要描写苏轼自己，这十年来过得很辛苦，每当想起妻子，便觉凄凉。并且，这十年来他自己过得很不如意，仕途坎坷，白发如霜，沧桑了许多。十年未见，妻子王弗若是见了他可能都认不出他来了。

下片"夜来幽梦忽还乡，小轩窗，正梳妆。相顾无言，惟有泪千行。料得年年肠断处，明月夜，短松冈"，主要描写梦境，他见到妻子还在梳妆台前坐着，两个人默契地对视，没有说话，各自垂泪。所以，每一年最令我断肠的地方，便是你的坟墓了。

纵观整首词，可以看出"千里孤坟，无处话凄凉"，并不是实写，而是虚写。梦境中，妻子在窗前坐着，正在梳妆。上下片通过虚实结合，将他对妻子的思念之情表达得刻骨铭心、哀婉动人，令人读之泪纷纷。

苏轼曾在《亡妻王氏墓志铭》里说："治平二年五月丁亥，赵郡苏轼之妻王氏，卒于京师。六月甲午，殡于京城之西。其明年六月壬午，葬于眉之东北彭山县安镇乡可龙里，先君、先夫人墓之西北八步。"由此可知，王弗是在京师（今河南省开封市）去世的，后来迁坟到了苏轼的老家，即眉州彭山县安镇乡（今四川省眉山市东坡区富牛镇永光村）苏坟山。此地也是苏轼的父亲——苏洵的家族墓地，苏洵夫妇合葬于此，还有苏轼、苏辙的衣冠冢，一共四座墓，至今犹在，供后人凭吊。

这首词虽是悼词，却也像爱情的咏叹调，它不仅深刻地表达了苏轼的悲痛，也表达了他对妻子的挚爱，也间接赞颂了他和妻子之间真挚的情意。这是文坛中少有的诗人写给妻子的词作，千百年来感动了无数文人墨客，也只有铭心刻骨的爱，才能写出这样的千古绝唱！

向苏轼和王弗之间的深情，致敬！

苏轼念弟而写"人生到处知何似，应似飞鸿踏雪泥"

和子由渑池怀旧

人生到处知何似，应似飞鸿踏雪泥。

泥上偶然留指爪，鸿飞那复计东西。

老僧已死成新塔，坏壁无由见旧题。

往日崎岖还记否，路长人困蹇驴嘶。

[解读]

人生四处奔波知道像什么吗？应该像鸿雁踏着雪和泥那样。偶尔在泥上留个爪印，鸿雁飞起来，哪里管它东南西北？老僧已去世，如今骨灰安放在新砌的舍利塔中，墙壁也坏了，看不到子由之前题的旧诗了。过去崎岖坎坷的路还记得吗？路途遥远，人困马乏，跛脚的驴子嘶鸣着。

[品鉴]

这首诗写于1061年，是苏轼怀念过去和弟弟苏辙在渑池（今河南省三门峡市渑池县）的一些共同经历所写。

1056年，他们兄弟两人曾一同赴京应举，途中路过渑池，寄宿在奉贤僧舍，并在那里的墙壁上题诗。后来，苏轼赴陕西凤翔做官，苏辙送他到郑州后返京，想起了五年前访僧留题一事，便写了一首《怀渑池寄子瞻兄》寄给了苏轼。诗中这样写道：

> 相携话别郑原上，共道长途怕雪泥。
> 归骑还寻大梁陌，行人已度古崤西。
> 曾为县吏民知否？旧宿僧房壁共题。
> 遥想独游佳味少，无方骓马但鸣嘶。

苏轼收到了弟弟的诗，知道弟弟怀念曾在渑池的日子，于是，当他路过渑池时，便特意去了奉贤僧舍，追忆往昔，写下这首《和子由渑池怀旧》，与弟弟的诗唱和。

这首诗有种物是人非的感慨，虽然更多是要表达对弟弟的思念之情。

此诗共八句，首联"人生到处知何似，应似飞鸿踏雪泥"两句，如平地惊雷，令人眼前一亮，心里一惊，看似简单的铺陈，却是整首诗的诗眼。

苏轼半生都在被贬中漂泊各地，虽是当官，却有很多身不由己。他想到自己四处奔波，应该像什么呢？就像那鸿雁踏雪泥一般吧。所以，首联运用了比喻手法，将人比喻成鸿雁，把人留下的足迹比喻成鸿雁留下的爪印。

颔联"泥上偶然留指爪，鸿飞那复计东西"承接首联的意思，说鸿雁偶尔在泥地里留个爪印，但大多数时候，还是翱翔在天空。鸿雁飞起来时，应该不会去计算它在不同的地方，留下了多少爪印吧，人生也应该如此。这句似有勉励的意思，苏轼仿佛在跟弟弟苏辙说，虽然你18岁就考中进士，这算你人生的高光时刻，也是你留下的"足迹"。若你想成为鸿雁，就要跟它学习，忘记过去的种种"足迹"，要向前看，向更高的天空去飞翔，你才能成为"鸿鹄"，成为一个伟岸的大丈夫，实现自己的宏图伟业！

而这句也在回应弟弟诗中所写的"曾为县吏民知否"，说的是苏辙曾被任命为渑池县的主簿，由于考中进士，没有到任。从这句也能看出，苏辙对18岁就担任主簿的事是引以为傲的。而苏轼则不然，他怕弟弟骄傲。所以，开篇就勉励他。

颈联"老僧已死成新塔，坏壁无由见旧题"则笔锋一转，写作者眼前看到的景象。他看到寺院中新砌的塔，知道曾见过的那位老僧人已去世，而曾经题诗的墙壁也不复存在，心里颇为感伤，物是人非啊。

尾联"往日崎岖还记否，路长人困蹇驴嘶"两句，写回忆。想一想过去，你我兄弟两人一同走过的路，崎岖坎坷，人困马乏，跛脚的驴子还嘶叫着，你我欢欢喜喜，一路说说笑笑，甚是开心！

这无异于在说："弟弟啊，你还记得咱们兄弟俩一起走过的路吗？那时你才18岁，如今你已23岁，长大成人了，已经初授试秘书省校书郎了，以后若是飞黄腾达了，不要忘了昔日你我兄弟的情谊。"

写到这里时，我才深刻感觉到，原来苏轼是一位如此重情重义的人。对待发妻的感情有"十年生死两茫茫，不思量，自难忘"。对待弟弟，也是这样用情。真羡慕苏辙，有这么好的哥哥，走到哪儿都惦记着他。

苏轼与苏辙的兄弟情有多感人？据说，苏轼一生写给弟弟的诗词多达几百首。最感人的远不及此。1101年8月苏轼在江苏常州去世，但死后葬在了郏县（今河南省平顶山市郏县），据说苏轼曾在汝州（今河南省汝州市）担任知州时，去郏县探望弟弟，两人携手游览了郏县诸多景点，其中有一处嵩山的余脉莲花山，景色秀丽，形似家乡四川的峨眉山，两人便相约死后同葬于此。

苏轼去世后第二年，苏辙完成了哥哥的遗愿，把他的遗骨迁到了郏县安葬。十年后，73岁的苏辙也撒手人寰。家人遵照他的遗愿，将他葬在了他哥哥墓旁。后人又修建了苏洵的衣冠冢，合为"三苏坟"，至今犹在，已成为郏县著名的人文景点。

写到这里，不禁想起了世界著名画家凡·高和他的弟弟提奥，生前两人感情要好，死后也是埋在了一处，墓碑紧邻。

苏轼死后没有选择回到故乡眉州的祖坟，与父母、发妻团聚，却选择守着弟弟，兄弟两人情比金坚。对这份深情厚谊，我十分感动。其实，苏轼只比苏辙年长两岁，论长幼，他们是兄弟；论才华，他们更像知己。所以，依我看来，苏轼与苏辙之间的感情，不仅仅是兄弟亲情，还有一份高山流水般的知己情。

纵观此诗，前四句为核心思想所在，重在抒情和说理，把人比喻成鸿雁，是苏轼以哥哥的口吻给弟弟讲了一番人生道理。含蓄地表达了作为哥哥对弟弟的殷切期望，希望他有鸿鹄之志，能如大鹏展翅般去翱翔，不要沉迷于过去的成就中，沾沾自喜，故步自封。

后四句重在叙事，并用过去的奉贤僧舍和现在的样子做了对比，表达了物是人非的伤感和对过去美好事物的眷恋，还有对弟弟深深的思念。其实，后四句是为前四句做了铺陈和情感铺垫。这样，首尾照应，便使前四句要抒发的感情和要讲的道理更加凸显，更加具有说服力。

"人生到处知何似，应似飞鸿踏雪泥。泥上偶然留指爪，鸿飞那复计东西。"这四句诗所讲述的人生哲理，我想不仅是苏轼写给弟弟的，也是写给他自己的。人生漫漫，不用计较得失，能留下多少"爪印"，便是多少，洒脱一些，才能飞得更高！

鲜见！东坡写给继室王闰之的词

少年游·润州作代人寄远

去年相送，余杭门外，飞雪似杨花。今年春尽，杨花似雪，犹不见还家。

对酒卷帘邀明月，风露透窗纱。恰似姮娥怜双燕，分明照、画梁斜。

[解读]

去年送别，送到了余杭门外，漫天飞雪如杨花飘落。今年的春天已经结束，杨花如雪一般飘落，却没见到你回家。

透过卷起的帘子，想邀请明月一同畅饮，而风露吹透了纱窗。月光斜斜地洒进屋里，将画梁照得清晰，好似嫦娥怜念那画梁上双飞的燕子一般。

[品鉴]

此词写于1074年春天，苏轼37岁，时任杭州通判，因赈济灾民而出差润州（今江苏省镇江市），已半年左右。

而在1071年，苏轼因上书谈论王安石变法的弊端，被弹劾后自请出京到了杭州。在这里，他不仅远离了政治斗争，还迎来了他的第三个儿子出生，可谓春风得意。但好景不长，他很快被下派到地方去赈灾。

从词题看"少年游·润州作代人寄远"是讲这首词在润州写的，代别人寄给远方的人。

初看标题，以为是苏轼代笔写给别人的，品鉴之后才知，词的上片是以妻子的口吻叙述，写给自己。而下片则以自己的口吻叙事，写给妻子。这种写作手法比较创新。由此可见，苏轼也不是那种食古不化的人，为何会反对王安石的新法呢？实在有点费解。

上片"去年相送，余杭门外，飞雪似杨花"，讲述苏轼出远门的时候，妻子送他到杭州的北城门外，那天漫天飞雪，像春天的杨花。"今年春尽，杨花似雪，犹不见还家"则是睹物思人，从杨花又想到了去年的雪，也含蓄地表达出，去年走时是冬天，如今春天来了，你怎么还不回家？我和孩子们都思念你啊，快回来吧。

"飞雪似杨花""杨花似雪"词中这两个比喻，让我的脑海中浮现出了一首唐代诗人崔护写的《题都城南庄》："去年今日此门中，人面桃花相映红，人面不知何处去，桃花依旧笑春风。"

当然，苏轼的这首词没有那么凄凉。崔护用桃花比喻，而苏轼用杨花作喻，也不失为一种独到和创新。因为千百年来，写爱情的诗词多用桃花，而苏轼则用杨花来巧喻思念，实在很妙！

别人写我想你，都写"我"如何如何，而苏轼的视角很独特，他用对方的视角来表达。这点跟《诗经》中的一些作品很像。

下片"对酒卷帘邀明月，风露透窗纱"，我认为是苏轼从自己的视角出发写的，而不是妻子的视角。因为王闰之的两个孩子都还很小，尚在哺乳期，也就不可能喝酒。再说，两个孩子那么小，苏迨3岁多，苏过才1岁多，她怎么可能有闲情逸致喝酒？何况，让风透过纱窗吹进来，孩子容易感冒啊。因此，下片是转换了视角，写他自己的。

"恰似姮娥怜双燕，分明照、画梁斜"，通过这两句，可以想到，苏轼喝着酒，卷着珠帘，透过纱窗看到天上的月亮，心中的思念之情十分浓烈，想"举杯邀明月"，却看到月光将屋内的雕梁画栋照得那么清晰，看到梁上画的"双飞燕"，而自己形单影只，心里更加惆怅。想回家，却因公务在身不能回，只能对酒写诗，聊表思念了。

这首诗的精彩之处便是转换视角来表达思念之情。从来多少诗词都是单视角，而苏轼则用了双视角来表达，把思念的人和被思念的人所感知的画面和情感都放在一首词中，实在精妙。

如果不细加揣摩，就会很容易定为单视角，进而就会误解苏轼，以为这是他借着妻子的口吻来表达自己的思归之情。

当我理解了他转换叙述身份时，也理解了词题的意思。

他已37岁，人到中年，却还用了"少年游"的词牌，说明在他心里认为自己依旧年轻。即便已有三个儿子，他依然觉得自己还很年轻。

他知道自己的填房王闰之，并不擅长诗词歌赋，因而，他便把她想要表达的思念之情代她写了出来，便是上片的内容。这时，如果王闰之收到这首诗，定然欢喜不已，丈夫虽然远在他乡，自己又要辛苦操持着一大家子的事情，但幸好丈夫体贴她。

由此可知，上片要表达的不仅是思念之情，还有慰问之意。言外之意就是闰之，我知你在家辛苦了，我也很想回来，但公务在身，我实在没办法，我理解你的苦楚，一个人要照顾三个孩子，尤其是老二、老三那么小，即使有丫鬟和奶妈帮忙，你也很辛苦。我能理解你，也希望你多担待些。

下片便是苏轼的自述，我一个人在外，没有好到哪里，喝着闷酒，吹着冷风，条件艰苦。看到画梁上的一对燕子，我就想到你了，我的心里时刻装着你。放心吧，这边的公务处理完了，我会尽快回家，我也很想你们，很想回家。

理解到这一层言外之意，便知苏轼对第二任妻子也是情真意切。

苏轼对一方砚台的深情厚谊写就《龙尾砚歌》

龙尾砚歌

黄琮白琥天不惜，顾恐贪夫死怀璧。

君看龙尾岂石材，玉德金声寓于石。

与天作石来几时，与人作砚初不辞。

诗成鲍谢石何与，笔落钟王砚不知。

锦茵玉匣俱尘垢，捣练支床亦何有。

况瞋苏子凤味铭，戏语相嘲作牛后。

碧天照水风吹云，明窗大几清无尘。

我生天地一闲物，苏子亦是支离人。

粗言细语都不择，春蚓秋蛇随意画。

愿从苏子老东坡，仁者不用生分别。

[解读]

　　上天并不怜惜祭祀用的黄棕玉和雕成虎形的白玉，只顾念担心那些贪财的莽夫宁死也要怀抱着玉器。您看这龙尾砚台难道是石质材料做的吗？这砚石中藏有玉石的质地和金属的声音。它是何时在天上做石头的呢？如今初到人间给人当砚台，并没有推辞。诗写成了像鲍照和谢灵运这样有名，能给砚石带来什么呢？落笔写出像钟繇和王羲之这样楷书大家那样的书法，砚台也不知道。织锦的垫子、玉做的匣子都已沾了尘土，捣洗熟绢，支个床架子又有什么用？何况瞪着眼睛看苏先生的凤味砚上刻的铭文，被冷嘲热讽当作小弟。碧蓝的天空，风吹着云朵倒映在水中，窗明几净，清晰得没有一丝尘埃。我原本是生在天地之间的一个闲物，苏先生也是个支离破碎的人。粗言细语我也不挑，无论是春天的蚯蚓还是秋天的蛇随意画吧，我愿意跟随苏子（东坡先生）相伴到老，仁义之士不用生出分别之意。

[品鉴]

这首诗，应该是我迄今为止见过的第一首为一方"砚台"而写的诗。足可见苏轼对此物的喜爱之情、感激之情以及怜惜之情。

这首诗的写作时间和背景不详，也没有任何可以借鉴的资料，因而，我可能是第一个品读它的人。

这二十句七言诗，真是难煞我也！一词一句，一句一字，一边查一边翻译。

翻译这工作，也并不是好做的。终于明白为何没有人来翻译这首诗了，难度倒是还好，最关键的是有太多生僻字词。想要翻译这首诗，先得自学一大堆东西，比如，砚台的石材有哪些，龙尾是什么，鲍照指的是谁，而钟王又是谁，凤咮是什么，诸如此类。然后，接着翻译，却发现，后面这些句子，不是苏轼说的，而是砚台说的话。于是，从头开始再重新翻译。

从标题开始品鉴，"龙尾砚歌"就是歌颂龙尾砚的意思。

龙尾砚之所以叫龙尾砚，我猜想一定与"龙尾"的传说有关。想必这种龙尾石是个罕见的石头，就像《红楼梦》里的那块通灵宝玉，那是女娲炼石补天的时候，遗落在人间的。而这块龙尾砚，又是从天上何处而来？如今在这人间给人当砚台使唤？苏轼的诗句中透露出这台砚定然不是人间凡品，而是天上来的极品。

龙尾有多种含义，一说是二十八宿之一，居于东方，属于苍龙七宿之末尾。而在《三国志·华歆传》中载："歆与北海邴原、管宁俱游学，三人相善，时人号三人为'一龙'，歆为龙头，原为龙腹，宁为龙尾。"

简而言之，也就是三个才华横溢的人，被当时的人取了绰号，叫一条龙，而管宁被称为龙尾。所以，龙尾也可以代指才华横溢的人。由此推断，苏东坡用这款龙尾砚也有此意在其中。一方面是希望自己成为一条龙，另一方面觉得自己就是一条龙。

整首诗句以龙尾砚的口吻讲述，仿佛是在说，我虽是你案桌上的一方砚台，却来历不凡，我不是普通的石料做成的，而是用龙尾石做成的。如今沦落到人间，成了你的砚台，不论你写出了像鲍照还是谢灵运这样的名诗，或是写出了像钟繇和王羲之这样知名的书法作品，能给我带来什么呢？我也不知道。捣练锦绢，给我支个砚台床架子，有什么用呢？你看那玉匣锦盒都已落了尘垢。

何况苏先生您，还给旁边的这台凤味砚写了铭文，冷嘲热讽比喻我是牛后？

抬头看看碧蓝的天空，映照着东湖的水，风吹云动，窗明几净，没有一丝尘埃，多么美好的画面啊！

我也不去想那些不开心的事情了，我原本就是这天地间的一个闲物罢了，因为苏子的怜爱，才能在这案桌上享受人间的美好。苏子也是个可怜人，支离破碎的人生，与我一般。

粗言细语我也不介意了，随他画春天的蚯蚓或是秋天的蛇。我只愿与苏子相伴到老，因为我们都有一颗仁义之心，便不必生出分离之意。

虽然，这最后一句总感觉翻译得有些别扭，大体如是吧，权当抛砖引玉了。

这篇拟人化的写物诗，其中有两句"诗成鲍谢石何与，笔落钟王砚不知"，让我联想到了一句写蜜蜂的诗"采得百花成蜜后，为谁辛苦为谁甜"，大有异曲同工之妙。

直译完又意译一番，感觉这首诗真是神来之笔，仿佛看到了一个通灵的砚台，在天蓝几净的案桌上，对着自己的主人娓娓道来。

人与物之间，也会如此日久生情吧，于是，惺惺相惜，生怕有一天会分别，看得我好感动！

一首横跨三地的词讲了些什么

水龙吟·露寒烟冷兼葭老

露寒烟冷兼葭老，天外征鸿寥唳。银河秋晚，长门灯悄，一声初至。应念潇湘，岸遥人静，水多菰米。乍望极平田，徘徊欲下，依前被、风惊起。

须信衡阳万里，有谁家、锦书遥寄。万重云外，斜行横阵，才疏又缀。仙掌月明，石头城下，影摇寒水。念征衣未捣，佳人拂杵，有盈盈泪。

[解读]

露水冰凉，青烟袅袅透着清冷，芦苇的枝叶已泛黄变老，幽远的天空，远远传来长途跋涉的鸿雁寂寥的鸣叫声。晚秋时节，天上的银河看得分明，长门外灯光暗淡，黑夜里悄然无语，一声雁鸣。此时应该怀念在潇湘的日子，遥远的河岸对面，夜深人静，水里长了许多菰米。乍看田野平整，可以看到尽头。大雁犹犹豫豫想要飞下来，却跟以前那样，被风吹草动惊吓得飞走了。

要相信在衡阳万里之地，有谁家写了信，想寄到遥远的地方去。重重云层外，雁群摆成人字形飞了一会儿，又变成一字形横着飞，才分散飞了一会儿，又紧密地挨在一起了。神仙在明月之下修行，石头城下，影子随着寒冷的水波摇晃着。心里挂念着丈夫远行要穿的衣服还没捣洗，美貌的女子手里摆动着捣衣服的木棒，泪水涟涟。

［品鉴］

此词据说写于1084年，47岁的苏轼原本要从黄州（今湖北省黄冈市）被派到汝州（今河南省汝州市）任职，怎奈，去上任的途中，他最小的儿子夭折了。这个儿子是他的侍妾王朝云所生，也是苏轼的第四个儿子苏遁，不满1岁。

苏轼写这首词时心情肯定不好，有种离群索居、孤雁失群的感觉，从词中的"寒、冷、唳、盈盈泪"等字眼可见。

以我拙见，苏轼在这首词中变换了不同的视角来写。第一，从雁的视角，看到万重云，看到长门灯悄；第二，从作者的角度，仰视天空，银河铺在天空，雁阵变换队形翱翔在万里空中；第三，从佳人的角度，想到还没来得及捣洗衣服，想到丈夫即将远行，再见不知是何时了，于是，忍不住泪流满面。

短短一首词，不仅变换了三种视角，而且还变换了三处地点。长门在长安城，潇湘、衡阳均在湖南，而石头城是宋代的金陵，如今的南京城。三处没有关联的地方，不知道东坡要表达什么？于是，只能再次推理。

长安是帝都，象征着君权，而自己就像那晚秋的蒹葭，已经风烛残年，长门外的灯光，已经黯淡，象征着自己在朝堂，前途黯淡无光。怀念潇湘之地，有水米富饶，想要栖息此处，因受惊而放弃。雁群继续飞，飞到石头城，看到一位女子捣洗衣服时泪水盈盈。想到暂居石头城的妻子，不觉伤感。

由此观之，这首词大概写在他的儿子夭折后的几个月，否则，此词的悲凉之情必然更浓烈。

虽然词意传达出一种黯然神伤的感情，但词中的意境依然具有审美情趣。比如蒹葭、雁阵、银河、捣衣，每一句都可以想象成一幅画。虽然这幅画的颜色清冷了些，但意象很深远，因此，语境依然很美！分析至此，更加钦佩苏轼的文采，真真是大文豪！

这首词对我而言其实很生僻，许是孤陋寡闻，竟是第一次读到。读了许多遍，耗时两天，自我消化了一番后，才有这些许感悟，还不一定对，望诸君海涵。

苏轼之所以选择用"水龙吟"这个词牌名，感觉不仅是词调和仄韵的原因，更重要的是因为词义，其字面意思就是一条水龙在呻吟，暗含怀才不遇的慨叹。

1084年对苏轼而言是煎熬的，他驻扎黄州五年，一方面好不容易才适应了南方的环境和团练副使的工作，却又收到调令，要被派去很远的汝州，举家搬迁岂是儿戏？另一方面，便是他最小的儿子还不满周岁，却要跟着一家人舟车劳顿，最后，不幸夭折。

而夭折的原因极有可能是水土不服，对于一个不满周岁的婴儿而言，中途艰辛和水土不服必然难以承受。这也是苏轼最为难过的地方，仕途不顺又逢后代蒙难。同时，他有自责的心理，如果不是因为他的工作调动，一家人就不必跟着他颠沛流离，也不必三五年换一处住所，而他最小的儿子也一定能健康成长。

这首词与《题西林壁》是同一年所写，所以，依照这首词的凄凉之感来推断，那么，《题西林壁》也有可能是在他最小的儿子去世后写的。那时，他去东林寺和西林寺不是为了游玩，而是为了给苏遁超度和祈福，还有寻求解脱和答案。为何他勤政爱民、秉公执法，他的小儿子却会遭此横祸？

这首词多半是在他伤痛很久后写的，所以，更侧重表达自己的苦闷和怀才不遇。"露寒烟冷兼葭老"开篇第一句仿佛在说，臣已年迈，能为国尽忠的时间不多了，天子若是珍惜我这个人才，就请早点调我回到京城，而不是将我在地方上调来遣去。我已经老了，能为你效忠的时日不多了。

末句"念征衣未捣，佳人拂杵，有盈盈泪"则是看到河边有女子洗衣流泪，苏轼想到自己的妻子也可能如此，进而表达出他对妻子和家人的思念。

东坡夜里看海棠，睹物思发妻

海　棠

东风袅袅泛崇光，香雾空蒙月转廊。
只恐夜深花睡去，故烧高烛照红妆。

[解读]

海棠花在春风轻拂下，摇曳着身姿，泛着光辉，香气扑鼻，浸润在雾气蒙蒙中，月光渐渐从院中移到了回廊。只怕夜深以后，海棠花睡去，所以，点了高高的烛台，以便照着她可人艳丽的样子。

[品鉴]

虽说苏轼是著名的豪放派词人，可看看这首诗，写得竟是如此婉约柔情，把那满树的海棠花，拟人化为一个美丽的姑娘。

月辉洒下，照着美丽的海棠花，异常光辉夺目。夜晚，雾气朦胧，海棠花芳香四溢，明媚鲜妍，宛如着盛装的女子，美丽动人。忍不住，点了蜡烛，久久地驻足欣赏她的芳容。

苏轼的诗句，脱离了海棠花的具体形状，却抓住了其神韵，描绘得如此传神。让人对海棠花生了好奇，是何等姿色的花，竟能引得东坡先生点着烛台去凝视，连我也想再细细看看海棠花了。

可惜，"好花不常开"，只能等到明春去了。

据说这首诗写于1084年，那么，很明显是写于春季。那时，他应该还未接到调令，所以才有心情赏花。

这首诗写得活泼可爱。大有一种夜里喝了酒，借着皎洁的月光赏花的样子。

首句"东风袅袅泛崇光"，用拟人手法将东风吹拂的样子，拟作人体态柔美的样子，令人对东风产生了好感。而"泛崇光"则让人想象到春光明媚的画面。这一句看似写东风，实则借东风描绘了一幅江山春景图。

第二句"香雾空蒙月转廊"重在塑造"香"的气味。在这样美好的春天里，空气中仿佛都是海棠的香气，就连夜里都能闻到，可见这香气很是袭人。而香气通常都代指人的品行高尚。

后两句"只恐夜深花睡去，故烧高烛照红妆"，是东坡先生引用了唐玄宗李隆基形容杨贵妃"海棠睡未足"的典故。

抛开伦理纲常，李隆基对杨贵妃的爱还是有几分真意的。想象一下，贵妃喝醉了酒在屋里躺着睡着了，唐玄宗进来，丫鬟要叫醒贵妃，唐玄宗说了句"海棠睡未足"，表示不用叫了。于是玄宗坐在贵妃身旁，仔细看着他宠爱的贵妃，醉酒的样子也是如此迷人。这五个字"海棠睡未足"深刻体现了唐玄宗对杨贵妃宠爱有加。

由此可知，东坡先生夜里看海棠时大概也想到了唐玄宗与杨贵妃两人之间的故事，正如白居易在《长恨歌》中所写"在天愿作比翼鸟，在地愿为连理枝"。

既是爱情故事，苏轼自然也会联想到自己的爱情吧。挚爱的发妻王弗已逝二十年，想必，在他的内心深处，这份深情一直历久弥坚。

海棠花素有"百花之尊""花之贵妃"的称号，甚至有"花中神仙"的尊称，而海棠花的花语有游子思乡、离愁、温和、美丽、快乐之意。从花语看，东坡先生大概不仅是在写花，也是在表达自己的离愁别绪。毕竟离开故土很多年，如他这般重情义的人自然会思念亲人。而此时的他，经历了人生的种种磨砺，性子已然变得温和，再不似从前那般慷慨激昂、棱角分明。

虽然被贬多年，归期无望，但对于人生，他依然充满了信心，心情也欢快了许多，也因此，他能在这个时候欣赏到海棠花的美。

人与每一种事物的相遇，大概都是同频共振。只有同频的时候，才会相遇，相知，又相惜。

苏轼见友人王巩的侍人后，写了"此心安处是吾乡"

定风波·南海归赠王定国侍人寓娘

常羡人间琢玉郎，天应乞与点酥娘。尽道清歌传皓齿，风起，雪飞炎海变清凉。

万里归来颜愈少，微笑，笑时犹带岭梅香。试问岭南应不好，却道：此心安处是吾乡。

[解读]

常常羡慕人世间那些温润如玉般的男子，上天垂怜给予他们肌肤如凝脂般美丽的女子相伴左右；都说那些清雅动听的歌曲出自她的皓齿。风吹来，顿时感到炎热的天空仿佛飘着飞雪那般清凉。

从万里之外的岭南回来后，她的笑容少了，但微笑起来时像带了岭南梅子的芳香。试着问了问她，岭南应该不好吧？她却说："让我心安的地方，便是我的故乡。"

[品鉴]

岭南是我国南方五岭以南地区的概称，五岭由越城岭、都庞岭、萌渚岭、骑田岭、大庾岭五座山组成，由于历史上朝代的行政建制不同，现在提到岭南一词，特指广东、广西、海南、香港、澳门。

想要理解这首词，先得了解其创作背景。简单说来，这是苏轼写给好友王巩（字定国）的侍妾柔奴（别名寓娘）的一首词。

苏轼不轻易给人写诗词，写给弟弟的最多，其次是写给妻子的，其余多是写给友人的。而这首词是写给歌女的，但不是普通的歌女。寓娘原本出身大户人家，家道中落后成了挚友王定国的侍妾。寓娘有沉鱼落雁之姿，又能在患难之际陪伴友人，她精通音律，擅长歌舞。因此，在苏轼看来，这个女子不仅才貌双全，而且有情有义，是世间少有的女子。

我想苏轼写这首词，应该是通过赞美友人的爱妾，从侧面赞美友人王定国慧眼识珠，且才貌兼备。

还有寓娘的一句话，令他如当头棒喝。"此心安处是吾乡"，对他而言，这句话尤为重要。因为，在他的官场生涯中，他多次被贬谪，居无定所，隔几年就换一个地方，甚至一年换好几个地方。也因此，他常常思念故乡，怀念亲人，所以写下了"人有悲欢离合，月有阴晴圆缺，此事古难全。但愿人长久，千里共婵娟"。

虽然，他可能读过唐代诗人白居易写的《初出城留别》中的"我生本无乡，心安是归处"，当这位美若天仙的女子说出类似的话时，他却被震撼到了。

因此，才有了这首词。

这首词，我感觉还有一点道歉的意思。毕竟友人王定国是因他的事情牵连而被贬岭南，想来是吃了些苦头的。因此，他才会在酒席间问寓娘，岭南那边不好吧。没想到这个女子情商很高，竟然那般会说话。她不仅没有抱怨在岭南受苦的事情，还说"此心安处是吾乡"。这让苏轼能不感动？不惭愧？不感慨万千吗？

由此可见，不论何时何地，会说话是多么重要。只是一句话，既不让苏轼感到尴尬和自责，又表达了她对王定国诚挚的感情。原本无名的小侍妾，因为这句话而打动了大名鼎鼎的诗人苏轼，以她的名字为题写了这首词，流传千古。

想来苏轼因为这句话会更加安心地生活在被贬谪的地方，而不至于心无所住，总有漂泊他乡的孤寂感吧。

"此心安处是吾乡"这一句话，既有文采更有哲理。被点醒的不仅有苏轼，还有千百年来许许多多客居他乡的游子吧。由此衍生出来的"吾心安处是故乡"，一样感动着滚滚红尘中的人。

愿每个人都能寻到那个让你心安的所在。

苏轼将要东山再起的自我写照，是哪首诗

惠崇春江晚景·其一

竹外桃花三两枝，春江水暖鸭先知。
蒌蒿满地芦芽短，正是河豚欲上时。

[解读]

一树竹林外，两三枝桃花探出了头，春天的江面上浮着几只鸭子，只有它们最先知道江水的温度暖不暖。江边河滩上长满了蒌蒿，芦苇也长出了短短的新芽，这时候正是河豚逆流而上的好时机。

[品鉴]

有些人不喜欢苏轼，因为他有些缺点，但让我们抛开这些，只欣赏他的作品吧。因为这个世界没有完人。

本诗写于1085年，是苏轼48岁的时候在汴京（今河南省开封市），也有说在江阴（今江苏省江阴市）为惠崇的《春江晚景》两幅画所写的题画诗。

苏轼写了两首《惠崇春江晚景》的诗，此篇是其一。

好奇惠崇是谁？苏轼竟然能为他的两幅画写两首题画诗。

翻阅诸多资料才知，惠崇是北宋著名的九僧之首，尤擅诗画，专精五律。这首诗便是苏轼看到惠崇的名画《春江晚景》图后，有感而发所写。可惜，原画已无迹可寻；更可惜的是，惠崇去世后二十年，苏轼才出生。两位原本可以做诗友的人，却只能通过诗画在平行时空会面了。

这首诗相当于画中画。惠崇看着实景，作于画上，经过了自己的构思和创作，而苏轼又观画题诗，二次创作。于是让人看到这首诗，再返回去想象那幅画以及现实中的场景，也是颇有新意。

这首脍炙人口的诗，从美学角度看，配色非常好。竹子、蒌蒿、芦芽是绿色，桃花是红色，鸭子是淡黄色或灰色，水又是蓝色或绿色，于是乎，可以想象画中的色彩搭配，透着春日的明媚和鲜艳，引人注目。如果说这是一幅水墨画，那肯定是色彩绚丽的水墨画。

诗意看似简单，却富含哲理。全诗以写景为主，尾句兼用议论和抒情的表达方式。

"春江水暖鸭先知"这句诗可以引申到众多领域，也可以引申为众多意思，因此，千百年来被人们频繁引用，但很少有人记得这句话是苏轼写的。大概很多人只记得他写的"大江东去"或者"十年生死两茫茫"吧。

"正是河豚欲上时"这句诗不简单。所谓"天时地利人和"，每种事物都有它的发展规律，河豚逆流而上的时候，正是春季，就像北雁南飞选在秋季，可见时机是多么重要。

这句话也有励志的意思，因为苏轼当时写这首诗时是1085年，而这一年发生了一件非常重要的事情——宋哲宗即位，司马光等被朝廷重新起用，王安石一派被打压，苏轼也再次被请回朝廷重用，步步高升直至翰林学士。料想，这首诗大约写在他看到了新的时机以后，也就是宋哲宗继位不久。

逆流而上需要怎样的勇气和毅力？这也是千百年来，河豚被人们记载的重要原因吧。让人不寒而栗的是，这样勇敢的鱼，哪怕其身体自带防卫毒素和小刺，也没能阻挡住个别人。其捕捞者不少，而吃进腹中者亦不少！

我想，苏轼写河豚的意思，大概也是佩服河豚逆流而上的勇气吧，他也想逆流而上，再次寻找生命的意义，攀登仕途的高峰，而春天给足了人们希望。

从表面意思看，这首诗将画中的江南春天写得十分唯美；从深层意思看，这首诗写出了苏轼的雄心壮志，他被贬多年，如今终于看到了一个可以东山再起的契机，即便如河豚那般，逆流而上又何妨？

苏轼的诗就是这样让人着迷，粗看诗境很美，细看诗意也很美。因而他的多少佳句，可以经得起时间的磨砺，经得起不同时代人们的品鉴，还能依旧散发着醇香。

时间最是无情，永远不会为任何人任何事情而多停留一秒，哪怕王侯将相，哪怕开天辟地；但时间又是最公平的，它对每个人一视同仁，不会给谁多一秒，也不会给谁少一秒。每个人的差距，便取决于自己如何把握每一分每一秒了。

苏轼显然是把握住了时间，因此才会有三千多首诗词传世，值得学习。

"江海寄余生"是苏轼贬谪黄州时的人生理想

临江仙·夜归临皋

　　夜饮东坡醒复醉，归来仿佛三更。家童鼻息已雷鸣。敲门都不应，倚杖听江声。

　　长恨此身非我有，何时忘却营营。夜阑风静縠纹平。小舟从此逝，江海寄余生。

[解读]

　　东坡先生晚上喝了酒，醒酒后又醉了，回到住处大约已经三更天了。家里的门童早已鼾声如雷。他敲门门童都没有回应，只好倚着竹杖，听江声滔滔。

　　怨恨这个身体并非我所拥有，什么时候才能忘记奔走钻营？夜深了，风静了，水波也平了。不如驾一叶扁舟从此消逝，将这余生都寄托到江河湖海吧！

[品鉴]

　　光阴似箭不虚发，日月如梭织锦绣。怀揣梦想几十载，笔下滔滔数十年，何日才能把成品拿出来？一个人对自己要求太高，对自己的作品要求太高，简直就是自我摧残与折磨！

　　这些年，人总有一种无力回天的感觉！在整个创作过程中，我深刻体会到"千锤百炼"的含义，这不仅是四个字，而是一锤一锤砸下去的结果，是结结实实的存在，是凝聚了十多年来的汗水、泪水！而终极考验是毅力！只有坚持下去，才不会让之前的努力付诸东流。努力奔跑，曙光就在前方！

在创作的间隙，学习苏轼的诗词，对我而言，是一种放松和调节。选择这首词，是被最后一句"江海寄余生"所打动。

这首词，写在苏轼被贬谪到黄州（今湖北省黄冈市）的第三年，即1082年，他的心境可想而知。

"借酒消愁愁更愁"，人生往往如此。不知苏轼与何人饮酒，竟如此开怀？醉了又醒，醒了又喝。回到寓所时，都已经三更半夜了。他敲了敲门，却没人回应，听着门童的呼噜声那么响，睡得那么香，东坡先生尽管已经疲惫了，却没有继续敲门，而是倚着竹杖，侧耳聆听江海滔滔的声音。

看到这里时，我想说苏轼的酒品真好。因为醉酒状态下，最能反映一个人的人品和素质。而他喝完酒大概已经疲惫不堪，想倒头就睡了，却不料没人开门。这若是换成其他人，还不得大喊大叫发个酒疯，或者踹门而入？但苏轼没有，他敲完门，就安安静静地站在门口，等着，听着，想着……

这个身体是我的吗？为何醉酒后，却不像自己的？身子发沉，不能自由行动？如果是我的，此刻我想回到屋里睡下，却为何被一扇"门"挡住了？可见，这身体终归不是我的！

什么时候，我才不用去想功名利禄的事情，不用蝇营狗苟地活着？什么时候能够忘记这些？

夜深了，风平浪静了，如果此刻能驾一叶扁舟，从此处消失，此生便可寄托于江河湖海，逍遥自在了！

从这首词能深刻体会到苏轼的无奈和愤懑，以及寻求解脱、追求自由的心境。

最后一句"江海寄余生"，内涵更是丰富。依我看，一者可理解为，他想从此过一个像渔夫那样普通老百姓的日子；二者可理解为，他想忘却所有，环游世界，简简单单地生活，不再为生活所累；三者可理解为，他想脱离官场，把余生寄托在琴棋书画诗酒花上，寄托在他的心灵之海上。

无论怎样理解，都足以看出苏轼在当时的环境下，内心的痛苦和焦灼。

《定风波·莫听穿林打叶声》中有一句"竹杖芒鞋轻胜马"和这首词中"倚杖听江声"中，都出现了"竹杖"的身影。于是，令我产生了一个疑惑，难道东坡先生的腿脚不好？为何多次出门都要拿着竹杖？查了查时间，写这首词时，他才45岁，还不至于老态龙钟，难道真的是腿脚不好？或者崴脚了？又或是拿着竹杖显得文绉绉？关于此，还有待以后进一步研究和考察。

苏轼的一生，坎坷无比。"竹杖芒鞋轻胜马，谁怕？一蓑烟雨任平生"与这首"小舟从此逝，江海寄余生"大有异曲同工之妙。此几句都在抒发他对现实境遇的不满和无奈，表达他想超脱人世间的种种枷锁，而过上自在生活的人生理想。

现实毕竟是现实，他无法超越，但在诗词里他可以信马由缰，放纵洒脱！诗词便是他"寄余生"最好的"江海"了。而这片"江海"，也成就了他的一生！因为，这是他毕生心血的凝练。

这首词可以算得上苏轼对现实的抱怨之作，词中的话是多少人想说却不敢说出口的话？所以，无数人热爱东坡先生的诗词，连我也不例外。

一首狩猎词表达出苏轼杀敌报国的壮志

江城子·密州出猎

老夫聊发少年狂，左牵黄，右擎苍，锦帽貂裘，千骑卷平冈。为报倾城随太守，亲射虎，看孙郎。

酒酣胸胆尚开张，鬓微霜，又何妨！持节云中，何日遣冯唐？会挽雕弓如满月，西北望，射天狼。

[解读]

老夫我姑且抒发一下像年轻人那样的狂傲之气，左手牵着黄犬，右手举起苍鹰，头戴锦缎做的帽子，身穿貂皮做的衣裳，千百匹骏马疾驰奔跑，尘土飞扬，仿佛把那平坦的山岗如席卷了一般。为了报答全城百姓追随太守我出来狩猎，定要亲自射只老虎，向孙权看齐。

喝酒喝到酣畅淋漓时，胸襟开阔，胆量陡增，鬓边发现几根白发，像挂了霜一样，那又如何？朝廷什么时候能派像冯唐那样的人，拿着符节来赦免我？那时我会挽起精雕细琢的弓，拉满弓如圆月一般，向西北远远瞄准，射杀"天狼星"（指敌军）。

[品鉴]

在苏轼所写的众多诗词中，这首《江城子·密州出猎》堪称他的代表作。这首词小中见大，表达了人到中年的苏轼，依然满怀爱国之心，想要戍守边关，保家卫国的凌云壮志。

这首词写于密州，今山东省诸城市。

依我看，这首词当属苏轼所写的词中最豪迈的一首，比《念奴娇·赤壁怀古》中所写的"大江东去，浪淘尽，千古风流人物"还要豪迈千万倍！一句"西北望，射天狼"便足以叫人心惊胆战！

作为一位文臣而非武将，他能将一场打猎描写得如此大气磅礴、义薄云天，实属罕见！

翻译这首词的时候，感慨时光飞逝，遥想上学时期，初学这首词，就被苏轼这种豪杰之气所震撼。没想到，若干年后再读依然倍感气势磅礴！而更未想到的是，我居然会解读、品鉴这首词。如果当初教我的语文老师看到我写的这篇赏析，不知该做何想。

这首词提到了"孙郎"，也就是三国时期吴王孙权，他把自己与孙权作比，可见苏轼是钦佩孙权的。而历史上，同样钦佩孙权的还有曹操，所以，他才会说"生子当如孙仲谋"。

而词的下片写到"鬓微霜，又何妨"，与曹操53岁时统一北方后所写的《龟虽寿》中"老骥伏枥，志在千里"有异曲同工之妙。而苏轼写的"西北望，射天狼"与曹操写的"烈士暮年，壮心不已"意思相近。苏轼仿佛在说："我虽然年老，但雄心壮志依然在，如果朝廷将我赦免，让我去北方打仗，我定要拉满弓，射杀敌军，保家卫国！"

由此，可以进一步联想，苏轼不仅读过曹操的诗，而且还从心底仰慕他的才华。而他也体会到了曹操年迈时的那种心情。因而，才能写出相似的字句来。苏轼虽为文官，却也有一颗武将的心，豪气冲云霄，怎不叫人佩服！

词中提到了"锦帽貂裘，千骑卷平冈"，仔细学习了"貂裘"才知，原来是用貂皮做的衣服。而貂皮被称为"裘中之王"，价格昂贵，堪称"软黄金"。电视剧《琅琊榜》中，似乎很多人物都穿了"貂裘"，想来在古代貂应该比较多吧。而如今这种动物是稀有的，尤其是紫貂，已经被列为国家一级保护动物了。把一只动物的皮毛披在自己身上，想一想都很恐怖，只是为了一个人的"华贵"，一条生命因此而陨落，不值当也太残忍。

这首词将苏轼的侠肝义胆与忠君爱国之心，刻画得无比生动形象。只是一场小小的狩猎，却能表达出自己的凌云壮志。苏轼啊苏轼，你真的才华横溢！

苏轼与挚友孙巨源的情谊，堪比高山流水遇知音

永遇乐·长忆别时

　　孙巨源以八月十五日离海州，坐别于景疏楼上。既而与余会于润州，至楚州乃别。余以十一月十五日至海州，与太守会于景疏楼上，作此词以寄巨源。

　　长忆别时，景疏楼上，明月如水。美酒清歌，留连不住，月随人千里。别来三度，孤光又满，冷落共谁同醉？卷珠帘、凄然顾影，共伊到明无寐。

　　今朝有客，来从淮上，能道使君深意。凭仗清淮，分明到海，中有相思泪。而今何在？西垣清禁，夜永露华侵被。此时看、回廊晓月，也应暗记。

[解读]

题记：孙巨源八月十五日离开了海州，我们在景疏楼上作别。之后他与我在润州相聚，到了楚州才分别。我于十一月十五日到了海州，与太守在景疏楼相会，想起了他，写下这首词寄给巨源。

常常想起在景疏楼上分别时，月光明亮如水清澈。美妙的酒，清亮的歌声，也留不住友人，月光追随着他要奔赴千里之外了。分别三个

月，月亮已经圆了三次，今天孤冷的月又圆了，这份冷清与落寞，谁与我一同酣醉？卷起珠帘，凄凉地看着自己的影子，与月亮相互看着到天亮，而无睡意。

今天有客人从濉河上游而来，转述了你对我的思念。凭借着清澈的淮水，分明已经流到了海里，那海水中和着你的相思泪。如今你在哪里？在中书省？还是在宫中？夜里的露水仿佛浸湿了被子。这时候看看，回廊里拂晓时分的月亮，想来你应该也在暗暗思念我吧。

[品鉴]

如果不看题记，这首词会让人误以为是男女之思。能将思念写到"凭仗清淮，分明到海，中有相思泪"的程度，可见这思念已经出奇得深了。

在苏轼的诸多诗词中，思念弟弟苏辙和妻子王弗的最多。而今，此词中出现了第三位让苏轼牵肠挂肚、思念到夜不能寐的人。一时间，让我对孙巨源这个人，产生了极大兴趣。

苏轼为这位同事兼挚友写下了多首诗词。除了本首词，有《更漏子·送孙巨源》《采桑子·润州多景楼与孙巨源相遇》，还有一首更直白的，诗名就叫《孙巨源》。我想，能让苏轼如此珍视的朋友，定然也不是寻常的。

初学此词时，没有找到孙巨源的履历，时隔两年后，翻阅了大量资料，终于找到一部分。

孙巨源本名孙洙，出生于1031年，字巨源，广陵（今江苏省扬州市）人，比苏轼年长六岁，与苏轼是同僚，也是宋代的文人、诗人，自幼聪慧，18岁登进士第，堪称神童，《全宋词》录其《菩萨蛮·楼头上有三冬鼓》《何满子·秋愁》两首词。

这首词的一个突出特点是，题记的篇幅占了整篇的三分之一，与苏轼以往写的题记比，这首显然最长，他不惜用六十六个字来讲述他与孙巨源相聚又分别的来龙去脉，足见苏轼对他是多么在意。

这首词一般认为写于1074年，这一年对苏轼而言，发生了一件重要的事情，便是认识了12岁的王朝云。苏轼对她一见倾心，收为侍女。所以，斗胆猜测，这首词的相思，本就是借着孙巨源写给王朝云的吗？

因为按照苏轼行迹的时间线梳理，这一年，他从杭州调到了密州（今山东诸城）。在杭州期间，苏轼认识了王朝云，而这首词写在他从杭州去密州赴任的途中，所以，猜测当时他没有携带家眷，才会有相思之情泛起，写下这首词。

抑或兄弟情深，他与孙巨源交情深厚，两人谈诗论文，颇为契合，大有"高山流水遇知音"的意思，就像伯牙和子期的感情那样。不过一切都是后人的猜测，只有苏轼自己最清楚吧。也或许，两种意思都有，也未可知。

词中提到的景疏楼，位于今江苏省连云港市，是宋叶祖因为景仰汉人"二疏"（疏广、疏受）而修建的。疏广、疏受原本是叔侄关系，皆因精通儒学，对上博得皇帝宠爱，对下深得百姓喜欢。"二疏"广受好评，可以算得上德高望重。而景疏楼相当于纪念两位先贤的楼阁，因此，不难理解，苏轼和孙巨源多次在这个地方相聚又分别，具有怎样的意义。由此观之，他们之间用高山流水遇知音般的感情更能说得通。

词的上片重在回忆往昔，与孙巨源一起在景疏楼欢饮畅谈的情景；下片重在叙写当下，他与别人畅饮时，又想起了友人，不禁生出了许多牵挂和问候。整首词情景交融，抒发了作者对友人牵肠挂肚的思念。

这首词让我想起了宋代张先的《千秋岁·数声鶗鴂》中最精彩的两句"天不老，情难绝。心似双丝网，中有千千结"。其中的"中有千千结"与苏轼这首词中的"中有相思泪"有着异曲同工之妙。

原以为苏轼写爱情、写亲情是绝佳好手，没有想到他写友情，也会如此入木三分，让人读之肝肠寸断！

这首词，让我体会到友情到深处也有点近似爱情的感觉。或许，真挚的感情到最后，大体相似，都需要付出爱，彼此信任，互相支持等。只是人们人为地将其区分成亲情、友情、爱情罢了。

十分羡慕苏轼能找到孙巨源这样的知己。友不在多，人生得一知己足矣！能与挚友在一起，把酒言欢，清风明月无人管，便是人间真挚客！

苏轼写的"春宵一刻值千金"原来是这个意思

春　宵

春宵一刻值千金，花有清香月有阴。
歌管楼台声细细，秋千院落夜沉沉。

[解读]

春天的夜晚，一刻价值千金，花儿散发着清香，月光有点黯淡。从亭台楼阁处，隐约飘来歌舞管弦的声音，有秋千的院子夜色显得更加深沉。

[品鉴]

此诗的创作时间不详，因而对于创作背后的故事只能靠诗意来推敲了。

首句"春宵一刻值千金"几乎人尽皆知，后三句却鲜有人知，就连我自己似乎也是初次注意到。其实，依我看这四句诗应该倒过来读更好理解。"秋千院落夜沉沉，歌管楼台声细细，花有清香月有阴，春宵一刻值千金"，如此诵读一遍，便很容易理解诗意，却可能没有突出苏轼想要的重点。

开篇点题的诗作不多，大多都是藏头藏中，到了文末才会点题，诗词尤其如此。所以，也体现出这首诗的特别之处和大胆之处。

"春宵一刻值千金"这句诗的字面意思就是春天的夜晚很短暂，每一刻都很珍贵。而意译则可理解为美好的时光都很短暂，每一刻都值得珍惜。从广义而言，这句话可以用在许多场合，比如朋友相聚、家人团圆等，但人们常常狭义地理解为爱人相聚或洞房花烛夜时。若苏轼看到后人将这句话狭义地解读成这般，不知该做何感想？

把这首诗的顺序倒过来，便可能是诗人写诗时的情景。深夜，院子里的秋千显得那样落寞，而夜变得更加深沉。即便如此，还能听到墙外隐约传来歌舞管弦的声音，听起来好不热闹！花儿的清香随风飘来，月亮再明亮也有阴暗的时候，因此，好花不常开，好景不常在。既然如此，不如好好珍惜当下的时光。

"花有清香月有阴"这句描写了事物的客观属性和规律，花有芳香而月亮则有明暗圆缺，与他曾写的"人有悲欢离合，月有阴晴圆缺，此事古难全"有遥相呼应的意思。看到事物美好的一面，也要想到不好的一面，其中蕴含着苏轼朴素的辩证唯物主义思想。他总能将理性的观察融入感性的诗词中。因此，苏轼的作品，总是这样耐人寻味。

"歌管楼台声细细，秋千院落夜沉沉"中的"声细细"与"夜沉沉"用对偶的修辞手法，使得这两句读来很有韵律的对称美感，既从字句上相互照应，又从诗意上形成了鲜明对比。这两句中描绘的一边是歌舞升平；另一边则是落寞秋千，一动一静，对比出了很多深意。这两句可以理解为有钱人的奢靡生活和清廉仕官的朴素日常，也可以理解为同样的夜晚，有人在日日笙歌，有人却落寞伤怀。

想一想，无论怎样的生活，都是眼前这一刻时光，你要将它过成什么样子，或悲或喜，全凭自己，不如好好珍惜，开怀一些，毕竟当下才最重要！

我想，如果东坡先生看到我这样理解和翻译他的诗作，他应该会欣慰吧？毕竟，我是按照广义来解读的。但愿我的理解能让他满意。

再观此诗，能体会到在这花香月不圆的春夜，苏轼的复杂心情。他在院子里看着空空的秋千架，在寂静的夜色的衬托下，他的心是落寞的，又听到不远处的歌舞声，想到自己眼前的处境，感到悲催。但他告诉自己，这都是难以避免的，因为"花有清香月有阴"，人生起起落落也是正常的，哪里有一帆风顺的人生，就是王侯将相都难免困苦境遇，何况自己还是区区一介书生。想开点吧，毕竟美好的时光总是短暂的，珍惜当下的幸福吧。

由此可知，这首诗应是写在"乌台诗案"被贬谪后的。苏轼虽然有点黯然神伤，但他知道珍惜眼前，也知道欣赏花香春夜，知道追云看月。他的内心有着浪漫主义诗人的潜质，虽然，他总是一副哲学家的口吻，但他也有部分诗词如这首一般，美丽、婉约而深沉，令人陶醉在他的诗境中，忘却了苦恼并领会到其中要表达的人生哲理。

苏轼被贬后借酒消愁，感慨万事到头都是梦

南乡子·重九涵辉楼呈徐君猷

霜降水痕收。浅碧鳞鳞露远洲。酒力渐消风力软，飕飕。破帽多情却恋头。

佳节若为酬。但把清尊断送秋。万事到头都是梦，休休。明日黄花蝶也愁。

霜降以后雨水少了，湖中水位下降。淡绿色的湖面，波光粼粼，远远地露出了小洲。酒劲儿渐渐消退了，而风也没那么大了，有点凉飕飕的。帽子虽破却恋着头，不肯被风刮走。

美好的节日应该如何度过，但愿能借酒消愁。万事到头都是黄粱一梦，罢了罢了。赶明儿菊花枯萎了，蝴蝶也发愁啊。

这首词相当于酒席上的助兴词，写于1082年，是苏轼被贬黄州（今湖北省黄冈市）第四年。

从标题可以看出此词的写作时间、地点和人物。九月初九重阳节，苏轼与友人徐君猷一起登高望远，在涵辉楼喝酒时所写。古代文人墨客相聚，吟诗作赋，挥毫泼墨，写写画画是司空见惯的。因而，苏轼在酒席上写诗送友，也再正常不过了。

学了苏轼三十首诗词，发现他送人的作品都要将那人的名字加到诗词的标题中去，比如之前赏析过的《定风波·南海归赠王定国侍人寓娘》《送范德孺》《赠刘景文》等，如此，既表达了苏轼格外重视这些朋友，也显出苏轼这个人十分慷慨。

这个涵辉楼虽然没有江西南昌的滕王阁、湖北武汉的黄鹤楼、湖南岳阳的岳阳楼、山东烟台的蓬莱阁、山西永济的鹳雀楼、江苏南京的阅江楼那么知名，却也因为这首诗从众多楼阁中脱颖而出，在历史上留下了印记。想来涵辉楼应该也是雄伟的。

从词中的描述可以想象当时的情景：苏轼与这位并不嫌弃他的徐君猷一见如故，在涵辉楼上推杯换盏，看着远处的风景。霜降过后，雨水少了，湖中的某处，露出了一块小洲，天气已经寒凉，酒醒后感到凉飕飕的。楼上风大，帽子虽破，却没有被风刮跑，像留恋这头一般。

九九重阳节应该怎么过呢？还不是借酒浇愁。世间万事到头来都是一场梦而已，罢了罢了，明日连菊花都谢了，蝴蝶也得发愁呢。

说实在的，这首词的感情基调有些伤感。但苏轼想开了，蝴蝶也有发愁的事情，人又何尝不是。有道是"天要下雨娘要嫁人，由她去吧"。由此观之，苏轼能苦中作乐，又能始终保持乐观。

虽然还没有想要完全洒脱，却已经对人生参悟了大半。"行到水穷处，坐看云起时"，这两句与苏轼当时的心境应该很匹配。

苏轼虽是文官，但他被贬到黄州当的是团练副使的差。团练使全称为团练守捉使，从唐代起设置的官职，负责一方团练（自卫队）的军事官职。到了宋代，为避免地方拥兵自重，团练副使作为团练使的副职，其职位虽保留了，职权却大打折扣。在唐代这个官职有实权，但在宋代属于闲散官职，因而被专门用来安排贬官，有点像宋代官场的"冷宫"。

苏轼被贬为团练副使，相当于在政治上被打入了"冷宫"，即便如此，因为他的诗才，在地方他还拥有很多喜欢他的诗词的支持者。我想，这位黄州知州徐君猷也是其中一位吧。

苏轼的这首词，相当于送给他的顶头上司的"礼物"。

词中借景抒情，表达了自己的窘迫。"破帽"一词，既是实指自己的帽子确实很破，因为团练副使的俸禄很低，苏轼在黄州时，生活艰苦，帽子破旧乃是实情。又是虚指，借指自己的官职低微，目下的处境很窘迫，承蒙大人你不嫌弃，能与下属一起把酒言欢。

"破帽多情却恋头"仿佛在说，我虽然官职低微，但也很珍惜这份皇恩的赏赐。言外之意，这是皇帝赐给我的官职，虽低微，却是皇恩。我是来自京城，是从中央调派到地方的。这句看似戏谑自己的话，仔细体会，却也有几分骄傲在其中。

而徐君猷自是知道这一点，所以，他对苏轼尊敬有加的原因，一方面，是因为他的诗才，另一方面，必然是因为苏轼的身份。他也知道，对于这种从中央贬谪下来的闲散官员，随时有可能被皇帝调回中央，所以，他不能轻易得罪。何况被贬官员在皇帝跟前多年，朝中自是有些关系在。所以，苏轼也算幸运，遇到了一位头脑清醒的政客徐君猷，没有刁难他，这才让他在黄州有喘息之机，能吟诗作赋。

鲁迅先生应该是读了东坡先生这首诗，因为他写了《自嘲》：

> 运交华盖欲何求，未敢翻身已碰头。
> 破帽遮颜过闹市，漏船载酒泛中流。
> 横眉冷对千夫指，俯首甘为孺子牛。
> 躲进小楼成一统，管他冬夏与春秋。

其中"破帽遮颜过闹市"与"破帽多情却恋头"意思接近，都表达了自己在落魄时的境况。并且，苏轼的整首词和鲁迅的整首诗所要表达的意思也很接近，既有落魄、自嘲，也有看破、放下、豁达和乐观之意，算是英雄所见略同吧。

"万事到头都是梦"是这首词的词眼，是核心思想所在，表达了苏轼内心的极度痛苦和失落。但最后两句"休休。明日黄花蝶也愁"又将悲观的心态重新拉回到乐观的心态。苏轼告诉自己算了吧，想开点，鲜花枯萎了，就连蝴蝶明天都要发愁找吃的呢，物犹如此，人何以堪。蝴蝶尚能扑着翅膀，开开心心地活着，难道作为一个人，就活不下去了吗？

所以，这首词是在借酒消愁，也是在抒发对贬谪的愤懑，同时，又表达出自己看破人生的悲哀。但最后他还是安慰了自己，鼓舞了自己，要跟自然万物去学习，要坚强地活着，不要被眼前的艰难困苦打败！

这就是千百年来，许多人热爱东坡先生的原因吧。他真实地表达自己，袒露自己内心的失意和苦闷，但他始终不忘积极地面对生活所赐予自己的一切。

所以，当你读到东坡先生的这首词时，请一定要坚强地面对生活中的坎坷挫折，请一定要相信阳光总在风雨后，请一定要坚信你会迎来属于你的成功和喜悦！

"诗酒趁年华"竟是九百多年前苏轼勉励自己的

望江南·超然台作

春未老，风细柳斜斜。试上超然台上看，半壕春水一城花。烟雨暗千家。

寒食后，酒醒却咨嗟。休对故人思故国，且将新火试新茶。诗酒趁年华。

[解读]

春天还没有离去，风吹着细细的柳条儿，倾斜到一处。试着站在超然台上远看，护城河中的水碧绿如春，而城内开满了花。烟雨蒙蒙下，百千户人家的房屋显得暗淡了些。

吃了冷饭后，酒醒了，却忍不住叹息。转念一想，还是别在老友面前思念故乡了吧，权且点了新火来煮杯新茶。写诗、喝酒要趁着青春年华啊。

[品鉴]

据说这首词写于1076年，那时苏轼39岁。

37岁时，苏轼因反对王安石变法而被弹劾，自请出京任职，在杭州做了通判。38岁时，他从杭州调到了密州（今山东省诸城市）任知州。到任以后，他命人修葺了城北旧台，让他的弟弟苏辙给修好的台子取名。苏辙以《道德经》第二十六章中"虽有荣观，燕处超然"而定名为

"超然台"。此句大意是人间虽有繁盛景象，但身处其中，要不为所动，超然物外。这既是弟弟对哥哥的寄语，也是对自己的要求吧。

"超然台"这三个字很现代，全然不似古代的感觉。而"诗酒趁年华"这句诗眼，也很超前，不似是古调。因此，苏轼的词很超然，也很跨越时代。

据说站在台子上可以俯瞰整个密州城，有点像瞭望台。而今天的城市，也有类似的地方，比如，北京的电视塔，上海的东方明珠塔，广州的广州塔等，站在上面可以俯瞰整座城市。古往今来，人们对于俯瞰所居住地区的全貌这件事，似乎都有一样的诉求和实践。

苏轼离开京城两年，当他站在修葺好的超然台上俯瞰整座城池时，难免思乡心切。一句"休对故人思故国"，表达了很多情愫。一方面可能思念去世的母亲和发妻王弗，另一方面也可能思念远在他乡的弟弟。

从这首诗不难看出，苏轼真的很爱弟弟苏辙。之前赏析了好多首苏轼的诗词，写给他弟弟的居多。真想对苏辙说："好羡慕你啊，有这么好的哥哥，走到哪儿都想着你，他的眼里、心里、诗词里全是你。"

纵观全词，上片本来还是明媚春光，细柳斜斜一城花，末尾便成了"烟雨暗千家"。看到美景，苏轼想到了故乡和故人，想与他们分享，却不能，顿时伤感涌上心头了。

下片开头"寒食后，酒醒却咨嗟"这句，许多地方译为古时的寒食节以后，而我认为应该翻译为吃了冷饭后。因为如此翻译，才能与后句"酒醒却咨嗟"的意思连贯起来。

大胆推测当时的情景：苏轼和老朋友一起边吃饭边喝酒，喝得有些醉了，才想起来吃几口饭。此时饭已凉了，酒却醒了。醒来"借酒消愁愁更愁"了，忍不住难过起来，叹息起来。但他看了看老友，于是，转念一想，还是开心点吧，便用新火煮新茶，再好不过。

这一句苏轼不仅在劝慰自己，不要辜负了大好春光，要好好品茶、喝酒、写诗，而且更深一层的意思是劝慰自己，不要再想着回京当官的事情了，还是在地方上好好努力吧，既来之则安之。

因这一句"且将新火试新茶"足以看出，苏轼伤感的时候，总会安慰自己一番，然后结尾总是释然和洒脱的。比如之前赏析的"小舟从此逝，江海寄余生""试问岭南应不好，却道：此心安处是吾乡""霜鬓不须催我老，杏花依旧驻君颜"。

终究，苏轼还是个胸怀天下的人。虽然生性敏感，且又偶尔多愁善感，但瑕不掩瑜，他仍是顶天立地的大丈夫。他没有被眼前的挫折所打败，不会被一而再再而三的贬谪和调任所击垮。在挫折面前，他能苦中作乐，或登高望远，或品味地方美食，或喝酒写诗。他能做到这些实属不易，比起郁郁寡欢、孤芳自赏或者自怨自艾的人，要强上百倍。

也因此，九百多年来他一直被世人追捧。他不仅被美食家追捧，更成为诸多文人膜拜的对象。我想，其中不仅是他的诗作能打动人，更是他面对人生逆境所表现出来的坚强果敢与刚毅的精神，能鼓舞人心！

相聚总有离别时，东坡先生，跟随您的足迹，去了青州、黄州、杭州、惠州、雍州等处。赏过了西湖美景，走过了缥缈庐山，看过了赤壁怀古，访过了太白山横渠书院。

感谢您，九百多年相隔，穿越时空，倾诉衷肠。

相逢有期，咱们就此拜别！他日有缘，江湖再会！

大话诗词
DA HUA SHI CI

晏几道 ▶▶▶

　　晏几道（1038年—1110年），字叔原，号小山，抚州临川（今江西省抚州市临川区）人。晏殊第七子。北宋著名词人。

　　晏几道出身名门，自幼天资聪颖，14岁参加科举考试，金榜题名。凭借《鹧鸪天》名扬天下。历任颍昌府许田镇监、乾宁军通判、开封府判官等。他自幼潜心六艺，旁及百家，尤喜乐府，文才出众，深得其父同僚之喜爱。然性格孤傲，不慕权势，中年家道中落。熙宁七年（1074年），晏几道因友人反对王安石变法而被治罪入狱，获释后不久辞官，从此寄情于诗词创作。大观四年（1110年），晏几道逝世，享年72岁。

　　晏几道与其父晏殊合称"二晏"。其小令语言清丽，感情深挚，尤负盛名，是北宋词坛写小令"第一人"，有《小山词》留世。

"心有猛虎，细嗅蔷薇"说得好似晏几道

临江仙·梦后楼台高锁

梦后楼台高锁，酒醒帘幕低垂。去年春恨却来时。落花人独立，微雨燕双飞。

记得小蘋初见，两重心字罗衣。琵琶弦上说相思。当时明月在，曾照彩云归。

[解读]

梦醒后看到高高的楼台锁着门，酒醒后只见帘子低垂。去年春天的嗔恨涌上心头，还记得她独自站在一树落花下，细雨蒙蒙，成双成对的燕子飞舞着。

记得初次见到小蘋，她穿着绣有两重心字的软丝衣。弹着琵琶诉说相思之情，当时月光明亮，曾经照着她像彩云那般翩然而归。

[品鉴]

有道是"上阵父子兵"，在文学方面，也有一对众所周知的父子兵，便是"大晏和小晏"。大晏指的是父亲晏殊，小晏指的是儿子晏几道。令我惊讶的是，晏几道的生肖竟然属虎。如果按照他婉约和清丽的写词风格推断，定然是属蛇或者属兔了。可他的确出生于宋宝元戊寅四月二十三日辰时。这种反差，用"心有猛虎，细嗅蔷薇"这八个字来形容再合适不过。

此词写作时间不详，主要讲述词人与歌姬小蘋的故事。整首词表达

了词人对小蘋的深深思念和无限眷恋，相当于一篇写给小蘋的"情书"。

晏几道生于1038年，当时其父晏殊已47岁，算是老来得子，故而对晏几道疼爱有加。虽然查不到他的母亲是谁，但根据晏殊的人生履历，其40岁之前，两任妻子病逝，可以推算出晏几道的母亲就是晏殊的第三位妻子——王氏。

晏几道的名字源于《道德经》中"上善若水，水善利万物而不争，处众人之所恶，故几于道"。从名字就能看出，他的父亲对他寄予厚望，希望他能以水之厚德，成就大业。

好在，少年时期的晏几道敏而好学，7岁能写文，与他的父亲晏殊一样，也是14岁就参加了科考，中得进士，算得上天才少年。

然而，晏几道生在官宦之家，又是家中幼子，集万千宠爱于一身，难免性情孤傲，不慕权势。这点跟《红楼梦》中的贾宝玉很像，有才华又不愿在名利场中混，并且都很尊重女性，不论其地位和身份如何。

令我感到不可思议的是，能查到的晏几道的故事竟比他爹晏殊的还少。也没想到的是，他和北宋著名书法家，曾写过"桃李春风一杯酒，江湖夜雨十年灯"的黄庭坚关系要好。他还曾邀黄庭坚给他写的《小山词》作序。他还拒绝过当时知名诗人苏轼的邀约，足见晏几道曾经有多么清高。

晏几道生在钟鸣鼎食之家，自幼便享尽了荣华富贵。然而，他并不能处处顺着自己的心意。他的父亲晏殊作为当时文坛的"宰相词人"，地位显赫。七个儿子当中，只有小儿子晏几道遗传了他的文学天赋和才华。因此，每当晏几道想要吃喝玩乐时，就得处处躲着他的父亲。他的父亲禁止他参加家中的歌舞宴会，一心要他学习四书五经，考取功名。

晏几道也知道父亲对他寄予厚望，然而，他实在对"功名"二字提不起兴趣。于是，在狐朋狗友沈廉叔和陈君龙的暗中帮助下，他跑去朋友家里看歌舞盛宴。殊不知，这两人请他吃宴是有政治意图的。请不到宰相，但能请到宰相的儿子。即便得不到直接利益，也能探听些朝中要闻。

晏几道却浑然不觉，毕竟，他还是个十几岁的少年郎。

趁着酒酣耳热之际，朋友派出了他们精挑细选的四位美艳动人的歌姬：莲、鸿、蘋、云上前伺候。她们身着彩色罗衣，半纱遮面，身材婀娜，舞姿曼妙，歌声动人。这令初入宴会的晏几道大为震撼，连连叫好，且用"翩若惊鸿，婉若游龙"八字赞评。

沈廉叔和陈君龙看到笼络了宰相家的小儿子，两人对视一眼，乐得咧嘴大笑起来。

此后，当晏殊忙于政务，无暇日日紧盯小儿子时，晏几道便偷偷跑去沈家和陈家，日日笙歌，填词唱曲，过着众星捧月般的日子。

在晏府，他常常受到父亲的严苛批评和管教。同时，他的几位哥哥都已步入仕途，各个能干，唯独他是最无能的。因而，他倍感孤独和压抑。但出了晏府，人人尊他敬他为相府的七公子、七少爷。他却不知，这样的尊敬不过是一场梦罢了。

1055年，他的父亲去世了。17岁的晏几道第一次体会到了生死沉重，也第一次感受到了人间冷暖，世态炎凉。

曾经的相府门庭若市，他的父亲去世后，变得门可罗雀，晏家从此家道中落。

后来，他的二哥二嫂操持家业，为他娶了妻。然而，他的妻子文墨不通。后来搬家时，因为晏几道的几箱书太多太重而被妻子嘲笑他像乞丐搬碗。

虽然他的父亲在生前培养了许多门生，然而，晏几道根本不想借他父亲的关系走仕途之路。后来生活所迫，他想搭上关系，却被他父亲的门生给婉拒了。于是，他寒了心，从此便不再联络那些门生。

后来，晏几道承袭了祖荫，获得了一个芝麻小官太常寺太祝，工作很是清闲。再后来担任颍昌府许田镇监、乾宁军通判、开封府判官等小官职。

1074 年，王安石的变法引起了轩然大波，36 岁的晏几道受友人郑侠连累而被捕入狱。好在宋神宗英明，没几日便将晏几道释放了。

曾经的酒肉朋友沈廉叔去世，陈君龙生病卧家，歌姬们也被遣散了。歌舞升平，饮酒纵歌的日子也结束了。一位清高的纨绔子弟，从此每日开始为柴米油盐酱醋茶而担忧和发愁了。

可想而知，这是个怎样落魄的画面。所以，想想老话"吃苦是了苦，享福是消福"，苦尽甘来，福尽苦来，不无道理。

1089 年，51 岁的晏几道将自己一生创作的词作整理成书，是为《小山词》。

1110 年，72 岁的晏几道溘然长逝。

晏几道的词，所写内容多为情爱、相思等小众题材，他却把相思刻画得十分具体、深刻和细腻，形成了自己特有的风格。因而，晚年时，他在词坛已经颇负盛名。

原以为青少年时期的晏几道是个花花公子，读完他的词，感觉他是一位翩翩公子。他的词中没有鄙视歌姬的地方，反而全是溢美之词，这至少说明晏几道待人平等。

一般人与歌姬之间，不过萍水相逢、逢场作戏而已。但晏几道把她们视作红颜知己，甚至当作恋人，以至于写了那么多首词来表达对她们的思念和痴情。比如《长相思·长相思》中写道："长相思，长相思。欲把相思说似谁，浅情人不知。"又比如这首《临江仙·梦后楼台高锁》，也是一首怀人词。

这首词应当是晏几道落魄后所写。

词题"临江仙·梦后楼台高锁"中的临江仙，本是唐教坊曲名，后被用作词牌名。而"梦后楼台高锁"是后人加的词题。讲梦醒后，曾经饮酒作乐的楼台如今已经锁了门。也暗指曾经的欢乐如梦一场，梦醒后发觉现实很残酷，表达了一种物是人非的惆怅和伤感。词题也为整首词奠定了低沉的感情基调。

上片五句："梦后楼台高锁，酒醒帘幕低垂。去年春恨却来时，落花人独立，微雨燕双飞。"重在描绘眼前的事物。词人站在曾经与友人们一起欢聚的地方，感慨物是人非，现实与回忆交织在一起，他仿佛看到了初次见到小蘋时的场景。一棵花树下，落英缤纷，小蘋站在那里，看着花开花落，若有所思。这时，天空下起了蒙蒙细雨，燕子双双在风雨中飞舞着，姿态轻盈而美丽，令词人一见倾心。

下片五句："记得小蘋初见，两重心字罗衣。琵琶弦上说相思，当时明月在，曾照彩云归。"重在讲述过去的回忆。词人记得小蘋的一举一动、一颦一笑，就连她穿的两重心字罗衣，他都记得清清楚楚。她的琵琶弹得行云流水，如白居易所写《琵琶行》中那样"转轴拨弦三两声，未成曲调先有情。弦弦掩抑声声思，似诉平生不得志。低眉信手续续弹，说尽心中无限事"。

小蘋的琴声深深打动了晏几道。于是，他填词写句，用语言文字来表达对她的爱慕之心。还记得那个月明星稀的夜晚，一切都是那么美好，月光照耀着彩云飞速流动着，仿佛往回家的方向走去。而小蘋像柔美的彩云那样，袅袅婷婷，翩然而归。

唉！如今站在曾经站过的地方，这里已经看不到她那娉婷婀娜的身姿了，不知道小蘋去了哪里，现在是否安好？

从语境中可以断定，晏几道写这首词时家道已经中落。心里再也不似从前那般只知莺歌燕舞，而不懂人间冷暖了。也不似从前斗酒吟诗，内心澄清，而是多了份淡淡的忧伤。

这首词最美妙之处便是虚实结合，情景交融。将思念具化到一幅如画般的场景中，让人读完有种美不胜收的感觉。虽然，整首词的情感基调是离愁别绪，场景却融合了中式美学的核心。尤其"落花人独立，微雨燕双飞"两句格外具有美感，因此，能成为千古佳句，被世人所传诵。

末句"当时明月在，曾照彩云归"，在我看来有双重含义：一方面借物喻人，且用拟人的修辞描写了当时月光下的云彩，五颜六色，不断变幻，好似赶着回家一样；另一方面表达了词人的希冀，他希望小蘋也像彩云那样，能够翩然归来。

幻想终归是美好的，现实却往往是残酷的。

研究完晏几道，再回看他的父亲晏殊，突然发现他们很像。他们7岁时都能写诗文，他们14岁时都考中了进士，他们17岁时都失去了父亲。不同的是，大晏的人生是从孤儿逆袭成了一代宰相，并且子孙满堂。而小晏则从宰相之子沦落为一个小小芝麻官，最后还辞官成了平民，后半生过得郁郁寡欢且不得志。

父子两人一起一落的人生对比，令人感慨万千，但好在他们的人生曲线最后都落到了文学上面，成就了词坛父子"大晏"和"小晏"的美誉。

我想，这应该是晏几道此生最为自豪的事情，因为他没有辜负父亲对他的厚望。

李清照 ▶▶▶

　　李清照（1084年—1155年），号易安居士，齐州章丘（今山东省济南市章丘区）人。宋代婉约派代表词人，有"千古第一才女"之称。

　　李清照出身于书香门第，早期生活优裕，其父李格非藏书甚富，她自幼勤学好读。婚后与丈夫赵明诚共同致力于书画金石的搜集整理。金兵入据中原时，流寓南方，境遇孤苦。绍兴二十五年（1155年）去世，享年71岁。

　　其所作词，前期多写其悠闲生活，后期多悲叹身世，情调感伤。善用白描手法，自辟蹊径，语言清丽。论词强调协律，崇尚典雅，提出词"别是一家"之说，反对以作诗文之法作词。能诗，但留存不多，部分篇章感时咏史，情辞慷慨，与其词风不同。有《易安居士文集》《易安词》，已散佚。后人有《漱玉词》辑本。今有《李清照集校注》。

千古第一才女为何叹"帘卷西风，人比黄花瘦"

醉花阴·薄雾浓云愁永昼

薄雾浓云愁永昼。瑞脑消金兽。佳节又重阳，玉枕纱厨，半夜凉初透。

东篱把酒黄昏后。有暗香盈袖。莫道不销魂，帘卷西风，人比黄花瘦。

[解读]

薄薄的雾气笼罩着，云层很厚，烦恼这样漫长的白天。熏香在金兽香炉中渐渐消瘦。又到了重阳佳节，躺在玉枕纱帐中，半夜里的凉气将身体凉透了。

在院子东边的篱笆旁饮酒，直到黄昏以后。闻到淡淡的香气灌满了袖子。不要说这样的情景不会让人黯然神伤，西风卷起帘子，帘内的人比院里的黄花还瘦。

[品鉴]

此词写于1103年重阳节，19岁的李清照已结婚两年。丈夫赵明诚远在外地，因佳节思亲，便有了这样一首词。

当时李清照之父李格非任礼部员外郎。李清照的公公，也就是赵明诚之父赵挺之任吏部侍郎。身处在这样位高权重的家族里，李清照可谓人生赢家。

然而，天意弄人。1102年，朝廷内部的"新旧党争"把李清照的父亲李格非牵扯了进去，降职降级不说，连京城都不让待，其父被遣回了原籍章丘（今山东省济南市章丘区）。

这一年，李清照的公公赵挺之却步步高升。个中缘由不得而知，但李清照曾写诗向公公求情，请求帮助他的父亲。然而，她的公公并未相助。按说赵挺之在吏部工作，专管大小官员的升迁问题，如果当时能出手相救，也许李家能幸免。然而，赵挺之偏偏没有帮忙，大概也为避嫌，怕自己被牵连进去。

李清照的父亲被贬后，只能携家眷回到老家。这么大的事情，如果说在李清照的心里没有对公公生出一点嫌隙，正常吗？显然不正常，尤其对于她这样聪敏的女子而言。当她的父亲落难时，她的公公一家人视而不见，充耳不闻。作为嫁过来才两年的儿媳妇李清照来说，这事显然是寒了她的心。若说公公没能力管，她也就谅解了，但公公明明有能力有条件相助，就是不管，这换成谁都很难释怀。

所以，词中"佳节又重阳，玉枕纱厨，半夜凉初透"。这句言外之意仿佛在说，过节了，原本应该是一家人和和美美团聚的日子，然而，我一个人躺在这看似奢华的房中，心里却如这寒凉的天气一般。

我心爱的丈夫竟然没有在我父亲蒙难时，劝说他的父亲出面帮一帮我的父亲。眼看着我们李家落难，他们一家袖手旁观，看着我无计可施，伤心难过，他真的忍心吗？他真的爱我吗？

1103年，李清照因其父"元祐党人"的身份被牵连，她被迫回到了娘家。

因此，此词极有可能是在她的老家章丘写的。

这时再读这首词，便能清晰地体会到李清照当时的心境，不仅是因为相思而心境悲凉，更因她的父亲受了重挫。

李清照2岁时便失去了生母，从小与她的父亲相依为命。如今，她的父亲身陷困境，她为人子女却无力相助。她的婆家有权有势，却在紧要关头不肯相助，这让她做何感想？

再读李清照的生平经历，不得不说很坎坷。一个人守着偌大的院子，看日升月落，看春去秋来，看花开花谢，心里定然不是滋味。

虽然她的名号叫"易安居士"，然而，命运恰恰相反，既不容易也不安定。婚前的她，是大家闺秀，千金小姐；婚后的她，只享受了一两年的"蜜月期"，继而便是无尽的等待和思念。

有些同情，有些怜悯，她的孤独，她的才情，无人可诉，就像岳飞所写"知音少，弦断有谁听"？大抵，人在极致的孤独时，才能文思泉涌吧。

这首词将一个人的孤独和凄凉，刻画得淋漓尽致。

词的上片提到了时间、地点和环境，重阳节，屋内，有点凉。思念如香薰一般，绵绵不绝，烘托出了孤寂、无聊之情。同时重点突出了一个"愁"字！因为家事，她愁眉不展，也因自己的事，她和赵明诚相隔两地，佳节不能团圆而"愁"。

下片主要写"人"。一个人的节日要怎么过？篱笆旁，看着夕阳西下，赏菊喝酒，闻着花香，黯然神伤。一阵风吹来，仿佛把人都要吹倒了，才感觉到自己似乎又消瘦了许多，经不起风吹了，突出了一个"瘦"字。一句"帘卷西风，人比黄花瘦"堪称千古佳句！

整首词从表面看，仿佛在铺陈一个人的孤独和寂寞，有种日记体的感觉。但仔细揣摩，便会感受到她要表达的深层意思：你看，都到重阳节了，天都凉了，你怎么还不回来看我呢？熏香都瘦了，菊花也瘦了，相思入骨，我比它们还要瘦了，你难道不回来看一看我吗？帘卷西风，吹来了花香满屋，却吹不来你回家的消息。

如此解析，便能体会到，这首词不仅是在抒发自己的寂寞，也是在表达自己对丈夫的深深思念，还有期盼丈夫归来的淡淡埋怨。

19岁就能写出这样耐读又有韵律的词来，实在很佩服李清照的才思敏捷，能将六识与字句融合到一起，酝酿出最美的词来。

读完这首词，如果有人问我，何谓才女？我会说，就是李清照这个样子。宇宙开荒至今，除了女娲、卓文君、鱼玄机、武则天、上官婉儿等，她就是我心中的"千古第一才女"！

李清照的郊游日记，记录才女的别致生活

如梦令·常记溪亭日暮

常记溪亭日暮，沉醉不知归路。
兴尽晚回舟，误入藕花深处。
争渡，争渡，惊起一滩鸥鹭。

[解读]

常常想起有一次在溪水边的亭子里赏景，太阳都落山了，而我沉醉于美景忘了回家的路。玩到尽兴才驾着小船往回走，却没想到，一不小心驶入了荷花丛中。怎么出去呢？怎么出去呢？正在着急时却将水滩上的一群水鸟惊扰到飞了起来。

[品鉴]

才女的生活比较别致，自然同别家的女子不同，这首《如梦令·常记溪亭日暮》，便是记录其中别致生活的一首代表作。

这首词的创作时间和背景不详，因此，只好一边学习一边推敲。

单看"如梦令"这个词牌名，就很好听，译为像梦一样的词。这是一首小令，只有六句，短小精悍，却如一篇小小说，讲述了一件趣事。

讲她一个人去了溪边的亭子里看荷花，看到忘了时间，直到日落西山才划船回家。不得不说女词人很有个性，尤其在古代，这样的行为可

能会被数落。

想象一下，天都快黑了，她独自驾着小船，不小心驶入了荷花丛中，出不来了。正在慌张时，却把一群栖在岸边的水鸟给惊吓到飞了起来。这个场景应该是很难忘的，四野无人，一群鸟扑扇着翅膀，惊叫着飞起来，场面很壮观，李清照怎能忘得了呢？

如果是我，可能会感觉害怕，不是我惊起了鸥鹭，而是它们迎着晚霞突然飞起来的时候，会吓到我，本就慌张，从而更害怕。所以，对比起来，李清照的胆量也是够大的。

从这首小令中可以看出李清照是喜欢赏景游玩的，所以，这首词极有可能是回忆她小时候的事情。因为一个"常"字，可以看出她经常去溪水边的亭子看日落，并且还是一个人。如果是婚后，应该有丫鬟跟着，并且嫁作人妇，她的举止行动也不会这样自由和洒脱。故而，可以推测，这首词所回忆的趣事发生在她的少年时期。那时，她有力气划船，也有自由身，可以想去哪儿就去哪儿，想玩多久就玩多久，所以，才有"兴尽晚回舟"。

然而，我从这首小令中，看到了李清照少年时期的孤独。

一个自小就失去了母亲的女孩，举止行为是很难像淑女那样的。父亲忙于公务，哪有时间日日陪她，后母也是疏于照顾她的。所以，少年时期的李清照，有点像一个顽皮的小男孩。所以，她才能毫不畏惧黑暗和孤独，可以一个人在暮色中划船。也没有人喊她，天黑啦，该回家吃饭啦……

不知为何，竟想起了电视剧《芈月传》里芈月小时候的样子，李清照大概也是那样，聪明伶俐，却又倔强叛逆。

少年时期的李清照还算幸福，但研究完了李清照的生平后，我感觉她的晚年很凄凉！因为理解到了作者当时的心境，所以，我的心里十分难过。

古代的才子，只要科举中了，就会戴着红花，骑着高头大马，全城游行，鞭炮鼓乐齐鸣，那叫一个春风得意！不仅如此，还有官宦家的千金小姐来追。所以，一个书生一旦中举，就不乏功名傍身，更不缺佳人相伴。

但是才女呢？则恰恰相反。

看一看李清照，很有才华。起初跟着她的丈夫，四处奔波，过着漂泊的生活，然而，不料她的丈夫去世得早。

后来又改嫁，结果遇到一个泼皮无赖，并且还是一个贪图财利的无赖。她为了要跟那个无赖和离，甚至将他上告。按照当时的律法，李清照也被下狱，还好在狱中没待几日，便被友人解救。

然而她的晚年更是凄苦，没有丈夫，没有孩子，一个人守着一个院子，看着日升月落，想一想都觉得孤独！其间，她还曾多次逃难，被偷被抢。

当时的社会对于才女，其实并不推崇。男尊女卑，自古盛行！所以，世人才会将"女子无才便是德"奉为金科玉律。但凡有点才气的女子几乎会被那时的社会看作异类，男子们大多会远离她，更别说会去追求她了；其他女子们，多数也会远离她，因为嫉妒。因此说，古往今来，哪个才女不孤独？

再次研读这首词，感觉意境很美。只是简单描写，就为我们勾勒出一幅美好的夏日荷塘图，一人一舟一池藕，深蓝的天空，残阳如血，还有一群白色的飞鸟。试想一下，那是一幅多么美丽的画面。

这首词应是回忆往昔所作，多半写于婚后行动不自由的时候，因而，才会追忆小时候自由自在的生活。并且，青年时期的她，词艺也更加精湛，才会有这样的笔法。所以，这首词大概写于1101年至1102年之间，也就是婚后一两年，她的父亲被罢官之前。那时候，她生活美满，家族兴盛，没有任何忧愁和烦恼。因而，这首词的感情基调才是明快、轻松、幽默和喜悦的，纤毫不染尘垢，洋溢着浪漫的青春气息，也包含了几多童趣和天真烂漫。

李清照用"如梦令"这个词牌，仿佛又是一种希冀，希望现在还能像过去那样，自由自在地如梦一般美好。

一首豪放诗，写尽了李清照对西楚霸王的钦佩

夏日绝句

生当作人杰，死亦为鬼雄。
至今思项羽，不肯过江东。

[解读]

活着，就要成为人中豪杰，死了，也要成为鬼中的英雄。时至今日（人们）追思项羽，（是因为）他（宁可战死）也不愿（苟且偷生）退守江东（老家）。

[品鉴]

李清照是婉约派词人的代表，她笔下的词也大多透着江南女子的温婉。殊不知，她也写诗，虽然留存于世的诗作极少，却有一首脍炙人口的五言绝句。并且，她的作品中也有豪放派风格的，比如这首《夏日绝句》。

这首诗写于南宋建炎三年（1129年）三月，靖康之变后的第三年。

起笔"生当作人杰，死亦为鬼雄"写得颇为豪迈！如果不写作者李清照，万万不会有人想到，这是她所写。这种豪气冲云霄的诗句，居然是出自她的笔下，简直难以置信！

这首诗也让我们看到了李清照的另一面，她是个爱国志士。不仅如

此，她还有着男子一样的侠义气概，也有着一般女子少有的雄心壮志。

她感慨于当时的南宋朝廷在金兵打来时没有抵抗，反而选择了南逃。并且，时任江宁（今江苏省南京市）知府的赵明诚——她的夫君，居然会在城中发生叛乱时，不思抵抗，连夜潜逃，这让李清照十分愤慨！

她认为，一个人活着就应该顶天立地，成为人中俊杰；死了，也要成为鬼中的英雄，哪里能当宵小之辈呢？看看西楚霸王项羽，人们至今为何怀念他呢？因为他拼尽所有力气去战斗！兵败，宁肯自刎乌江，战死他乡，也不愿逃回家乡，这才是一个男人应有的气魄！

所以，当李清照与丈夫会合乘船南下江西方向，船过乌江（今安徽省马鞍山市和县乌江镇）时，她想起了项羽，有感而发，诵出了这样一首诗。

从后两句"至今思项羽，不肯过江东"可以看出李清照是钦佩项羽的。虽然项羽因为火烧阿房宫被后世所诟病，然而，仍然没有影响他在人们心中"力拔山兮气盖世"的王者之风和英雄形象。至少，在残酷的战争面前，他没有选择逃避，而是拼死搏杀，虽然最后兵败，但他也没有投降，而是选择以死谢江东父老！在李清照看来，项羽这样的男人，算得上一个顶天立地的大丈夫，也算得上一世英雄豪杰！

这首诗暗讽了南宋当政者的羸弱无能，如果他们能拿出项羽的气概来抗击金兵，何愁家国不兴！

这首诗也在讥讽和劝勉自己的丈夫赵明诚，身为一方知府，不思平定城中叛乱，反而临阵脱逃，实在令人不齿！李清照多想对她的丈夫说："在战祸面前，你应该大义凛然，维护一方百姓安危，如此才算得上大丈夫所为！"可惜，她的丈夫不仅潜逃，还丢下了她。李清照当时该是多么的失望与绝望啊！兵荒马乱之际，危在旦夕之时，她的丈夫竟弃她于不顾。好在李清照福大命大，躲过一劫。

这首诗从侧面体现出了李清照的爱国之心和忧国忧民的家国情怀，也让我更加钦佩李清照！在她瘦弱的身体里，装着百姓与天下！

后世传言赵明诚听到李清照吟诵此诗后羞愧难当，从此一蹶不振，郁郁寡欢，不久便病逝了，时年49岁。难道一首诗竟要了人命吗？显然不是。事实是赵明诚在战乱之际，东奔西走，疲惫不堪，加之精神不济，看不到南宋王朝的前途和个人前途，又不幸染了疟疾，种种因由才撒手人寰了。如果他真有羞愧之心，便不会在危难之际丢城弃妻，只顾自己。

所以，为何要将一个男人的死，责之于女人的一首诗？他的死因是疟疾，是疾病啊！在宋代，疟疾相当于绝症，何况赵明诚在逃亡路上，吃不好睡不安，即便有缓解病痛的药，也难保药效。只能说赵明诚命该如此。当然，如果李清照早知自己的丈夫如此敏感脆弱，恐怕未必会吟诵出这首诗来。然而，现实没有如果，只有结果。

不禁想起了历史上把男人的失败归责于女人的故事。比如西周时期的著名故事"烽火戏诸侯"，作为一国之君的周幽王应当懂得点燃烽火意味着什么，为博褒姒一笑便随意点燃烽火，最终导致亡国。有人却把亡国的责任推给了褒姒，骂她红颜祸水，误国殃民。

再说唐朝的唐玄宗李隆基，治国无方导致安史之乱，最后，一群有权有势的男人却把问题和责任归结于一个女人杨贵妃身上，逼她自缢。然后，把所有问题都归责于那个祸国殃民的"妖女"，跟这群手握权势的男人没关系。

再比如宋代的赵明诚，明明是自己羸弱不堪，染病而亡，然而，八百多年来，一些人却把责任推给女人，只因为李清照写了一首诗，莫名其妙地成了她"谋害"亲夫的证据。有文字记载赵明诚是因为李清照的诗郁郁寡欢而亡，简直荒谬！

一个男人若真的懂得寡廉鲜耻，怎么会在生死存亡之际，弃城不顾，还丢下妻子，独自逃命？显然，当他用实际行动告诉人们，什么城，什么官，什么妻子，什么金石书画都不重要。在生死面前，只有他自己的命最重要。当其他都可弃之的时候，他还有什么脸面？什么惭愧心？又何谈因为几行字就一命呜呼了？

所以，不要再把失败归责于女人了。

这首诗成了李清照人生的重要分水岭，45岁的她，从此开始了寡居生活，而她的诗词，也不复往日的明快。

千古相思曲，李清照这首堪称绝唱

一剪梅·红藕香残玉簟秋

红藕香残玉簟秋。轻解罗裳，独上兰舟。云中谁寄锦书来？雁字回时，月满西楼。

花自飘零水自流。一种相思，两处闲愁。此情无计可消除，才下眉头，却上心头。

[解读]

红色的荷花谢了，香气已淡，那如玉一般光滑的席子也透着秋的凉意。轻轻脱下罗绸外套，独自登上精致的小船。云中的大雁谁给我寄一封信来？等雁阵再飞回来时，月光怕已洒满了西边的阁楼。

花朵独自飘落下来，而水自顾自地奔流不息。一样地思念彼此，却让两个人无端忧愁。这种情绪没办法消除，才舒展了眉头，却抵达了心头。

[品鉴]

都说相思千般苦，可我们常常拙于言辞，不会表达那种切肤之痛。这时，当你看到《一剪梅·红藕香残玉簟秋》，内心便会狂喜。因为它说了你想说的话，而且言辞美妙，令人动容。

这首词仿佛是前一首《如梦令·常记溪亭日暮》的续集。前一首，她划船进了荷花丛中，那应该是盛夏，荷花开得正盛。如今，转眼已入秋。荷花谢了，只剩下残叶凋零。那原本如玉的席子，也透着秋凉。

抬头看天，大雁正在从北往南飞着，谁从云中寄封信给我？想一想，等雁阵再飞回来的时候，怕是另外一番景致了。低头看看水面，树上的花朵纷纷飘落，而水也无情地流淌着。没有谁会怜惜谁，水不会为花而停留一秒，花也不会为水而等待。

没有找到这首词的创作年份，但能推理出来，这首词是李清照与丈夫两地分居时创作的，充分表达了李清照对丈夫赵明诚的思念之情，也表达了她一个人的孤独和寂寞。

此词的上片，重在写景和叙事。其中"红藕香残玉簟秋"要表达的言外之意是，荷花都已变成枯枝败叶了，连席子都已凉了，而你还没回来！你何时才能回来呢？真让我相思难耐！"红藕"指的是红色的荷花，"玉簟"在这首词中指的不仅是光滑如玉的竹席，还用玉来指代自己对丈夫的感情如"玉"一般忠贞。

"轻解罗裳，独上兰舟"以叙事的口吻，描写女词人一个人划着小船去看残荷的情景。一个"独"字，所要体现的不仅是女词人的孤独，还有勇敢。试问在宋代，哪个大家闺秀敢一个人出去划船呢？很多人怕是连划船这项技能都不会的，更别说一个人划船出去玩了。所以，很佩服李清照，她看似清瘦、柔弱，骨子里却有着男子的孤勇。

"云中谁寄锦书来，雁字回时，月满西楼。"这句写女词人在船上仰头看到大雁，又想到丈夫，想到丈夫哪怕写一封信给她呢？可见，她的丈夫许久没有给她寄信了，以至于她看到鸿雁就想到信。似乎满天的大雁仿佛都叼着信，但哪一封信是给她的？可惜啊，没有！回去时，月光都洒满了西边的阁楼。可见，她一个人在外面待了很久，从白天到夜幕降临。

此词的下片，重在抒情。"花自飘零水自流"这句仿佛在说花朵随风凋零，而水无情地流着，没有为这娇艳美丽的花朵做片刻停留。言外之意，她在等待丈夫的时候容颜渐衰，而她的丈夫只管忙着自己的事情，从未有片刻关注她。

"一种相思，两处闲愁"则用了对仗的修辞手法，表达出她的设想，一样地思念彼此，但因身处两地，所以，她思念丈夫时，想必丈夫也在思念她吧。侧面反映出他们夫妻两人情谊笃深。

"此情无计可消除，才下眉头，却上心头。"这三句是整首词画龙点睛之笔，后两句又用对仗的修辞，将"才下"与"却上"，"眉头"与"心头"相对，令相思之意跃然词上。

反复朗读这首词，会有一种美的享受。它将相思的苦，写成了秋天的残荷，玉一般的凉席，还有北飞的大雁，洒满月光的阁楼。

原本"自古逢秋悲寂寥"，秋天本就让人平添伤感，再看看残荷、落花、流水，更觉伤感。明明是相思苦，在李清照的笔下，却让人感受到了一种凄凉的秋天的美。那"苦"相思，也因为这些景而变得"美"起来，连相思都让人品出了一种"美"来。

这首词将相思之情刻画得入木三分，情感表达得淋漓尽致，实乃千古佳作！词美，景美，人也美！

李清照寻寻觅觅的人，究竟是谁

声声慢·寻寻觅觅

寻寻觅觅，冷冷清清，凄凄惨惨戚戚。乍暖还寒时候，最难将息。三杯两盏淡酒，怎敌他、晚来风急。雁过也，正伤心，却是旧时相识。

满地黄花堆积。憔悴损，如今有谁堪摘？守着窗儿，独自怎生得黑！梧桐更兼细雨，到黄昏、点点滴滴。这次第，怎一个愁字了得。

[解读]

四处寻找，只有清冷，十分凄惨。天气忽冷忽热时，最难休养调理。两三杯淡酒，怎能抵住晚上的疾风。大雁飞过时，我正伤心，却发现是过去我就认识的那群大雁。

地上堆满了凋谢的菊花。憔悴破损，如今还有谁来采摘？守在窗边，一个人怎么度过这漫漫黑夜。梧桐叶落，细雨纷纷，到了黄昏，听到这滴滴答答的声音。这情景，一个"愁"字怎么能诉尽我的悲凉。

[品鉴]

这首词仿佛成了《一剪梅·红藕香残玉簟秋》的续集，其创作时间和背景有待考证，因而，可以继续开启我的探案品鉴模式。

上片的大意是，大雁飞过，当时想着能有人给我写封信。然而，没有。大雁已经飞回来了，过了一年半载，这群大雁都是我的旧识了，可我苦苦寻觅的人，在哪里呢？

下片的大意是，看看这满地的菊花，就像我的容颜，已然憔悴。菊花败落无人采，而我的朱颜已不在，如今可还有人理？

通过词意可以推理出这首词是在她孀居时期创作的。

女词人经历了颠沛流离的生活，饱尝了丧夫之痛，调整了心态后，心里已然开始期待着，能有一个人陪伴她，以解这孤独寂寞。

上片连用三组叠字，"寻寻觅觅，冷冷清清，凄凄惨惨"，这在诗词中是罕见的，也证明了李清照具有极高的语言天赋。文字在她的笔下已然融会贯通，可以随心所欲地堆造拆解。因而，当这样堆砌的字词出现在一首词中时，令人眼前一亮，暗自叹服。

"寻寻觅觅"让人疑惑，她在寻找什么？我猜，她可能在寻找一位能诉衷肠、能托余生的蓝颜知己。

"凄凄惨惨"让人同情，这正是她人生境遇的概述，国破家亡，幼年失母，中年丧偶，财书尽失。从一个大小姐，成长为贵夫人，最后却成了孀居妇人，这样多舛的命运，不得不让她长吁短叹。

下片中"点点滴滴"让人难过，那既是雨滴梧桐叶的声音，也是她的心中如雨淋下的写照。那种怅然若失的感觉，挥之不去。并且，这点点滴滴仿佛也是女词人在回忆过去美好生活的点点滴滴，因而会说"怎一个愁字了得"。

其实，选择这几首诗词来赏析时，我全凭感觉，并未研究它们的创作背景和关联。但没想到，不经意间挑选出来的诗词，其词意居然演绎成了"连续剧"，前后有着密切的关联。也因这巧合，反倒成全了我的品鉴。因为这种关联，使得我对李清照有了更加深入的了解，对她的诗词品鉴起来也有了内在的情感把握，很感谢这奇妙的缘分。

从这首词中我们不难看出李清照的一些个人喜好。她喜欢坐在窗前看天看地，因为常常抬头看天，所以有了很多首描述大雁的词。还有，她喜欢种树栽花，院子里有梧桐、菊花等。她还喜欢划船，因而可知，她的家附近有河流湖泊。她也喜欢看风景，因而"兴尽晚回舟"。

她是个有着高雅志趣的女子，不同寻常，我喜欢这样的李清照。倘若我生在她那个时期，定要与她义结金兰。

赏春赏出几多愁，连船都载不动

武陵春·春晚

风住尘香花已尽，日晚倦梳头。物是人非事事休，欲语泪先流。

闻说双溪春尚好，也拟泛轻舟。只恐双溪舴艋舟，载不动许多愁。

[解读]

风停了，花香也没了，早晚也懒得梳头了。东西还是原来的东西，可人已不是原来的人了，什么事都懒得做了，还未开口已泪流满面。

听说双溪那边春色尚佳，原打算划着小船去游玩。又怕双溪那边狭小如舴艋般的船儿，载不动我这许多的忧愁和悲伤。

[品鉴]

这首词应是女词人孀居后不久创作的，及至二次研读时查资料证实了我的推测是正确的。

此词写于1130年春，在此之前及当年，金兵占领南宋不少国土，战火连天。李清照与丈夫赵明诚避难金华（今浙江省金华市）。1129年夏，赵明诚病故。夫妻两人收藏的金石字画也被或偷或抢殆尽，女词人的心情可想而知。

首句"风住尘香花已尽"奠定了整首词的感情基调，虽未言"悲"，字里行间却让人感觉到了"悲"伤。而悲伤的开始大抵如此，心如死灰，就连那最美的繁花似锦的春天，在她的眼里也已"风住花尽"，了无生机，甚至连梳洗打扮都没了气力，感觉到厌倦。

她的丈夫殁了，仿佛天塌了一般，什么都完了。因而，她说"物是人非事事休"。其中，"事事休"中的第一个"事"，指的大概是日常的生活起居，第二个"事"指的是他们夫妻两人的书画金石的收藏事业。两件事对她而言，如今仿佛都坍塌了，女词人既无心正常饮食起居，亦无心再收藏整理文玩。

"欲语泪先流"这句，大概是女词人想对丫鬟说出去划船看景，结果话还未出口，却已莫名其妙地泪流满面。"欲语泪先流"这五个字，足以看出赵明诚在她的心里是何等重要！他既是她的亲人，也是她的知己。对她而言，赵明诚是一位集爱情、亲情和友情于一身的人，是她全部的需要所在。如今，他走了，带走了她所有的爱与痛，怎不叫她涕泪涟涟！

自古民间常说，人生有四大悲，即幼年丧母、青年丧父、中年丧偶、老年丧子。而李清照的人生，凑齐了三大悲：幼年丧母，青年丧父，中年丧偶。她2岁时，生母去世，好在继母对她不薄，也是个有文化有修养的大家闺秀。然21岁时，她的父亲李格非去世。45岁时，丈夫去世。李清照这一生虽然出身书香门第，但这境遇，苦的不是身，而是"心"。难怪她能将悲伤之情写得力透纸背、令人动容。

此词的上片，由物及人，突出强调了一个"悲"字。

下片"闻说双溪春尚好，也拟泛轻舟"交代了女词人居住的地方，附近有溪流。虽说已是晚春时节，但听人说双溪那边还有些许春意阑珊，原也想去那边泛舟游玩。这句仿佛写出了一个大病初愈的人，突然想出去散散心的样子。

然而，打算终归只是心里的草图，及至要出门时，却言"只恐双溪舴艋舟，载不动许多愁"。女词人又担心，即便出去散心，也未必能散尽烦恼。那舴艋般狭小的船，载得动她这三千烦恼丝吗？载得动她这满腹愁绪吗？

于是，思来想去，还是决定不去了。出去见了人，总得说话吧，还没开口，她这泪珠已千行。何必呢？热闹终归是旁人的。而她如今，失了明诚，便如失去了所有，心如死灰！

可以看出，此词的下片，由人及物，突出了一个"愁"字。

整首词的结构严谨，描写顺序由物及人，再由人及物。上片与下片将"悲"与"愁"刻画得淋漓尽致，读之令人不甚哀婉，不禁生出对女词人的同情。

抛开词本身，在我人生的体会中，痛苦有不同的阶段。

第一阶段，便是这首词中所写的那样"日晚倦梳头""欲语泪先流"，茶饭不思，连头发都懒得梳了，心仿佛在滴血，涕泪涟涟，痛苦不堪。

第二阶段，便是心如止水，天地一片昏暗，任花开花谢，与己无关。

第三阶段，便是心内空空，痛苦锐减，恢复正常起居。如她这般，可以坐在窗前，赏景看花，移情别恋，以减轻痛苦。

不论怎样，我真想对李清照说一句："想开一些，人生的路，还要继续走下去！"

知否，知否？应是绿肥红瘦

如梦令·昨夜雨疏风骤

昨夜雨疏风骤，浓睡不消残酒。

试问卷帘人，却道海棠依旧。

知否，知否？应是绿肥红瘦。

[解读]

昨晚风刮得很大，雨却下得稀疏，睡了很久，还有些许微醉。试着问卷帘的人外面景况如何？他却说海棠依然如故没有被风雨打落。你知道吗，你知道吗？现在应该是红花枯萎而绿叶肥硕时。

[品鉴]

这首词据说写于1099年，李清照当时只有15岁，因为这首小令，而让她在文坛崭露头角，名噪一时。当时的文人雅士莫不谈论此词，也莫不称赞李清照的才华。

当我一遍遍诵读这首词，一次次领会词意时，却总感觉此词是写于李清照青年到中年时期。而那首令她声名显赫的词应当是另一首，又或者是这首词，但时间断然不是1099年，而是在她婚后的某一年，大约是30岁之前写的。

能想象到这首词所描写的画面，昨夜大概与三五友人相聚，对酒当歌，因而次日睡到日上三竿才起床，伸伸懒腰，打着哈欠，感觉头晕晕乎乎，睡了这么久，酒劲几似乎还未过去。

门外的人听到她醒了，卷起窗帘，她一边伸懒腰，一边问："昨天吹了那么大的风，外面天气怎么样？"卷帘的人说："院子里的海棠花还跟昨日一样。不过，你知道吗，现在这个时令，许多红艳艳的花都渐渐枯萎消瘦了，而绿叶正长得肥硕繁茂呢。"

这首词似有断句，这断了的句子就得靠读者的想象力来填补了。

可以说，这是一首很有画面感的词，像一篇小小说。

读完这首词，我仿佛看到一位嗜酒的女词人跃然纸上。大抵诗酒不分家吧，似乎诗词写得好的人都好酒，比如诗仙李白"穷愁千万端，美酒三百杯"，还有杜甫"白日放歌须纵酒，青春作伴好还乡"，几乎三句诗不离"酒"字。

李清照的词也有很多沾了酒字的，比如"黄昏院落，恓恓惶惶，酒醒时往事愁肠""忘了临行，酒盏深和浅""酒阑更喜团茶苦，梦断偏宜瑞脑香"等。这让我突然对酒产生了浓厚的兴趣，尽管数十年来滴酒不沾。

感觉李清照写这首词时心情还不错，并且，那时候应该是夫妇一体。只是这样一个简单的生活场景，她却能描绘得如此妙趣横生，李清照的才华着实令人钦佩！

宋代律法规定，男女结婚的年龄是男子不得早于15岁，女子不得早于13岁，而那时的女子十五六岁结婚的居多，但李清照18岁时才结婚，在那时也算晚婚了。

从词意可以看出女词人醉酒后尚未清醒，如果真是15岁时写的，那么，意味着一个15岁的古代大家闺秀，一晚上喝酒喝到第二天还迷迷糊糊的，这事情总感觉不合逻辑。一般喝酒喝多了，人要么是很高兴，要么是很难过。一个15岁的小女孩还未出阁，能有什么事情让她纵酒？因此，我不认同此词是她15岁时所写的。少年时期的李清照虽然孤独，却应是个知书达理的闺阁之秀。

另外，这首词笔法洗练，可以说文学造诣很高，只是"绿肥红瘦"四字，就足够让整首词惊艳四座了。这种相对成熟的文字怎么可能是一个15岁的少女所写？

所以，基于以上几点，我仍觉得这首词是李清照于婚后到30岁之间写的，而非15岁时所写。

人们历来对词中的"卷帘人"颇有争议，许多人认为是女侍者或丫鬟，而我觉得也有可能是她的丈夫赵明诚。

如果是丫鬟，说明李清照是个平易近人的主子，主仆相处和睦且无拘束；如果是赵明诚，说明他们婚后在一起时，日子过得幸福。女词人睡懒觉起晚了，她的丈夫也未责备她，而是卷起帘子，告诉她外面的天气如何如何，说明他们夫妻和睦，情深意笃。

有一部电视剧名叫《知否知否应是绿肥红瘦》，便是取自李清照的这首词。电视剧虽然讲的不是李清照的故事，但故事发生在李清照所生活的朝代。借由这部电视剧，可以直观地看到一些宋代的人文风貌、百姓生活和人情世故，有助于我们了解李清照的生活环境和她的故事。

此词表达了女词人自由奔放的性格，也表达了女词人惜花、爱花、珍惜万物生命的慈爱。不过，"绿肥红瘦"四个字，也可能隐喻出她的年龄，如海棠花那样，已经处于"红瘦"阶段，侧面反映出她对青春的眷恋和不舍，也说明她即将迈入中年。由此更加确定，这首词写于她30岁左右。那时的她，年纪大了，却还没有生育。即便丈夫不催，估计婆家人娘家人都会催，压力可想而知，大概比如今的"恐婚族"更甚。毕竟在封建社会，生育是女人的第一要务，也直接影响和决定了女人的社会价值和家庭地位。这时候，她醉酒以忘忧，便合情合理，也情有可原。

抛开这首词的创作时间和背景，单看这首词，可以说很耐读，不愧是千古名篇！

梧桐落，又还李清照秋色和寂寞

忆秦娥·临高阁

临高阁，乱山平野烟光薄。烟光薄，栖鸦归后，暮天闻角。

断香残酒情怀恶，西风催衬梧桐落。梧桐落，又还秋色，又还寂寞。

[解读]

站在高楼上远眺，看到层峦叠嶂，旷野之上，借着落日余晖，有淡淡的烟雾笼罩。淡淡的烟雾和暮光下，乌鸦栖息归巢，夜幕降临时，听到了号角声。

熏香没了，酒还未喝完，心情糟透了，西风刮得梧桐叶纷纷飘落。梧桐叶落，既归还了秋天以景色，又归还了梧桐树以寂寞。

[品鉴]

此词大约写于1129年，彼时的李清照已经45岁。

词的上片重在写远景，词人站在高高的楼阁上，从俯视的角度，纵观全局，用简洁的语言描绘出了一副乱世模样。既是当时"国破家亡"的真实写照，也是自己内心凄楚不堪的心理投射。

读一读这首词，能深切地感受到其中所饱含的沉重悲伤。心情不好，即便登高望远，眼前看到的景色也是乱七八糟。而词中的"乱山平野"又仿佛在说哀鸿遍野。

李清照大概是一个人站在高高的楼阁上看景、喝酒。喝到夜幕降临，寒鸦归巢，直到军营里面的号角声都响起了，她也没打算走。

其中"烟光薄，栖鸦归后"这句，竟让我联想起了著名画家凡·高的一幅名作《麦田上的乌鸦》。这首词所描绘出的画面与凡·高的画境，其实有一些相似之处，都是傍晚时分，都有乌鸦。然而不同的是，凡·高将日暮时的天空做了艺术化的处理，将原本暗淡的色彩做了反向处理，使得那幅画色彩饱满，对比强烈，视觉冲击感很强。而这首词中的画面，李清照仿佛用了山水画的处理方法，色调相对暗淡。

不过，从另一个角度讲，这两位年龄相差769岁，又处于不同地域和国度的人，在观察方面却有着惊人的相似性，他们都看到了日暮寒鸦有一种艺术的美感。由此，让人感叹艺术是跨界的，也是无界的。

词的下片则从平视角度，描述近景。词人借酒消愁，看到落叶纷纷，倍感怅惘和寂寥。

梧桐叶子落下来，还给秋天一个美丽的景色，却也将这寂寞还给了她，她再也无法将思念寄托在树叶上了。

直到西风催得紧，将眼前的梧桐树叶刮落满地。酒还未喝完，熏香没了，心情很糟糕。

最后一句"梧桐落，又还秋色，又还寂寞"是整首词的词眼，也是李清照的金句。将一叶知秋，写出了叶落知寂寞的感觉。此句暗含了另一层意思，她原本是一个人孤独着，后来结了婚，有了志趣相投的丈夫，让她感觉到了温暖，从此她不再是一个人，也不再寂寞。然而，她的丈夫像那秋叶一样，从生命之树上飘落，永远地离开了她，如今，她又成了一个人，身边再无一个可以说话的人，这一切仿佛是命运，又还给了她一个寂寞的世界。

这首词据说是李清照孀居不久后所写，所以，她的心境仍是悲痛万分，故而借酒消愁，却不料，愁更愁！

纵观此词，看似在写寂寞，实则还是在写思念。因为思念一个人，爱而不得，思而不见，所以才倍感寂寞、怅惘和失落。这首词也间接地表达了李清照对丈夫的思念和爱。不仅如此，还表达了李清照对国破家亡的感伤和痛惜之情。

李清照的诗词仿佛记录了宋朝的历史变迁，又或者说，李清照的诗词记录了大宋王朝的兴衰史，也记录了她个人的成长史。

李清照的辛酸，说与谁人听？宋朝的子民，还是这后世的子孙？

李清照在金华避难时写了一首大气磅礴的诗

题八咏楼

千古风流八咏楼，江山留与后人愁。
水通南国三千里，气压江城十四州。

[解读]

八咏楼千古流传，风靡至今，江山社稷的事情留给后世子孙们忧愁吧。这里的河流贯通南方三千里地，气势足以震慑江南十四个州县。

[品鉴]

常见黄鹤楼、鹳雀楼等处，留下了诸多男诗人的笔墨。不料，在八咏楼上还有我们才女李清照的笔墨。

八咏楼原名玄畅楼，后改名元畅楼，在今浙江省金华市，始建于南朝时期，由东阳郡太守、著名史学家和文学家沈约建造。宋太宗年间更名八咏楼，坐北朝南，面临婺江，楼高数丈。从古到今，先后有众多文人墨客造访赋诗，其中，最著名的诗篇当数李清照所写的这首。

此诗写于1134年9月，当时李清照已到天命之年，在婺州（今浙江省金华市）避难。

从这首诗可以看到李清照的忧国忧民之心。她的闺怨之词不少，然而，并不影响她心系天下。这首诗再次表明她的心意并不拘泥于儿女情长，也有心怀男儿志的时候。

首句"千古风流八咏楼"直接将赞颂之词抛出，毫无铺陈，可见李清照对八咏楼的喜爱和欣赏，溢于言表。同时，也说明八咏楼的名气由来已久，是历史遗迹。

"江山留与后人愁"这句，可有两种理解，一种是诗人站在自己的立场说，今天我来到这里，只管欣赏风光美景，江山社稷的问题让后人去发愁吧。另一种是站在当朝的统治者角度说，我们只管享受当下的安逸，至于朝政问题让后人去考虑解决吧。如果是这个角度，则是暗讽了南宋统治者不思进取、贪于享乐，但实际情况有所不同。

1134年，岳飞率领岳家军从春到夏，鏖战几个月，于7月收复了襄阳六郡，此次大捷是南宋第一次收复大片失地，也是南宋第一次反攻取得的重大胜利，岳飞也因功成为宋代最年轻的节度使。

此等战报，恐怕早就传遍了南宋的大街小巷，身在婺州且距离岳家军大营鄂州不远的李清照怎会不知？何况7月的捷报，9月岂有不知之理？

因此，在我看来，这首诗的核心在于赞美八咏楼，而非讽刺南宋统治者。因为当时的南宋统治者并未坐以待毙，而是积极支持岳家军收复失地，且战果辉煌。李清照又从何批评和讽刺？再说，如李清照这般忧国忧民的人，岂会不关心时事政治？

后两句"水通南国三千里，气压江城十四州"可谓气势磅礴，让人不觉想象到眼前河流纵横交错，贯通千余里，遍布十四州的景象，足可见江南水乡之美、之富庶。

并且这两句诗既对偶又对仗，用"三千"和"十四"这两个量词，将八咏楼所处的婺州水道之密集和水道便捷描绘得更加形象具体，侧面展现出李清照对八咏楼和对婺州的喜爱。归根结底，表达了李清照对自己国土和国家的深切挚爱。

这两句也有暗喻的意思，"水通"和"气压"这两词仿佛在赞颂岳家军收复襄阳六郡的雄风霸气，也在赞颂南宋的军队如这水势气势磅礴，完全有能力"压倒"金军。

从这首诗不难看出，李清照避难金华时，也喜欢四处走走，这次她走到了八咏楼。

一位文学家去看另一位文学家的作品，不过这次的作品不是诗词，而是文学家沈约建造的楼阁。想来，也是很有意思的，大有一种惺惺相惜的感觉。文人的心，也只有文人能懂吧。

没想到的是，古代的文学家也会客串建筑学家，此楼虽不是沈约建造的，却是他主持修建的，没准这八咏楼的设计图都是他绘制的。

1134年，南宋收复了襄阳六郡，李清照写的这首诗节奏明快，风格昂扬。也因为岳家军的出色表现，让她感到南宋还是后继有人的，所以，她才会说"江山留与后人愁"，她就好好看看这八咏楼上的景色吧。

能感觉到她写这首诗的时候，心情很好，对南宋的前景充满信心。

然而，忧国忧民又怎样？女子终究还是女子，报国无门。像花木兰、梁红玉这等英姿飒爽的女子，自古也是罕见的。大多数女子终究也只能在心里想一想，像李清照这样的才女，还能吟诗作赋说出来，许多女子可能连想都没有时间想，为奴为仆地了却余生了，何谈家国天下？

对比之下，现代的女子算是幸福的，各行各业都有她们报效国家的身影。只不过，现代的女子比古代的女子更辛苦些，但幸福还是更多些，自由也更多些。

李清照写给姊妹的诗"四叠阳关，唱到千千遍"

蝶恋花·晚止昌乐馆寄姊妹

泪湿罗衣脂粉满，四叠阳关，唱到千千遍。人道山长山又断，萧萧微雨闻孤馆。

惜别伤离方寸乱，忘了临行，酒盏深和浅。好把音书凭过雁，东莱不似蓬莱远。

[解读]

眼泪湿了软丝衣，连脂粉都滑落到衣服上了，《阳关》这首曲子唱了千余遍。人说山高路远相阻隔，驿馆里一个人孤独地听着簌簌的雨声，感到很清冷。

依依不舍地道别，伤感将要分离以至于乱了方寸，忘记临行时，酒杯盛满了没有。还好可以鸿雁传书，东莱没有蓬莱仙岛那么远。

[品鉴]

研究了一番赵明诚的人生履历和足迹，大约可以推理出这首词是写于1121年，彼时，赵明诚在莱州（今山东省莱州市）担任知州。那时，李清照已37岁，久居青州（今山东省青州市）十多年。

这首词便是李清照从青州去莱州与丈夫赵明诚团聚，途中借宿在昌乐县驿馆，因思念姊妹而写。所以，人生不只有爱情，还有亲情和友情，都弥足珍贵。

不过，这首词似乎是我见过李清照唯一一首写给姊妹的词作了，因而，对李清照的姊妹颇为好奇。

研究了诸多资料才发现，李清照有着宋代最强的亲友团。她的父亲李格非是苏轼的学生，官至兵部员外郎；她的生母是北宋宰相王珪的长女；她的继母是北宋状元王拱辰的孙女；她的公公是北宋后期的宰相赵挺之；她的文学导师是苏轼的大弟子晁补之。简而言之，李清照是苏轼的徒弟的徒弟，也可以算作苏轼的徒孙。这些都不止，最令人难以置信的是，她的表妹夫竟是奸相秦桧。

古今才女中，能与李清照的亲友团相比的，怕只有林徽因一人了。她的父亲是清末民初政治家、外交家林长民；她的叔叔是"黄花岗七十二烈士"之一，写下凄美绝笔信《与妻书》的林觉民；她的公公是中国近代思想家、文学家，戊戌变法的领袖之一梁启超；她的丈夫是中国著名建筑学家梁思成；她的好友有文学界泰斗级的人物——胡适、沈从文，她的密友有诗人徐志摩、哲学家金岳霖。

这两位才女的文学造诣令人钦佩，亲友团更令众人望尘莫及。

网上的资料实在庞杂，并且很多都是以讹传讹。比如说《题八咏楼》这首诗，说是李清照在婺州避难时投靠了赵明诚的妹夫时所写，然而，经过我的刨根究底发现，此事颇有蹊跷。赵明诚的手足目前能查到的只有一个哥哥赵思诚，没有姐妹，又何来妹夫？如果说是堂妹或表妹，按照人之常情，丈夫都去世了，李清照怎好意思去投靠丈夫的远房亲戚？更何况，李清照还有一个同父异母的亲弟弟李迒，年纪只比她小两岁，姐弟感情要好。因此，依我看，在赵明诚去世后，李清照带着家中金石辎重投靠了时任敕局删定官的弟弟李迒，这样的推理更合逻辑。

由此也可以看出，身在宋代的李清照和赵明诚，他们的亲姊妹确实有点少。在古代，官宦人家的姊妹有五六个算正常，有数十个也属合理范围。而今才知，李清照只有一个弟弟，赵明诚也只有一个哥哥，委实少了些。难怪李清照有那么多诗词描述孤独寂寞的，若是兄弟姐妹众多，一大家人说说闹闹，也就没那么孤单了。

难得李清照给姊妹写首词，而这个姊妹大抵是她舅舅家的表妹王氏，绝无可能是传言中的表姐——蔡京的夫人，因为蔡京当朝时曾想陷害李清照的外公王珪，李清照怎可能为蔡京的夫人写词？简直荒谬。

如果真是寄给她表妹王氏的，那么，这首词便更值得研究一番了。

这个王氏，名字虽不详，她的丈夫秦桧却家喻户晓，臭名昭著。而王氏在历史上留名的重要原因，在于她的一句话。据说当年秦桧以"莫须有"之罪将岳飞扣押后，曾问过他的妻子王氏，该如何处置？王氏说"捉虎易，放虎难也"。最后，岳飞被处死与这位王氏可脱不了干系。

后人将王氏和秦桧的跪像立在岳飞庙前，让他们下跪认错，也让后人唾骂，距今已有五百多年。目前全国现存的秦桧夫妇跪像有七处，分别位于浙江省杭州市西湖边栖霞岭下岳王庙、江西省九江市岳飞母姚氏墓、河南省汤阴县宋岳忠武王庙、河南省开封市朱仙镇岳飞庙、河南淮阳太昊伏羲陵、江苏泰州岳武穆祠、湖北武昌鄂州岳飞庙。从跪像被人为损坏的程度也可以看出，秦桧和王氏有多么遭人恨。

然而，李清照写这首词时，王氏的年龄在24岁至30岁之间，秦桧那时只有30岁，还在密州（今山东省诸城市）当教授。因而，当时两家人还没有实质的隔阂与分歧。五年后，秦桧才初露爪牙，成为主和派代表人物。

研究完了本词所涉及的人物关系，再看这首词。李清照本就没有亲姐妹，因此对这一个表妹自然看得格外亲切。

离别时依依不舍，以至于泪流成河，妆都花了。唱了无数遍送别曲，可终究还是要分别。听说青州到东莱山高路远。下着小雨，天也黑了还有点冷，住在驿馆里越发感觉到孤独和寂寞。

想到跟姊妹们分别时，都忘了酒杯倒满了没有，好在可以鸿雁传书，好在将要去的莱州比蓬莱仙山近些。

意译一番，大概可以推理，这首词是他们姐妹见完面后写的，表达了依依不舍的姐妹情。从地理位置看，青州到密州距离有点远，她不可能独自一个人前去探望表妹。当时如果没什么特别的事，表姐妹也不会见面。所以，极有可能是李清照的舅舅也就是王氏的父亲王仲修去世了，两人在王氏的老家相逢给老人送终，尔后分别。李清照又要东行去莱州，路上回想起姊妹相聚的时光，有感而写。

为何如此推理？因为王仲修是1070年的进士，按照24岁考中进士来算，那么1121年，他已75岁，何况他的父亲还是宰相，所以，几乎可以确定他是在24岁或更早的时候考中了进士。

上片从"泪湿，千千遍，萧萧微雨"这几个词可以看出李清照很伤感，而这个伤感中或许有对故人的思念。婚后两个表姐妹几乎极少见面，而这次会面让她想起了很多儿时的往事，因此很不舍。

想到了北宋词人秦观写的《踏莎行·郴州旅舍》中"可堪孤馆闭春寒，杜鹃声里斜阳暮"与这首词中的"萧萧微雨闻孤馆"有异曲同工之妙，都是描写心情失落、伤感的佳句。一个"孤"字，凸显出了词人的寂寞和孤独，可谓高妙。

下片则写到了相聚时的细节，临行碰酒杯时，我的酒杯里不会是空的吧？真是不好意思，喝酒喝得忘记了，此刻才想起来。好在我们还可以写信，虽然不能常常相见，但以后我定居到莱州了，距离你们密州也不远，比去蓬莱仙岛近多了，所以，希望你可以常常给我写信。

如此解析一番，便基本厘清了这首词的含义。

想一想李清照这颠沛流离的人生，也是不易。在古代交通不便的情况下，要从一个地方到另一个地方是非常艰险的，路途遥远不说，还有生命危险，途中不知有多少山匪小贼埋伏劫道。可想而知，一个女子行路，更是难上加难。即便跟着丫鬟侍从，也是艰险万分。

所以，当她身处驿馆，既不在家又没到丈夫那儿时，更有一种孤独的感觉。下了雨，秋风萧瑟，更觉悲凉。不由得想起与表妹相聚的温馨画面，亲情的温暖可以慰藉她在异乡的孤寂了。

只是后来，这微薄的姊妹情也渐行渐远了。从秦桧主张议和，迫害忠良开始，李清照与表妹之间的关系，便再也无法回到小时候了。

从李清照写下"生当作人杰，死亦为鬼雄"便可知，她的思想更倾向于主战派。在民族大义面前，女词人比那许多道貌岸然的男子更拎得清，更有想法，这也是后人喜爱李清照的重要原因。

我称李清照为"谪仙"，缘何而来

渔家傲·天接云涛连晓雾

天接云涛连晓雾，星河欲转千帆舞。仿佛梦魂归帝所。闻天语，殷勤问我归何处。

我报路长嗟日暮，学诗谩有惊人句。九万里风鹏正举。风休住，蓬舟吹取三山去！

[解读]

天边云海滔滔连着晨雾，星河仿佛倒转了过来，上千只船帆在舞动。梦中好似回到了天庭。听到了天人与我说话，殷勤地问我要去哪里。

我说路太长了，叹息日头将要西垂，虽然学写诗词，却很少语出惊人。风正举着大鹏鸟在九万里高空翱翔着。风啊，不要停下来，将这小篷船吹到蓬莱三仙山去！

[品鉴]

此词据说写于1130年，李清照46岁时，她的丈夫去世一年，悲痛还未散去。

于是，这首词便有了两种解法：一种是她南渡时坐过帆船，看到眼前的景象，继而展开想象，写下了这首词；另一种便是我所认为的，此词虚实结合，记录了一个梦。

人在悲伤时，总会有些精神恍惚，而恍惚之间最易做梦。

从这首词看，李清照大概是个谪仙吧，居然能梦到天庭，还能与天人对话。

记得贺知章称呼李白为"谪仙人"。据传李白从四川初到长安与诗人贺知章见面时，给他看了一首自己的作品《蜀道难》，贺知章看后称赞有加，称呼李白为"谪仙"，从此，李白"谪仙人"的名号开始流传。

而这首词也让我想要称呼李清照为"谪仙"了。因为在李清照的众多作品中，这首词属于另类风格，是贴近屈原和李白的浪漫主义风格，在婉约和豪放派之间，又是符合豪放风格的词作。

这首词延续了李清照叙事的风格，上下片的内容并无明显分界，整首词讲述了她在梦中看到的景象和她的回答以及希冀。

上片"天接云涛连晓雾，星河欲转千帆舞"可以看作是她南渡时，坐在船上看到的某个景象。"晓雾"两个字点出了时间，是在清晨有薄薄的雾时。而"星河"又是夜晚的景象，所以，前两句描述了两个时间。若说是写实是不可能的，就算用惯常的思维也难理解这首词。只有在梦境里，才会看到如此非逻辑的景象。所以，这是一个梦，在梦里，她一会儿看到了清晨的雾，一会儿又看到了夜晚的星河。

"仿佛梦魂归帝所。闻天语，殷勤问我归何处"便是讲梦里的景象，"我"骑着大鹏鸟，看了看天边云涛翻滚，雾气腾腾，星河仿佛倒转了过来，上千只船帆舞动。我飞啊飞，一路飞到了天庭，有个天人殷勤地问我，要去哪里？

这首词的巧妙之处便是用一个设问句连接了上下片，而上片停在了问句，这种巧置悬念的写法在小说中是常见的，但在诗词中是极罕见的。所以，从这首词，可以看出李清照深厚的文学造诣，令人难以望其项背。

下片主要写女词人的回答和希望。"我报路长嗟日暮，学诗谩有惊人句"是说我回答了天人的话，我想去的地方还很远呢，可看起来马上就要日落西山了，虽然我也学人写诗词，但惊人的句子似乎不多。

"我报路长嗟日暮"这句词有点伤感，仿佛在隐喻自己年事已高，如日暮西垂。然而，"学诗谩有惊人句"表达出在文学这条路上，她语出惊人的作品还不多，要走的路还很长。从她的回答可以侧面看出，女词人对自己的作品要求很高。那时的她在文坛其实已名气颇高，但她对自己的作品不甚满意，还希望能写出更好的作品，这足以表现出李清照在文学道路上孜孜以求的精神。

"九万里风鹏正举。风休住，蓬舟吹取三山去"是整首词中最脍炙人口的一句，许多人知道这句词，却不知道整首词。

刚才还骑着大鹏鸟翱翔呢，转而便说大风正吹举着大鹏鸟在九万里高空翱翔，希望这风不要停下来，把我这小篷船吹到蓬莱仙岛的三座仙山上去吧。

从词义分析更可以确定这首词描写的是梦境，只有在梦里才能顺理成章地这么"癫"，一会儿早晨，一会儿晚上，一会儿又日暮；一会儿帆船，一会儿大鹏鸟，一会儿又坐小篷船上了。

而词中所写的"三山"，据《史记·封禅书》记载，海中有蓬莱、方丈、瀛洲三座仙山，为仙人居所，可以望见，但乘船前往，到了跟前就会被风吹开，无人可至。所以，李清照说"风休住，蓬舟吹取三山去"。可见，她想去的地方是仙山。

这是一首古人俯瞰视角下的天空，那时没有飞机也没有无人机，可李清照的确将观察视角放到了天空，因而写下了这首天马行空、奇思妙想的词作，不得不令人惊叹！想一想，词中所描绘的景象，真有点像科幻片里那般神奇迷幻。云海滔滔，仙气飘飘，俱在脚下，骑着大鹏鸟，翱翔于九万里高空，这得多么欢畅！

若是李白看了这首词，定要大呼："尔乃知己也！"

奴面不如花面好？一语道破夫妻关系

减字木兰花·卖花担上

卖花担上，买得一枝春欲放。泪染轻匀，犹带彤霞晓露痕。
怕郎猜道，奴面不如花面好。云鬓斜簪，徒要教郎比并看。

[解读]

在卖花人的担子上，买了一枝春天里将要绽放的花骨朵儿。眼泪湿了脂粉，用手轻轻涂匀了，却仍像带着晚霞和朝露的痕迹一般。

怕他猜到我哭过，会说我的面容不如花朵的好看。于是，将花朵斜插在云鬓，但要让他比比看，是我花容月貌好看，还是那朵花更好看？

[品鉴]

译完这首词后与常见的译文对比时，我才发现有些内容大相径庭，权当为这首词做新解吧。

关于此词的创作年份，多言作于公元1101年。彼时，李清照与赵明诚已成亲，且都身在汴京，夫妻两人郎情妾意，比翼双飞，携手研究金石字画。如果当真如此，李清照何来一句"奴面不如花面好"？难道李清照的词会浅薄得只表达字面意思？

依我拙见，此词应是创作于公元1108年至1121年之间，在此期间，李清照与丈夫聚少离多，而她的父亲已于1105年去世，失去父亲的李清照，便只有一个丈夫能倚仗了，也因此，她大概和诸多女人一样变得敏感而多疑起来。在与赵明诚分离的日子，李清照大概捕风捉影，觉得丈夫有了新欢，或是从仆人们那里得知了一些流言蜚语，或是见到久别的丈夫时，也见到了那朵"花"。于是，出门买花时有感而发，写下了这首词。

词的上片写"卖花担上，买得一枝春欲放"讲的是女词人去逛街，看到有人挑了一担花卖，于是，买了一朵含苞待放的花朵，原本应该高兴地拿回家。然而，笔锋一转，紧接着写道"泪染轻匀，犹带彤霞晓露痕"，讲女词人不知何故，突然就伤心流泪，泪水弄湿了脸上的脂粉。照照镜子，看起来脸上像挂着露珠一般。

词的上片，用叙事白描的手法，讲述了"买花"的事件。

下片写道"怕郎猜道，奴面不如花面好"，讲女词人立刻用手擦掉脸上的泪珠，生怕郎君看到她狼狈的样子。这时，读者大概会起疑，高高兴兴买一枝花，为何又突然难过？尾句便道出了答案。"云鬓斜簪，徒要教郎比并看"是讲怕丈夫猜出来我哭过，会觉得我的面容不如花朵好看，于是，女词人干脆把花朵簪在云鬓上，让他比比看，是花朵好看，还是我好看！

女词人难道是真的在跟一支"花"比美吗？若是如此，她应是蹦蹦跳跳，高高兴兴的，何必泪流满面？

所以，不言而喻，女词人显然不是跟那朵花比美。而是在暗喻郎有新欢了。并且，新欢已经在家里，极有可能比女词人更年轻靓丽。所以，拿到那支"春欲放"的娇滴滴的花朵时，女词人觉得很好看，并且可能想到谁年轻的时候还不是一支"春欲放"的花朵呢？想到曾经山盟海誓携手共进的丈夫，如今有了新欢，于是，女词人忍不住眼泪汪汪，又怕丈夫看到自己哭完后的样子不好看，于是，用手抹匀了脂粉。然而依然看得出来。所以女词人别出心裁，将花朵别在云鬓上，并且打算走到丈夫跟前，让他睁大双眼，好好看看，到底是我这朵"家花"好看，还是那朵"野花"好看？

可以说，这首词看似描写"买花""戴花"这样简单的日常琐事，细细品来，却是意味深长。极有可能是一语双关，将"奴面不如花面好"抛出来，表达出自己对丈夫的疑惑、反问和不满，甚至表达内心的愤懑。

整首词的词眼便是这句"奴面不如花面好"，难道我还不如那朵"花"好看？你好好看看，她哪一点比得上我？我戴给你看，你用心看看。我怎么就不如那朵"花"好看了，不信，你比比看！

这首词是女词人三十多岁时所写，虽有对丈夫的不满，但整首词的词风充满了活泼、可爱，也充满了生活乐趣，叙事流畅又十分有趣，还带点愤愤不平的小情绪。虽有泪，却让人愁不起来，只想笑，因为女词人太有趣了！

李清照的词，伴随着她的人生起伏，喜怒哀乐尽在其中。留存后世的，多为中晚期的作品，忧郁气质的居多。此一首是难得一见的为数不多的风格活泼的作品。读来朗朗上口，又让人忍不住莞尔一笑，钦佩女词人的智慧和才情。

"春到长门春草青"我为李清照打抱不平

小重山·春到长门春草青

春到长门春草青，江梅些子破，未开匀。碧云笼碾玉成尘，留晓梦，惊破一瓯春。

花影压重门，疏帘铺淡月，好黄昏。二年三度负东君，归来也，著意过今春。

[解读]

春天来到了长门宫，青草绿油油，江边的梅花有些许破了花苞，还没开匀。取出茶笼中的绿色茶团，碾碎后像是把玉石碾成了粉末。停留在清晨的梦里，惊醒后，破坏了一盏绿茶。

花影重重，仿佛压到了重门上。月光暗淡，透过稀疏的珠帘仿佛铺到了地上，黄昏很美。两年时间三次辜负了春天。回来吧，今年春天（一起）好好过。

[品鉴]

此词开篇"春到长门春草青"中的长门，指的是汉代的长门宫，据说汉武帝的陈皇后因妒失宠，后被打入了长门宫。所以，李清照借用这个典故，在说什么呢？似乎在说，春天到了，连草都在"冷宫"前长得绿油油了。你还不来看我吗？还要我继续在这"冷宫"中独居吗？

我的推理是这首词跟她的另一首词《减字木兰花·卖花担上》意思相近。赵明诚有了宠妾，而李清照独居一处。于是，借此抒怀，表达自己的不满。

两人年轻时相恋，后来，因为赵明诚赴任，分居五年之久。五年，对于古代的女子而言，定是洁身自好；对于古代的男子而言，即便有三妻四妾也正常。因而，赵明诚怕就难说了吧？看看这首词，感觉女词人活得也够委屈的。有苦难言，只能借着诗词来抒发。

料想她写这首词时，应该是在江边吧，或者在船上，正喝着茶，看着窗外的景致。江边的梅花已经有些许破了花苞，还未全部绽放。这碾碎的茶叶成了绿色的粉末，看起来像是玉被碾成了粉末。

看到这句"碧云笼碾玉成尘"，让我联想到明朝于谦的一句诗"粉骨碎身浑不怕，要留清白在人间"。虽然于谦那句写的是石灰，这里写的是茶、是玉，但意思似乎相仿。玉代表的是冰清玉洁，是坚贞的意思。所以，古代相恋之人，常常互赠玉佩、玉环、玉簪、玉镯等玉质礼物，也是为了表达互相忠贞和情深意笃。

这一句似乎在暗喻，我虽然被你疏远，打入了"冷宫"，可依然对你忠贞不渝。一边碾磨着茶叶，一边回忆清晨的美梦，或许是过去在一起的美好画面，却不想，"惊破一瓯春"，将这一茶盅的春茶给晃荡开了。这句写得尤为妙，用"春"代指了"茶"。

宋代人，喜欢把茶叶碾成细末，再加些香料做成团状。小的如月饼大小，大的如普洱茶的茶饼那般。电视剧《梦华录》中有诸多关于宋人喝茶的镜头，还有点茶和茶百戏可以参考。词中"碧云笼碾玉成尘"一句，描写的正是喝团茶的过程。"碧云"代指的是绿茶的茶团，喝茶之前得先把茶叶碾碎了再煮一煮，然后才喝。李清照只用了七个字"碧云笼碾玉成尘"，便将团茶的品茗过程刻画得惟妙惟肖，令人佩服。

团茶的制作工艺和饮用步骤十分烦琐，多为贡品。单是喝茶就得配备一整套茶具。我猜这种团茶也只有皇族权贵们才有闲有钱享受，普通老百姓平日里怕是很难享受，大概也只是用化繁为简的方式喝茶罢了，或者在逢年过节时，有可能喝个团茶，以示庆贺。

黄昏的阳光照得花影重重叠叠打在卧室门上，暗淡的月光，透过稀疏的珠帘仿佛铺到了地上一般，这样的黄昏好美啊。从这两句词意可以看出，女词人在屋里坐了很久，上片还在喝茶回忆清晨的梦，下片已经写黄昏的景物了。一个人清冷无比，以至于看着花影，一点点移到了卧室内，又看着月光透过珠帘。这也从侧面说明，李清照是个善于捕捉美的人。花影，月光，黄昏，在她眼里都是美好的。这句，也似乎在感叹"夕阳无限好，只是近黄昏"。

"二年三度负东君，归来也，著意过今春"这句的意思是，两年时间三次辜负了春天，回来吧！好好地过今年的春天。乍看是在写景写花，但实质还是在写人。借景抒情是诗词惯用的手法，从这句不难看出李清照心心念念地盼着丈夫回来看看她。等了两三年，仍不见回来，辜负了她的一番深情。她仿佛在心底呐喊着："回来吧，快回来吧！我的深情经不起你这三番五次的辜负，今年回来好好跟我过个春天吧。"

这首词写得十分细腻，想要真正理解女词人，就得好好研读一番才能全然明了。在世人眼中，她已经是个文化名人了，夫妇和睦，感情要好，她与赵明诚应该是模范夫妻，但实际上呢？看看这首词，就能体会一二了。

李清照苦苦等待的，是真爱吗

清平乐·年年雪里

年年雪里，常插梅花醉。按尽梅花无好意，赢得满衣清泪。

今年海角天涯，萧萧两鬓生华。看取晚来风势，故应难看梅花。

每一年下雪时，我都沉醉于插梅花。把梅花揉搓干净后，又没了心情。只落得清澈的泪珠儿洒满了衣裳。

今年你我依旧相隔遥远，我的两鬓头发稀疏且生了白发。看看晚上刮风的情况，大概没法出门看梅花了。

[品鉴]

这首词应当是李清照与赵明诚分居期间所写的。"海角天涯"借指彼此距离相隔遥远，一在天之涯，一在地之角。从这四个字也能感受到女词人等了很久很久，期盼着早日团聚的迫切心情。

前几首词，写到她划船去看风景，"兴尽晚回舟"，碾磨茶叶，看大雁南飞，临高阁，登八咏楼，这首写插花。不得不说，女词人志趣高雅，让人倾慕。

上片词义为每年下雪时，我都会在屋里沉醉于插花，一边揉搓梅花，一边回忆往事，心不在焉，以至于梅花被揉搓得只剩下光秃秃的枝丫，顿时没有心情插花了，忍不住泪湿衣衫。下片词义为如今你我依然距离遥远，仍不能相聚。如今我都两鬓斑白，头发稀疏了，而你在哪里呢？我们何时能团圆？本想今日出门去赏花，看一看窗外风挺大的，就没法出去了，即使出门，大概梅花也被风吹得七零八落，没有那么好看了。

词中所描绘的景象，让我不由得想起一句诗"感时花溅泪，恨别鸟惊心"。李清照可不就是这般多愁善感吗？那"人比黄花瘦"的样子，又赏花爱花的情怀，大有一种《红楼梦》中林黛玉的感觉。她们都是内心细腻且敏感的人，只不过林黛玉红颜薄命，英年早逝，而李清照虽然命运坎坷，但寿终正寝了。

梅花给人的第一印象便是傲骨，其次，还代表着坚强、高雅。试问这天底下还有哪些花，能够不畏严寒，"凌寒独自开"呢？也许除了天山雪莲，常见的似乎只有梅花了。所以，自古文人雅士多会歌颂梅花。

突然想到，李清照的作品前期描写荷花的居多，而后期则是描写梅花的居多。其实，她的作品都是在暗喻自己的品性追求。前期，他们夫妇两人分居时间较长，那么，她写荷花必然是表达自己的坚贞不渝，出淤泥而不染。后期，她经历了人生坎坷，自然就像那梅花经历了严霜，却依然坚强地活下来，且自暗香来。这是一种不向命运低头的傲骨之气。

《小重山·春到长门春草青》写的是春天到了，这一首写的是冬天。不同的是天气，相同的却是李清照从春到冬一直在翘首企盼她的丈夫归来。可斗转星移，依然未能如愿。人生短短几个秋？李清照的日子就在这漫长的等待中长嘘短叹，渐渐蹉跎。继而，在等待中写下这些含泪的诗词来。

想到李清照失落的样子，我真想对赵明诚说，好男人不该让爱你的女人日复一日地等待。不论当时是何情况，我仍然觉得赵明诚不够爱李清照！虽然很多赏鉴写他们如何恩爱，但从一个女人的角度出发，我仍觉得他不够爱李清照。

如果赵明诚真的很爱李清照，必然会想尽千方百计地让李清照与他长相厮守，何苦总让李清照苦苦等待？赵明诚也不是普通百姓，而是一个官吏，若他想要将夫人带在身边，应该不是难事。即便几次远赴他乡就任，完全可以带着夫人一起去的。为何总让她一个人留守老家？

让一个女人整日看完了春天的花又看冬天的花，这是多么悲哀的事情。

李清照认为桂花"自是花中第一流"

鹧鸪天·桂花

暗淡轻黄体性柔，情疏迹远只香留。何须浅碧深红色，自是花中第一流。

梅定妒，菊应羞，画阑开处冠中秋。骚人可煞无情思，何事当年不见收。

[解读]

桂花颜色暗淡，浅浅的黄色花朵轻盈柔软，它长在人迹罕至的地方，与人感情疏远却留下了浓浓的芳香。何必像其他花长成浅绿色或者深红色那么妖艳，桂花本就是百花中一等一的花。

梅花肯定嫉妒它浓香扑鼻，菊花也会因开得太晚而感到羞愧，中秋时节，桂花与那些雕花栏杆里的花比，自是冠绝群芳。屈原是不是没有情思了？因何事导致他当年写《离骚》时，没有收录桂花？

[品鉴]

在李清照的众多咏物词中，描写梅花、荷花的居多，而写桂花的只寻到这一首。

此词的具体创作时间有待考证，可以确定的是写于她青年时期。有说是1101年之后，夫妻两人居青州时。

此词的上片从细节方面，描述了桂花美好的样子。根据颜色可知，此词描写的是黄色的金桂，而非白色的银桂，也非红色的丹桂，但李清照以金桂代指了桂花的全部品种。

开篇运用欲扬先抑的写作手法，写道"暗淡轻黄体性柔，情疏迹远只香留"，这两句将一树花体美丽、暗香盈盈、又与人疏远的桂花，刻画得生动形象。李清照只用了14个字，却已将桂花的颜色、香气、生长环境这三个主要特点尽收笔下。

"何须浅碧深红色，自是花中第一流"则用对比的表现手法，将桂花与其他花从颜色上做了比较，描述桂花并没有其他大红大紫的花那么妖艳，它是不起眼的浅淡的黄色。但就是因为这样，桂花在李清照眼中是百花丛中的第一品花。这里也从侧面写出了桂花低调、谦逊的高贵品质和秉性。

下片则用拟人修辞和疑问句式，从一个很特别的角度，衬托出了桂花的与众不同之处。

"梅定妒，菊应羞，画阑开处冠中秋"用了拟人的修辞手法，写梅花肯定嫉妒桂花，而菊花应该感到羞愧，为什么呢？我想大概是因为梅花的香气不如桂花的香气浓烈，所以，梅花会嫉妒桂花。

关于描写梅花的诗句有"梅花香自苦寒来""不经一番寒彻骨，怎得梅花扑鼻香"，都是讲梅花的香气。但梅花的香气终是属于"暗香"，而桂花的香气，却是袭人的。

如果说梅花比桂花输在香气没那么浓郁上，那么，菊花又为何应该感到羞愧呢？大概是因为开得太晚了，不如桂花选在中秋前后、团圆时节开花好。并且桂花有富贵吉祥、子孙昌隆的寓意。所以，南方多有习俗，在中秋佳节这一天，饮桂花酿，吃桂花糕，寓意家庭美满幸福，吉祥昌隆。也因此，桂花在南方很受宠，而梅花，苦寒之地练就的花朵，在北方更受尊荣。

"骚人可煞无情思，何事当年不见收"此句说的是屈原写的《离骚》，里面写了许多花草，如木兰、秋菊、荷、芷、江离（一种香草）等，却没有写到桂花。于是，李清照便猜想，屈原当年是不是对桂花没有情思？或者词穷了？不然，为何没有收录桂花到他的作品中呢？换言之，李清照觉得桂花品性高洁，理应如木兰、秋菊那般写进《离骚》作为高尚纯洁的代名词。

而最后这句其实可以看作调侃之言，李清照并非真的在说屈原没灵感了或者词穷了，也并非真的要屈原把桂花写进去之意，不过是借屈原和《离骚》来表达桂的美和好。而这又从侧面表现出李清照对桂花的赞赏和珍视。

归根结底，这首咏物词似在借花喻人。表面看上去是赞美桂花的词，似乎也在暗喻李清照自己的品性，就像桂花那般从不招摇，也不媚俗，自是香气扑鼻，兼具"腹有诗书气自华"的雍容淡雅。

纵观整首词，感觉词中所写"自是花中第一流"，略带一点傲娇；而"何事当年不见收"又略带一点怨恨之意。这感觉，怎么有点像一位诗人投了稿后，作品未被刊物收录，然后写出的词？

于是又研究了一番唐宋时期文人的作品"投稿"方式。唐宋时期的人热衷写诗词，据说在酒馆、驿馆、景点、寺院等人员聚集之处，多有墙壁、诗板供文人"发表"诗词。不过，有些地方，非达官显贵、非如苏轼陆游之列，则不允许写诗板，这就相当于"拒稿"了。

如此，再看李清照写的这首词，似乎是遇到了"拒稿"的情况，因而才会有词中那样的语气。而且"自是花中第一流"这句，颇为直白和露骨，不像她中后期写词的婉约风格。由此我更确信这首词写于李清照的青年时期，那时，她还未声名大噪，年轻气盛才会以桂花暗喻和自比，才敢调侃屈原。其本意无非是想说，我的作品虽然看起来没那么惊艳，有点朴素，但它的价值如桂花一般，浓香扑鼻，是需要尔等用心研读的，不要停留于表面。

词的上片有说明文的特点，着重塑造了桂花的外在美，而下片有议论文的特征，着重衬托出桂花的内在美。上下片相结合，将桂花的内外之美刻画得淋漓尽致。

从这首词我们可以感受到李清照独特的审美情趣，她所欣赏的花，不是姹紫嫣红的，也不是人们常赞常评的，而是常常被人忽视的又在八月遍地开的桂花。从她所赞美的桂花高洁的品性中，我们也能感受到她的独特魅力。

夜来沉醉卸妆迟，给李清照告个别吧

诉衷情·夜来沉醉卸妆迟

夜来沉醉卸妆迟，梅萼插残枝。酒醒熏破春睡，梦远不成归。
人悄悄，月依依，翠帘垂。更挼残蕊，更捻余香，更得些时。

[解读]

夜里，酒醉沉沉，没有来得及卸妆，花瓶里还插着一段梅花的蓓蕾枝。酒醒后，那熏人的酒气已使我无法入睡，无法在梦中回到遥远的故土。

悄无声息时，月亮在窗前好似依依不舍，翠绿的珠帘低垂着。我揉搓着残损的花瓣，捻一捻剩余的香灰，等天亮还需要些时间。

[品鉴]

这首词据说写于1129年，金兵南下后，她和丈夫从青州（今山东省青州市）南渡，暂居江宁（今江苏省南京市）。彼时，李清照已45岁。

这是女词人的又一首醉酒词。词的上片写夜里寂静，酒醉沉沉，没有来得及卸妆，花瓶里还插着几枝梅花的蓓蕾枝，酒气把自己都熏得睡不着了，想一想，真让人乐呵。

但末句说"梦远不成归",梦里也回不去遥远的家乡了,心情瞬间又变得伤感。在那个兵荒马乱的年代,他们举家搬迁,大概还住不惯异地他乡,想回到家乡却又不能,颇感无奈。

词的下片写月亮静静地挂在窗前很久了,仿佛依依不舍似的。四野寂静,一个人无聊地揉搓着花瓣,捻捻香灰,等着天亮。

通过下片的词意,再联想之前学过的几首,可以推理出来:女词人有许多个晚上,不是喝酒就是看月亮,要么揉花瓣等天亮,要么喝茶看珠帘,要么听雨打芭蕉的声音。

可仔细一看"人悄悄,月依依",似乎又在说自己形单影只,月亮都陪着我,依依不舍的,你在哪里呢?怎么还不回家?女词人似乎在等丈夫回家,所以会说"更挼残蕊,更捻余香,更得些时",大概等得太无聊了,只能捻花瓣,捻香灰,估计丈夫回家还需要些时间吧。

说说李清照的家世。自古寒门出贵子,却很少寒门出才女。似乎古往今来,但凡说到"才女",大多出身名门,且才貌双全。比如上官婉儿、卓文君、蔡文姬等,李清照也不例外,她自小便出生在书香门第。

这一切,或许可以用马克思主义哲学来解释,即经济基础决定上层建筑。要先保证基本的物质生活,然后,才能有闲情逸致去写写画画,吟诗作赋。不然,只能下地干活、纺线织布、养鸡喂牛、河边浣衣了,哪里会有才女呢?是牛棚里、鸡舍旁,还是水塘边?

所以,经济基础对女作家来说太重要了!李清照有良好的经济基础,所以才有时间来写诗词,这是她的幸运,也是时代赋予她的使命,替那些没有经济基础支撑的、文学梦破灭的女子们完成她们的理想。很显然,李清照完成了!

再说说李清照的婚姻,以前我也跟其他人一样觉得才女怎么能二嫁呢?

赏析了她这么多首作品以后,透过诗词对她有了深入的了解,如今,我也才算是真正理解了李清照和她的选择。

李清照与赵明诚有过真情实意，并且有着共同爱好，他们一起收集金石书画，编写《金石录》。后来，国破家亡，两人从青州辗转避难到江宁。这期间，赵明诚独自在莱州等地赴任，而李清照独居五六年之久。也就在这个时期，赵明诚大概有了宠妾。

李清照虽然没有直接反对，却在很多首诗词中表达了自己的不满。而赵明诚迷恋宠妾时，只与李清照鸿雁传书，写信也不是那么勤快，以至于李清照多番在词中淡淡埋怨，述说她的等待、孤枕难眠、通宵达旦和相思之苦。虽然，那时的男人拥有三妻四妾并不违法，但是，对于李清照这样一个有思想又执着于爱情的女子来说，肯定是眼里容不下沙子。所以，他们夫妻的爱情到后来也名存实亡了。

后来赵明诚去世，李清照携带家资投靠了同父异母的弟弟李远。守表三年期满后，李远便为姐姐物色了一个人叫张汝舟，并极力撮合他们。一来二去，李清照也开始放下满腹伤怀，期待爱情的出现。而那个长相风流倜傥又会花言巧语、略懂文墨的张汝舟比较符合她的期望。

毕竟，李清照平日里孤身一人，实在太寂寞，她希望有个人能与她对酒当歌，吟诗作赋。

她原以为，她能和张汝舟琴瑟和鸣，白头偕老。却不料，日久见人心，最后她发现这厮，不过一心只想要夺走她的家产而已，根本不是想和她一起过日子的男人。当李清照拒绝交出家产时，张汝舟居然打她。

"是可忍孰不可忍"，李清照果断决定跟张汝舟和离。为了和离，李清照不惜蹲了几天大狱才将张汝舟甩开。

遇人不淑，不能说自己太傻，只能说自己太善良，没把眼睛多擦几遍，李清照便是这样。

在那个封建时代，她不仅才华出众，就连处理家事也是别具一格。我很佩服她的勇气，也很欣赏她的个性，敢于斗争，敢于批判。

许多人说李清照二嫁是因为她生病，刚好张汝舟来照顾她；或者说她年纪大了，老眼昏花，看走眼了，或者说她不忠诚，对赵明诚变了心。我认为，这些原因都不对。

其一，她生病的时候不少，赵明诚去世后，有很长一段时间她都是病恹恹的，但是，她并没有去理会旁人，而是守丧三年。

其二，她也并未老眼昏花，只能说张汝舟手段高明，而李清照久在深闺太单纯。

其三，是赵明诚先冷落她，伤了她的心，而不是她变心。

从头至尾，她所求的不过"真爱"二字罢了。可这两个字是"四叠阳关，唱到千千遍"也寻不到的。

不畏世俗，有主见，敢爱敢恨，这才是才女该有的个性，我喜欢这样的李清照。

至此，跟李清照告个别。

四年时间两次研习了她的16首诗词，我仿佛看到了16个画面里的她。她忧愁满面，泪湿衣衫，人比黄花瘦。她忧国忧民，胸怀天下，志向远大。她顶天立地，敢爱敢恨，敢作敢当。她是个小女子，也是个大丈夫。她真的很了不起！

谢谢你，让我走进你的诗词中，与你倾心交谈。

谢谢你，让我感受你所感受到的镜花水月的美好。

谢谢你，李清照。

再见！期待，下一次重逢！

岳 飞 ▶▶▶

岳飞（1103年—1142年），字鹏举，宋朝相州汤阴县（今河南省安阳市汤阴县）人，南宋抗金名将，著名军事家、战略家、抗金英雄、书法家、诗人，位列南宋中兴四将之首。

他于北宋末年投军，自建炎二年（1128年）至绍兴十一年（1141年），历时十三年时间，先后参与、指挥大小战斗数百次，所向披靡，战功赫赫，官至枢密副使。

金军攻打江南时，岳飞力主抗金，收复建康。绍兴四年（1134年），收复襄阳六郡。绍兴六年（1136年），率师北伐，顺利攻取商州、虢州等地。绍兴十年（1140年），完颜宗弼毁盟攻宋，岳飞指挥岳家军先后收复郑州、洛阳等地，在郾城、颍昌大败金军，进军朱仙镇。宋高宗赵构和宰相秦桧却一意求和，以十二道"金牌"下令退兵。在宋金议和过程中，岳飞遭受秦桧、张俊等人诬陷入狱。1142年1月，岳飞被以莫须有的罪名，与长子岳云和部将张宪一同被杀，时年39岁。宋孝宗时岳飞平反昭雪，改葬于西湖畔栖霞岭。追谥武穆，后又追谥忠武，封鄂王。

岳飞的文才卓越，其代表词作《满江红·写怀》是千古传诵的爱国名篇，后人辑有《岳忠武王文集》传世。

岳飞的《满江红》堪称"一词压两宋"

满江红·写怀

怒发冲冠，凭阑处、潇潇雨歇。抬望眼，仰天长啸，壮怀激烈。三十功名尘与土，八千里路云和月。莫等闲，白了少年头，空悲切。

靖康耻，犹未雪。臣子恨，何时灭！驾长车，踏破贺兰山缺。壮志饥餐胡虏肉，笑谈渴饮匈奴血。待从头、收拾旧山河，朝天阙。

[解读]

此时极度愤怒，倚着栏杆看远处，暴风雨刚停。抬头看看天空，不由得仰天长啸！心怀壮志，满腔热血澎湃。三十年来虽已博得功名，却与尘土一般微不足道。这些年转战沙场八千多里，看过多少云和月。不要虚度光阴，若等到少年的你头发都白了，再多悲伤和哀切都无用。

靖康之变的耻辱还没洗雪。臣子的怨恨，何时才能消除。我要驾着战车踏平这贺兰山的敌军营垒！满怀壮志，饿了就吃胡虏肉，谈笑间，渴了就喝匈奴的血！等我重新收复过去的失地，回朝报捷！

[品鉴]

这首词的创作时间历来颇有争议，依我拙见，应是公元1140年7月10日前后，也就是岳飞一日之内收到十二道金牌，被强令班师回朝那天。这首词的创作地点应是大战金军的朱仙镇（今河南省开封市祥符区朱仙镇）点将台。

俗话说："词以明志，言由心发。"这首词所展现出来的力量不是平常人在平常时候所能表达出来的，而是词人在极端愤怒的状态下，挥笔而就的作品。

但有意思的是，除创作时间上的争议，就连作者是岳飞这件事都有争议。在我看来，除了像岳飞这样侠肝义胆、忠君报国的人，古往今来，还有谁能写出这样大气磅礴、气吞山河的词作来？但竟有个别学者认为此词是后人伪托岳飞之名而作，简直一派胡言！

这是一首怎样浑然天成的作品，若非身临其境者，凭何能写出这样的佳作来？罢了罢了，仁者见仁，智者见智。不过，我要强调的是依照我的研究和分析，这首词的确是岳飞所写！

知道岳飞，是从"精忠报国"的故事开始，也因此知道了岳飞的母亲。她是一位了不起的母亲，岳飞幼时，便教导他要爱国，并且还在岳飞的背上刺下"尽忠报国"四字。时至今日，依然传为佳话，并激励着无数少年从小立志报国。岳母也因此被奉为中国古代四大贤母之一。

岳飞在母亲的悉心培养下，不仅勇武，还能写文，算得上是一位文武双全的有志之士。因此，我很欣赏他，也很佩服他！

这首《满江红·写怀》，写得十分豪迈！颇有一种"力拔山兮气盖世"的感觉。岳飞的爱国之情，跃然纸上，也激发了无数仁人志士的爱国之情。

词的上片"怒发冲冠，凭栏处、潇潇雨歇"突出表达了岳飞的愤怒之情。其实，不难理解他的心境，战士们上下一心，拼死取得了胜利，眼看快要大胜而归时，朝廷却下令要他班师回朝。这是何等荒谬的决策！岳飞百思不得其解，尽管第一道金牌下来时，他还写了辩词回复朝廷，然而，皇帝的心思不在胜利，而在掌控手中的权力。正因捷报频传，岳家军的名号越来越响，"撼山易，撼岳家军难"，让那个高高在上的宋高宗赵构陷入了慌乱。因而，在奸臣秦桧不断撺掇议和时，他同意了。

第一句如横空出世，没有任何情感铺垫，开篇直抒胸臆"怒发冲冠"！这样的诗词是罕见的，也是这首词的精彩和独特之处。又用"潇潇雨"将这种愤怒的气氛渲染出了悲伤的感情。

"抬望眼，仰天长啸，壮怀激烈"这一句，便是岳飞认识到了事情的严重性。皇帝连发十二道金牌的用意何在？岳飞显然已经明白了几分。当他站在点将台上，极目远眺时，悲愤的心情令他不由得仰天长啸起来！想到这一场场战役打下来，想到那些牺牲的战士们，他的心情更加沉重。放弃，意味着之前所做的努力将会付诸东流，功亏一篑。他对不起死去的战士们！对不起那些跟着他卖命的兄弟们！也对不起那些惨遭战乱伤害的黎民百姓！没有为他们拼杀出一个太平盛世！他心怀天下，满腔热血，可一道道金牌摆在面前，如锁喉的利剑令他寸步难行！

"三十功名尘与土，八千里路云和月"这两句用了对偶的修辞手法。"三十"对"八千"，"尘与土"对"云和月"，将岳飞的辛酸一吐为快。他回忆过去这三十多年来，虽已博得些许功名，但在他眼里不过尘土，微不足道。自他19岁参军以来，转战沙场数千里，看过了多少他乡的云和月。但没想到，他的军事生涯可能会就此终结。他明白了这一道道金牌表明了皇帝对他的不信任。这么多年来他对国家忠心耿耿，为抗金护国之事，披肝沥胆，驰骋沙场，从无二心。然而，换来了被猜忌，想到这里，他的心中不禁泛起了阵阵酸楚和委屈！

"莫等闲，白了少年头，空悲切"这句其实是岳飞对他的年轻战士们说的话。他知道被猜忌被陷害的局面一时很难扭转，而他此去复命生死未卜。于是，思索良久后，他笔锋一转，给自己的战士们说几句衷心话吧。他告诉战士们，千万不要在年轻的时候虚度光阴，浪费时间，闲散游荡。男子汉大丈夫要有志向，要建功立业，保家卫国。否则，等到你不再年少，头发都白了，只会空留悔恨！如此意译，不难看出，这句词有点临别赠言的意思。

下片写道："靖康耻，犹未雪。臣子恨，何时灭！"这几句突出了一个恨字。而这股"恨"，正是源于对宋的深切的爱，无法忍受自己挚爱的国家被羞辱，被霸占！因而恨上心头。他深深记得公元1127年，在他24岁时，适逢靖康二年，金人南下攻陷了北宋首都东京，掳走了徽、钦二帝，导致北宋灭亡，史称这件事为"靖康之难"。然而，在他看来，自己的国家被灭了，这不仅是难，更是耻辱！他参军的重要原因就是期望有一天能够带领军队，一雪前耻！怎奈造化弄人，不仅无法雪耻，就连当下他想要一举擒敌、击退金兵的愿望都无法实现。这个恨，什么时候才能泯灭？

"驾长车，踏破贺兰山缺。壮志饥餐胡虏肉，笑谈渴饮匈奴血"。想到这里，他忍不住畅想如果有机会，他真想驾着战车踏破那贺兰山的敌军营垒！将那敌人的血和肉拿来吃！这两句是"恨"字的延伸和具象化的表达，表达了岳飞对敌人深刻的恨意，反衬出岳飞浓浓的爱国之情。

关于此句中的"贺兰山"，如今也有颇多争议，有说是实指，指的是河北磁县的贺兰山，还说岳飞到过那里好几次；也有说虚指，指的是宁夏的贺兰山。参照这首词的大气磅礴之势，依我拙见，词中的"贺兰山"定然是指闻名天下、气势雄浑的宁夏贺兰山！但其意义不只是山，而更多的是代指金人的军事屏障。"驾长车，踏破贺兰山缺"要表达的意思是，他想如汉代名将卫青、霍去病驱除匈奴那样，把金人驱逐出境，彻底摧毁其军事力量，甚至彻底消灭金国！如此，南宋再也没有危机，没有战乱，天下太平，百姓安居乐业！

"待从头、收拾旧山河，朝天阙。"是岳飞的想象在继续驰骋，也是他的期望。他想象自己率军彻底击溃了金军的军事防线，顺便还把靖康之耻时失去的国土也收复了，然后，高高兴兴地回朝上报好消息！然而，他的殷切希望在昏庸皇帝宋高宗赵构和奸佞宰相秦桧的共同算计下，最终化为了泡影！

《满江红·写怀》整首词气势磅礴，如狮吼虎啸一般，振聋发聩！这也是唐宋至今，闻所未闻的如此刚烈的一首词。岳飞用他的满腔热血，铸就了每一句词，句句都在抒发他的拳拳爱国之心，也在表达他对班师回朝传令的不满和愤懑之情。这首词让人看到了英雄落泪是何等激烈！他把忠君爱国、不甘屈辱的民族气节表达到了极致，令人肃然起敬！

岳飞登上黄鹤楼后有何感想

满江红·登黄鹤楼有感

　　遥望中原，荒烟外、许多城郭。想当年、花遮柳护，凤楼龙阁。万岁山前珠翠绕，蓬壶殿里笙歌作。到而今、铁骑满郊畿，风尘恶。

　　兵安在？膏锋锷。民安在？填沟壑。叹江山如故，千村寥落。何日请缨提锐旅，一鞭直渡清河洛。却归来、再续汉阳游，骑黄鹤。

[解读]

　　站在黄鹤楼上远望中原大地，弥漫着烟尘的荒野之外，能看到许多城池。想当年，那些城池周围尽是鲜花和柳树环绕，都遮住了视线。城中的亭台楼阁都雕着龙凤。万岁山前尽是带着珠翠的宫女，蓬壶殿里尽是歌舞升平的景象。到如今，铁骑包围了京城的郊外，尘土飞扬，形势险恶。

　　士兵在哪里？他们的鲜血染红了兵刃。百姓在哪里？他们在战乱中丧生被填进了沟壑。感叹江山依旧，而成百上千的村落荒芜。什么时候才能请战杀敌，带领一支精锐部队？挥鞭就可直挺中原地区扫清敌军。凯旋时，再到汉阳城游玩，到时候骑黄鹤。

[品鉴]

这首词写于公元1138年春，宋高宗执掌朝政时期。彼时，岳飞奉命从江州（今江西省九江市）率兵到鄂州（今湖北省武汉市）驻军。当他登上著名的黄鹤楼时，感慨万千，写下了这首词。

词的上片，从"遥望中原"开始，到"风尘恶"结束。重在思昔，讲述词人登高望远，遥想曾经这里是"花遮柳护，凤楼龙阁"，风景如画，江山多姿。宫殿里歌舞升平，宫女如云。如今，却是被敌军包围，战况不妙。

因为词人从前来过黄鹤楼，如今再来，目之所及，景色迥异，对比鲜明，以至于心情也是天壤之别，悲愤之下，才写出这样一篇肺腑之言！

"万岁山前珠翠绕，蓬壶殿里笙歌作"这两句用了对偶的修辞手法，将昔日京都的繁华刻画得惟妙惟肖。而每一句中，又运用了借代的修辞手法，用"珠翠"代指穿戴奢华的宫女们，用"笙歌"代指宫殿里的歌舞演奏。

词的下片，从"兵安在"起，由"骑黄鹤"收，重在抚今，讲述词人从眼前的景，想到了当下的战局，将士们死伤惨重，而百姓们也惨遭屠戮。同时也感叹江山依旧，而无数个村落因为敌军的杀戮变得荒芜空荡。末了，词人将自己的满腔热血和美好希冀一抛而出。他希望能请战杀敌，早日收复失地，光复中原，结束战乱，还百姓们一个太平！等到那时凯旋，他再来重游汉江和这个黄鹤楼。

用"兵安在？""民安在？"两个设问句，自问自答，将词人的悲愤之情刻画得入木三分，是下片中的亮点。

"一鞭直渡清河洛"这句，将杀敌之事写得举重若轻，将英雄的豪迈气概和勇武品格展现得淋漓尽致。

尾句"骑黄鹤"，可有两种理解。保守理解就是再来黄鹤楼游玩。大胆理解便是词人想象着凯旋后，骑着仙鹤在黄鹤楼游玩，就像天马行空那般自由自在。

词人言外之意便是如今虽然站在这楼上，但目之所及处均是满目疮痍，哀鸿遍野，民不聊生，他的心情糟透了，悲愤至极！哪里还有闲情逸致去欣赏风景呢？他想杀敌报国，保护百姓，却壮志难酬，心中很不是滋味！

历史上关于岳飞的故事颇多，传说中还有《武穆遗书》等。我常常在想，岳飞究竟是个怎样的人？

普通人站在黄鹤楼上举目四望，看的是风景，看的是热闹。而岳飞登上黄鹤楼，心里装的是黎民百姓，是将士和失地，这也正是普通人和英雄的区别所在。

登高望远，他抚今思昔，看到了眼前战乱和生灵涂炭的景象，想到了昔日的京城里是何等繁华。于是，他想何时才能请缨出战，等凯旋后再来登高望远，那时，看到的定是一派繁华景象。

这首词从岳飞的回忆中，说明了战前的北宋都城是异常繁华的，就像《清明上河图》中所描绘的那样。同时侧面体现出了岳飞对家国故土的热爱，对国家昔日的繁荣景象的怀念，也体现了岳飞愿意舍身成仁、杀敌护国的爱国情！他在践行着"先天下之忧而忧，后天下之乐而乐"的思想，他值得被历史记载，值得被千秋万代的百姓们所赞颂！

岳飞访黄龙洞，未见黄龙见虎踪

题雩都华严寺

手持竹节访黄龙，旧穴空遗虎子踪。
云锁断崖无觅处，半山松竹撼秋风。

手里拿着竹棍去看传说中的黄龙洞，年代久远的洞穴空空如也，没看到黄龙但见到了幼虎的踪迹。洞穴外是断崖，云雾缭绕，无处可寻黄龙，半山腰上，松叶竹林随着秋风摇摆。

［品鉴］

这首诗是公元1133年秋，岳飞访雩都华严寺所写。

所谓雩都，今属江西省赣州市下辖县，西汉初置，1957年改为"于都"。1934年7月，赣南省苏维埃政府在此地成立。于都县还是中央红军长征集结出发地和长征精神的发源地。现有中央红军长征出发地旧址、长征公园、长征广场等供后人学习红色文化和长征精神。

然而，翻遍于都县的地图，都没能找到"华严寺"，不知岳飞当初去的华严寺，今安在？

另据《雩都县志》记载："华严寺左有岩穴，高不过五尺，而深广倍之。"意思是当时的华严寺左边有岩石洞穴，高不到一米七，洞深超过三米四，洞宽不详。由此可知，这个黄龙洞是低矮而深邃的，男子估计大多都得弯腰才能进去。这也说明华严寺建在山中，不是在县城人杂之处，而是在半山腰处。

诗题"题雩都华严寺"交代了这首诗是写给华严寺的，以及故事发生的地点在于都。

首句"手持竹节访黄龙"，像游记一般用简单质朴的文字讲述了此番出门的目的。岳飞手里拿着竹棍进了黄龙洞，洞穴在半山腰，可岳飞为何会拿着竹棍上山呢？是因为受了伤，要用竹棍当拐杖使？还是害怕黄龙洞里真如传说那般，若飞出一条黄龙来，可以拿着竹棍来自卫呢？继续探究。

岳飞写此诗时，只有30岁，正值年轻力壮。何况勇武之人，身体就比常人强壮许多，根本不需要拿竹棍当拐杖来用，也不可能用来防卫。如果他的胆量那么小，也根本不会来访黄龙洞。所以，依我推断，岳飞当时大抵是受了伤的。而他之所以出现在于都，大概也是因为驻军在此，他在养伤时闲来无事，便与几个部将一同来此处游玩。如此，便合逻辑了。

第二句"旧穴空遗虎子踪"讲岳飞原本兴致勃勃地到了黄龙洞，却没看到黄龙，只发现了幼虎的踪迹。大有一种乘兴而来、败兴而归的感觉。"旧穴"二字，说明黄龙洞在宋代，就已经算得上古董级别的存在了。没准在石器时代，还当过先人们的居所也未可知。但在岳飞那个时期，此洞传说曾有黄龙出没，于是，当岳飞驻军在此地时，便来探访。不过，他进到洞内，看了又看，黄龙没看到，但似有小老虎的爪印，也算没白跑一趟了。

第三句"云锁断崖无觅处"讲岳飞看了看洞外，外面是云雾缭绕，悬崖峭壁，洞内没有黄龙便想去外面找找，然而，已经无处可寻了。一个"锁"字巧妙地将黄龙洞所在的险峻位置交代清楚了。"断崖"二字则为寻龙之旅画上了句号，他想探险但根本无路可走。此句也说明了黄龙洞所在的山很高。因为低矮的山看不到云雾缭绕，除非下雨天，而诗中没有提到下雨。由此，可以确定黄龙洞所在的山，极有可能便是地处于都县南部的屏山，旧称"龙山"，海拔约1312米，是于都县内的最高山。黄龙洞出现在龙山上，便不足为奇了。能吸引一代名将岳飞前去驻足踏访的地方，定然也是非凡的。所以，推理基本无误，黄龙洞就在屏山上。

末句"半山松竹撼秋风"写得很妙！分明是"风"吹动了松竹，而岳飞将所描述的事物的主客体做了颠倒，于是，秋风撼松竹变成了松竹撼秋风。正因了这句主客体颠倒，使得这句诗展现出了极高的美学魅力和哲学价值。一个"撼"字，让人感受到了岳将军扭转乾坤的霸气！诗中的"秋风"二字又交代了时令是秋天。可以想象，那一天，秋高气爽，蓝天为盖，青山连绵，举目四望，山河壮丽，于都的风景尽收眼底！

解析这首诗前，我几乎搜遍了全网，却未找到此诗的翻译。原想参考一二，奈何无人赏析，我只能再次当"第一个吃螃蟹的人"。好在功夫不负有心人，从字句到县志，我总算品出了些东西。也是在这样钻研诗词的过程中，我体会到了岳飞当时的心境，在兴奋之余同时感到有点失落。

纵观整首诗，如果说前两句略显平铺直叙，那么，后两句足见文采斐然，读之令人爱不释手。前两句重在叙事，后两句重在抒情。这首诗要抒发怎样的情感？我思量了百十次后认为岳飞大概要表达一种乐观主义精神。虽然爬了那么高的山，好不容易到了洞穴，没见到黄龙，但看到了风吹松竹，听着树叶沙沙作响的声音，看着眼前的大好河山，其实，也算值了！人生岂能尽如人意，但求半满半称心。

我从这首诗中看到了岳飞文人墨客的一面。他除了带兵打仗，也跟李白、杜甫那样，会去四处游历，也会寻访山寺洞穴。不论游历山川，还是领军作战，不变的是他的豪迈气概！"半山松竹撼秋风"，真是气度恢宏，铁骨铮铮！

白首为功名，英雄的另一面是怎样的

小重山·昨夜寒蛩不住鸣

昨夜寒蛩不住鸣。惊回千里梦，已三更。起来独自绕阶行。人悄悄，帘外月胧明。

白首为功名。旧山松竹老，阻归程。欲将心事付瑶琴。知音少，弦断有谁听？

昨天夜里蟋蟀不停地鸣叫。将我从遥远的梦境中惊醒，那时已三更天。一个人起来绕着台阶走。没有人，静悄悄的，帘外月光朦胧。

为了建功立业，头发都白了。家乡的山上，松竹都已变老，回去的路受到阻挠。想把心事说给这张瑶琴听。知音难觅，即使琴弦弹断了，又有谁来听？

［品鉴］

即便豪放派的词人，也会有风格婉约的作品，比如岳飞写的这首《小重山·昨夜寒蛩不住鸣》，令人眼前一亮，仿佛看到了铁汉柔情的一面。

这首词据说写于公元1138年，即宋金停战，"议和"时期。

上片写"昨夜寒蛩不住鸣。惊回千里梦，已三更"几乎用白描手法，讲了深秋的蟋蟀，一晚上不停地鸣叫，吵得岳飞从梦中惊醒，醒来已是三更半夜。于是，他接着写道："起来独自绕阶行。人悄悄，帘外月胧明。"睡不着了，便起来一个人在台阶前走走，窗外月光朦胧，四野寂静。

"寒蛩"说的是深秋的蟋蟀，而"不住鸣"这三个字，难道仅仅说的是蟋蟀的叫声像嗡嗡的蜜蜂那样扰人清静吗？依我拙见，还有另一层意思。"昨夜寒蛩不住鸣"这句是在借物言志。仿佛在说，收复失地的梦想就像那蟋蟀的叫声一样，不断地在心里嗡嗡作响，搅扰得他无法安寝。"惊回千里梦"说他可能梦到了遥远的地方，也可能是梦到了战场上的金戈铁马。

又用"独自""人悄悄"渲染出一种孤独的意境，令人感觉到丝丝凄冷，也体会到了岳飞当时的孤寂和郁郁不得志的心情。

下片"白首为功名。旧山松竹老，阻归程。"写岳飞看到月色朦胧，不觉感叹自己这一生，为了驱逐金兵，收复失地，才35岁头发都白了。

"白首为功名"讲述了岳飞未老先衰、壮年白发的样子，侧面反映了岳飞为国效力、鞠躬尽瘁的爱国精神。

而"旧山松竹老，阻归程"则一语双关，既写家乡的树木都老了，而我还没有回到家乡，想回去的路被朝廷的"议和"政策阻断了。又用"松竹"代指父老，意为家乡的父老乡亲都已老了，然而，抗金大业还未完成，想收复失地的愿望受到了阻挠。

"欲将心事付瑶琴。知音少，弦断有谁听。"直译便是词人想弹奏瑶琴，可想了想，知音寥寥无几，即使琴弦弹断了，又有谁来听呢？词中提到的"瑶琴"，可能是指屋子里摆放着一张古琴，如果是实指，说明岳飞还会弹古琴，多才多艺。如果是虚指，那这张"瑶琴"便代指他的"心"，而拨弄琴弦便是诉说心事的意思。于是，意译便是他想把心事说出来，可天下之大，知音难觅，满腹心事说给谁听呢？何况他心系天下，一心想要收复失地，击退金兵。他的心事都是家国大事、军谋要略，这种事情属于机密，又能说给谁听呢？只能一个人把心事吞在肚子里了。

尾句用反问的修辞手法，更加凸显出词人的孤寂，整句将词人心中的压抑抒发得淋漓尽致。将那种满腹心事、无人诉说的内心孤苦和凄凉，描写得十分真切，读来让人感同身受。

纵观整首词，上片重在叙事，而叙事的目的也是为下片做铺垫，而下片重在抒情。这首词要抒发的感情是复杂的，不单单是忧国忧民、保家卫国的爱国之情，还把岳飞作为一个普通人的感受，刻画得十分细致。正所谓"高处不胜寒"，当他还是一个小士兵的时候，他有战友，有许多朋友可以倾诉家长里短，大家同吃同住，驰骋疆场。然而，此时他已成为一军统帅，许多人的生死，都在他的决策中。他身上担负着千斤重担，以至于睡不踏实。几只蟋蟀的叫声，就能把他从梦中惊醒。他的孤独无人晓，他的压力无人懂，他的辛苦填在了这首词里。能理解的人，自然会对他抱以深深的同情和敬佩。

读到这首词时，我深刻体会到了爱国将领的不易。他想实现"还我河山"的宏伟梦想却无法实现，壮志难酬！彼时之状，让他英雄无用武之地。他日日夜夜为国事操劳，心事无人可说，无处可诉，他只能煎熬自己。

怀古思今，百姓们的安居乐业，都是这些将士们牺牲了小我成就大我。我们应该怀着感恩之心，对他们说声谢谢！他们永远都是最可爱的人！

如果不打仗，也许他会成为徐霞客那样的人

池州翠微亭

经年尘土满征衣，特特寻芳上翠微。

好水好山看不足，马蹄催趁月明归。

[解读]

我的战袍上满是这些年征战沙场时，落在上面的尘土，为了看芳草连天，特意登上齐山的翠微亭。

眼前山好水好风景美，根本看不够，山下马蹄声响起，催着我要回营了，趁着明月当空回去吧。

[品鉴]

英雄也是人，也需要休息，也有自己的个人爱好。这首诗会让你看到岳飞不同寻常的一面，除了舞刀弄枪，他也可以舞文弄墨。

这首诗，据说写于公元1135年春。彼时，岳飞32岁，率兵驻防在池州（今安徽省池州市）。此处人杰地灵，吸引了不少名人前来，其中，最负盛名的便是诗仙李白，他曾多次来到池州秋浦河游玩，单是《秋浦

歌》就写了十七首，还数次登上九华山。而晚唐著名诗人杜牧曾在池州做过两年刺史。

岳飞曾在池州驻军许久，池州的许多地方都有他的足迹，因而，池州很多地名也与他有关，比如点将台、饮马泉、钱粮墩、下马桥、洗马铺等。这首诗便是岳飞登临池州东南的齐山翠微亭而作，而这座翠微亭据说还是杜牧在池州担任刺史时主持修建的。

这首诗看似简单，却是一首七言绝句。

前两句"经年尘土满征衣，特特寻芳上翠微"，简单交代了他来到池州翠微亭的原因。久经沙场许多年，无心游山玩水，枯木逢春时节，他特意登上齐山的翠微亭来欣赏大好山河。

从侧面也反映出，彼时处于议和时期，并无战事。因而，他才有心思出来走走。也能体会到，像岳飞这样参军入伍的将士们的辛苦，不是打仗就是练兵，平日哪有时间去游山玩水。即使现代，行伍之人，探亲休假，也是二十四小时随时待命，未有一刻松懈。因此，"特特"这个叠词，既表达出了作者的欣喜之情，也表示这次出游机会很难得，因而倍觉珍贵。

后两句"好水好山看不足，马蹄催趁月明归"，写他站在翠微亭上，看到青山绿水，春回大地，景色秀丽，风景怡人，根本看不够。然而，山下的马蹄嗒嗒作响，催着他赶紧回营。这时，已经明月当空了。

想必岳飞登齐山时，该是下午。爬到山顶，坐在翠微亭中，喜不自胜。此处不仅可以看到秀丽春光，芳草连天，又能一览众山小，将整个池州乃至周围的地形，尽收眼底。于是，他看了许久。没准儿，他还带了笔墨，画了个简略的地形图。对一个军事家而言，即便出去玩，可能随时都会下意识地观察地形。他看了许久，直到月亮都爬上了山头。山下的马儿，不知是因为有军情急报才嗒嗒作响，还是因为春寒料峭，有点冷了，才嗒嗒作响。总之，下山的时候，已是傍晚时分了。也足以看出，岳飞在齐山的翠微亭坐了许久，也许还看了齐山日落的美景。向西眺望，没准能看到秋浦河，向南望去，应该也能瞧见九华山。因而，才让他兴致勃勃，流连忘返，看到忘乎时间，直到明月升空。

尾句"马蹄催趁月明归"也交代了这次出游的方式——骑马。

这首诗颇似游记，写得很有趣，读来也是轻松畅快，可以一改人们对岳飞的刻板印象。这也是岳飞诗词中少有的"闲情逸致"和非豪放的作品。就像《题雩都华严寺》，他去了黄龙洞；这一首，他去翠微亭。从这两首诗中，我们不难看出，如果没有战乱，如果他没有从军，那么，岳飞极有可能会像徐霞客那般，游历山川，或者做个文人雅士，流觞曲水，吟诗作对，轻轻松松，过着潇洒快活的日子。

然而，国难当头，他不得不放下个人喜好，投身到南征北战的戎马生涯中。像他这样有家国情怀，能舍弃小我成就大我的人，是十分令人钦佩的！

这首诗的字句很亲切，几乎接近我们如今的白话文了，这也是整首诗的特点和亮点。比如"好山好水看不足"跟我们现在常说的"好山好水看不够"，只有一字之差，然而，其意境天差地别，这也体现出作者的匠心独运。

很多时候，越是简单的，读来朗朗上口的诗句，越容易被世人传诵。这也是这首诗能在历史的长河中被留存的原因吧。

整首诗将岳飞对祖国山河的热爱之情，表现得酣畅淋漓，进而也表现出了他的爱国之情。一个热爱国土的人，必是热爱国家的人，就像现代诗人艾青所写的《我爱这土地》那样"为什么我的眼里常含泪水？因为我对这土地爱得深沉"。所以，从这首诗中我们也能理解岳飞坚持"还我河山"的信念了。

然而，后人多有曲解，以为他坚持抗金是为了挣军功，还有人竟为奸臣秦桧洗白，觉得"议和"很好，减少伤亡。殊不知！岳飞19岁参军，亲历了"靖康之耻"，亲历了北宋王朝的覆灭，亲历了金军的贪婪和残暴。他深知，对于金军的屡屡进攻，如果不能将其一网打尽，只是一味妥协退让，结果定会重蹈北宋的覆辙。

而历史证明了岳飞的主张是对的。对敌人的妥协就是对自己的残忍。南宋三番五次与金国的"议和"，并没有换来长治久安。岳飞去世后，南宋"每年除纳贡银二十五万两、绢二十五万匹外，送给金统治者贺正旦、生辰等的礼物也以巨万计"。即便如此，金国依然不满足，于公元1161年，掀起战火，大举南下，民不聊生。同年，南宋民众抗金情绪高涨，许多爱国人士要求为岳飞平反。彼时，南宋统治者宋孝宗认识到了岳飞军事主张的正确性，于1162年下诏追复了岳飞的官爵，并依官礼改葬，对岳飞的子孙也都特予录用。

此后，南宋与金国仍战火不息，且战且和，直至公元1234年，南宋联手蒙古才彻底消灭了金国。

岳飞不仅能写诗词，还能打仗，更重要的一点是他具有军事战略思想。他能高瞻远瞩，预判敌人的预判，所以，才会在多次抗金战役中取得胜利。但悲哀的是，这样的抗金大英雄，久经百战的统帅，没有死在敌人的马刀下，却死在了自己人手上！这真是南宋的损失，也是南宋的悲哀！

岳飞的豪言壮语是"怒指天涯泪不收"吗

题骡马冈

立马林冈豁战眸，阵云开处一溪流。

机春水泚犹传晋，黍秀宫庭孰悯周？

南服只今歼小丑，北辕何日返神州？

誓将七尺酬明圣，怒指天涯泪不收。

[解读]

将马儿拴在林子旁边的骤马冈，睁大眼睛看看山岗下的战场，一片云突然被风吹开了，露出一条小溪流。南方春米用的水碓传承了晋朝的风采，黍子茂盛地长在宫廷中，有谁怜悯它其实来自周朝？南方如今要镇压农民起义，而何时才能收复北方的失地？我发誓立志要捐躯赴国难，愤怒地指着北方的沦陷区，哪怕泪水洒遍天涯，也不收回这决心。

[品鉴]

岳飞的很多诗词都是他在戎马生涯中写下来的，能流传至今，十分珍贵。除了《满江红》，还有这首诗能让人感受到他的豪迈气概！

此诗是我学习岳飞诗词以来，遇到的最难翻译的一首。当我试图解析它时，发现无可参考，于是，再次成了"第一个吃螃蟹"的人，对与不对权当抛砖引玉了。

这是一首七言八句诗，第四、六、八句押韵整齐，唯独第二句与这三处的韵脚不同，否则，这首诗该算作七言律诗了。

此诗大约写于1133年夏，岳飞奉命平定了两湖一带（今湖南省、湖北省一带）的游寇，后在平定吉州（今江西省吉安市）、虔州（今江西省赣州市）的农民起义军叛乱时所写。

诗题"题骤马冈"中的骤马冈，经查，在光绪七年刻本《江西通志》卷五十《山川略》中云："骤马冈，在武宁县西六十里，俗呼走马岗，一名饮马岗。宋绍兴间，岳飞讨贼饮马于此。"此地在今江西省九江市武宁县澧溪镇坎上村，只留下一块马迹石，石上有马蹄印痕。距此不远的澧溪镇哨背村还有一处岳王殿，可以说岳飞所到之处，当地的人们都以不同的方式纪念他。

首联"立马林冈豁战眸，阵云开处一溪流"描述了骤马冈的地理环境和位置，有树林还有条溪流。"立马"二字仿佛在说这是一首"马背诗"。岳飞行军打仗走了很久，走到骤马冈这个地方，终于看到了一片树林可以遮阳休息，旁边就是溪流，可以喝水饮马。于是，岳飞坐在马上，观察了半天，决定此地可以暂作休息。这时，他问小卒："此地不错，叫什么名字？"一位南方的小卒用方言说："走马岗。"岳飞听到的却是骤马冈，于是，他略加思索，便写了这首《题骤马冈》。

颔联"机舂水涊犹传晋，黍秀宫庭孰悯周"，此两句理解起来难度极大。我把此诗默读了上百遍，翻遍了所有可以查到的注释、历史记载，勉强译了出来。

大意是南方舂米用的水碓传承了晋朝的风采，黍子茂盛地长在宫廷中，有谁怜悯它其实来自周朝？岳飞写这两句是想表达什么呢？我冥思苦想，捻断数根头发，才想出来一点点。联系上下句，他可能想说，我是来打金军的，而不是来打自己人，镇压农民起义的。所以，此联要取其喻义，而不用其本意。

颈联"南服只今歼小丑，北辕何日返神州"。这两句的大意是南方如今只知道镇压农民起义，而我想的是北方的失地，何时才能收复？"南服"代指南方，"北辕"代指北方。而"歼小丑"三个字，指的是镇压百姓的行为是小丑行径。在岳飞眼里，放着占领宋朝国土的金人不打，却去打农民起义军。显然，他对此举是嗤之以鼻的，并且很抵触。他热爱他的国家，热爱每一片土地，因而，每一寸山河都不可丧失。所以，他盼望着有朝一日能率领着岳家军，挥师北伐，收复失地，向占领大宋国土的金军霸气地说一句"还我山河"！

然而，没有机会！

尾联"誓将七尺酬明圣，怒指天涯泪不收"。大意是我发誓要捐躯赴国难，愤怒地指着北方的失地，哪怕泪水洒遍天涯，也不收回这决心。这两句可以看作全诗的诗眼，从中能强烈地感受到岳飞的鲜明个性和爱国思想。

尤其是"怒指天涯泪不收"写得十分豪迈！反复读诵这句诗，多次揣摩岳飞当时的心境，却找不到恰如其分的字句来翻译，深觉惭愧！即便译出来，感觉已不是那个"味"。这也是诗的魅力所在。因为，除却诗人写的那几个字，别的字都无法更好地表达他当时的心境和意思了。

这首诗是岳飞30岁的时候所写，那种意气风发、挥斥方遒的感觉，令人动容。

我很欣赏这种直抒胸臆的表达方式。一句"怒指天涯泪不收"，仿佛让我看到了一个性情中人，一个铁血男儿！岳飞敢爱敢恨，敢于将愤怒表达出来，而不是藏着掖着。我喜欢这样的个性，光明磊落，大气，也霸气！

从这首诗中，能够体会到岳飞作为一方将领，身上所肩负的保家卫国的重任。他觉得收复失地是他的责任，然而，朝廷的主和派让他无法尽职尽责。他心中有无数遗憾和愤慨，却无可奈何！

一代名将，最后却被奸臣陷害，令人唏嘘不已！罹难时，岳飞才39岁。然而，他为世人留下了精忠报国的爱国精神和还我河山的崇高气节，还有文采斐然的诗词歌赋，可以说他为后世留下了宝贵的精神财富，值得万世敬仰，千古流芳！

愿世界和平，也愿我们世人永远记住这些忠义之士为国为民所做出的牺牲和贡献！

陆 游 ▶▶▶

　　陆游（1125年—1210年），字务观，号放翁，越州山阴（今浙江省绍兴市）人，南宋文学家、史学家、爱国诗人。

　　他少时受家庭爱国思想熏陶，宋高宗时应礼部试，为秦桧所黜。宋孝宗时赐进士出身。中年入蜀，投身军旅生活。宋宁宗时，入京主持编修孝宗、光宗《两朝实录》和《三朝史》，官至宝章阁待制。晚年退居家乡，但收复中原的信念始终不渝。嘉定三年（1210年）与世长辞，享年85岁，留绝笔诗《示儿》。

　　他诗词文均有很高成就，尤以诗的成就为最，生前即有"小李白"之称，不仅是南宋一代诗坛领袖，而且在中国文学史上享有崇高地位，存诗9300多首，是文学史上存诗最多的诗人，内容极为丰富。著有《剑南诗稿》《渭南文集》《南唐书》《老学庵笔记》《放翁遗稿》《斋居纪事》等数十个文集，收录在汲古阁所刻《陆放翁全集》。

一曲《钗头凤》，成就陆游与唐琬的千古情深

钗头凤·红酥手

红酥手，黄縢酒，满城春色宫墙柳。东风恶，欢情薄。一怀愁绪，几年离索。错、错、错。

春如旧，人空瘦，泪痕红浥鲛绡透。桃花落，闲池阁。山盟虽在，锦书难托。莫、莫、莫！

[解读]

那红润柔软的手，捧着美酒，春色满城，你如宫墙内的柳树却可望不可即。东风太可恶，把欢愉之情吹得淡薄，一杯酒喝得很惆怅。分别几年过着离群索居的日子。想一想全都是错！

春色依旧，人却徒然消瘦。泪水弄花了脸上的红胭脂，湿透了薄纱绣帕。桃花落了，水池和楼阁也闲置了，海誓山盟虽然藏在心里，思念你的信却再也不能交给你了。一筹莫展啊！

[品鉴]

诗词中，多的是才子佳人的故事，比如陆游和唐琬。一首《钗头凤·红酥手》完美诠释了他们之间的爱恋，也深刻表达了陆游对唐琬的一往情深。

此词写于1155年，是陆游30岁时写给他的表妹也就是他的发妻唐琬的。两人青梅竹马，郎才女貌，后来成了婚，然而好景不长，两人便在陆游母亲的逼迫下分离。

陆游与唐琬之间的感情很像《孔雀东南飞》中的焦仲卿和刘兰芝。夫妻双方情真意切，如胶似漆，但都被自己的蛮横母亲或婆婆所祸害。陆游和焦仲卿属于特别尊重母亲的孝顺儿子，为此牺牲了爱情和婚姻，而全了孝道。因此，结局都是劳燕分飞。

但刘兰芝和焦仲卿似乎爱得更疯狂，他们用死来对抗封建礼教的束缚，一个举身赴清池，一个自挂东南枝，结局太过悲惨！而陆游和唐琬分开后，又各自成了婚。除了留在心底的伤痛外，两人再婚后的生活大体还算圆满。

很多人骂陆游绝情，其实是不够冷静和客观的。

如果了解一下宋代的社会风气和政治形势，便不会这么评价他了。

在宋代，从宋太祖开始，朝廷便奉行"以孝治天下"的政治理念。通过推崇"孝道"来统治百姓，以期百姓能因孝及忠，忠君报国。并且，将"孝行"作为国家选拔人才的重要依据。许多官员因为孝顺父母而被举荐成官，还有因为孝顺而加官晋爵的。同样，也有因为不孝而被治罪、罢官的。

陆游身在官宦之家，走仕途之路几乎是顺理成章的事情。因此，如若他违背母命，也就意味着他自毁前程！他不仅走不了仕途之路，还可能因此被治罪。不仅如此，他还可能被左邻右舍、亲朋族人所指责唾弃，甚至出门被众人唾骂。在宋代，父母之命大于天，这是陆游身不由己的原因。

也有人会说，陆游还是太绝情，为了自己的大好前程，而抛弃了爱情，为什么不选择私奔呢？现实毕竟是现实，像焦仲卿和刘兰芝那样的夫妻，几千年来都寥寥无几。

唐玄宗那么深爱杨贵妃，最后还不是为了自己的皇权，将杨贵妃赐死了。

历史，总是惊人的相似。陆游递给唐琬的休书，无异于唐玄宗赐给杨贵妃的三尺白绫。逼迫陆游放弃心爱女人的是他的母亲唐氏，而唐氏还是唐琬的姑姑。所以，唐氏逼迫自己的儿子休了自己的侄女，她这么做不仅要得罪自己的儿子和侄女，还要得罪自己的娘家人。如果站在唐氏的立场看，她这样做也是有原因的。

因为，男人沉迷于儿女情长的时候，往往立不起事业。所以，在《红楼梦》里，贾母将薛宝钗配给了她最心爱的孙子贾宝玉。整个大观园里，恐怕无人不知贾宝玉最爱的人是林黛玉。但贾母还要棒打鸳鸯，为的是什么？出发点大概与陆游的母亲唐氏是一样的。

如果，理解了这些，便不会再痛批陆游了。在爱情和事业面前，男人几乎都会选择事业。而陆游，也只是个平常的男人罢了。

陆游19岁时，与唐琬喜结连理。

陆游与唐琬婚后不久，便劳燕分飞，各自重新婚配。

陆游30岁时，与唐琬在沈园第一次邂逅。

彼时，会试失意的陆游到沈园游玩，恰好遇到了唐琬与现任丈夫赵士程也在沈园游玩，而赵士程与陆游也算沾亲带故，于是，三人坐在一起喝酒赏景，只是气氛有些尴尬。唐琬亲自给陆游斟了酒。陆游见到唐琬，心里自是五味杂陈。想到曾经，他的母亲千方百计地拆散了他们，心里不由得生起了恨意。想到过去的美好时光，他心中更添悔恨。一杯酒下肚，惆怅满怀，分别好几年了，回想以前，做错了许多事！

赵士程大概看出了两人的情绪，于是提前离席。

这时，陆游抬眼看看沈园的春景，还是那么美好，而眼前的唐琬，已经莫名消瘦了许多。唐琬看到陆游深情款款的样子，心中已经明白了几许，忍不住泪流满面，弄花了脸上的胭脂，她忙用绣帕擦了擦脸上的泪痕。

陆游想要将自己对唐琬的深情说出来，告诉她，这些年从不曾忘记过她，曾经的海誓山盟他一直记在心里。此时此刻，却难诉衷肠。他告诉自己，不能说，不能说，一说就是错。

陆游忍住了，唐琬走了。

桃花从树上落下，沈园的水池和楼阁仿佛也变得空空荡荡。

这时，陆游从心底酝酿出了这首词《钗头凤·红酥手》，提笔写到了沈园的墙壁上。

次年春天（约1156年），唐琬再到沈园春游时，看到了这首词，伤怀不已，便和词一首《钗头凤·世情薄》：

世情薄，人情恶，雨送黄昏花易落。晓风干，泪痕残。欲笺心事，独语斜阑。难，难，难！

人成各，今非昨，病魂尝似秋千索。角声寒，夜阑珊。怕人寻问，咽泪装欢。瞒，瞒，瞒！

陆游和唐琬的这两首《钗头凤》，可以说代表了古代才子佳人文学的最高水平。

陆游连用三个"错"字，道尽了多少无奈、悲凉和悔恨！而唐琬连用三个"瞒"字，诉尽了她对陆游的痴情和眷恋，还有些许人世的无奈！

读罢两人的词，令人唏嘘不已！

最悲哀的是，唐琬春天和完这首词，秋天便魂归长恨天了。相思成疾，抑郁而终，年仅28岁左右，只能叹一声红颜薄命！

当陆游得知唐琬去世的消息时，如晴天霹雳，悲痛之情可想而知。而唐琬从此也成了他心中永远的白月光，永远挥之不去的伤痛和悔恨！

如若他不写，她也没看到，结局会不会不一样？

十多年前读到这首词时，感觉大意是了然于心的，但很难译出具体意思。如今，我竟将此词解读了出来。人生或许如此，曾经看似难如登天的事情，若干年后可能会变得轻而易举。这也是时间赋予人们的一些"特技"吧。

沈园成了陆游与唐琬的爱情见证地。它原是南宋时期一位沈氏富商的私家花园，据说占地七十多亩，后来大概富商去世了，于是，园子便开放给游人参观。再后来，陆游和唐琬来了……

唐琬去世后，陆游多次前往沈园凭吊。

1196年，陆游已年逾古稀，为唐琬写下了《沈园二首》悼亡词。其中"伤心桥下春波绿，曾是惊鸿照影来""梦断香消四十年，沈园柳老不吹绵"等句子充分表达出他对唐琬的深切思念和哀痛。

《钗头凤·红酥手》这首词，是陆游一生所写的九千多首诗词作品中，最具代表性的以爱情为主题的佳作，情真意切，感人至深！

半生戎马为报国的陆游，失意后未敢忘忧国

病起书怀

病骨支离纱帽宽，孤臣万里客江干。
位卑未敢忘忧国，事定犹须待阖棺。
天地神灵扶庙社，京华父老望和銮。
出师一表通今古，夜半挑灯更细看。

[解读]

病后骨痛体弱，身体消瘦以致连头上的纱帽都显得宽大了许多。臣孤身一人客居在万里之外的江边上。职位虽低，却从未忘记忧国忧民，世事难料，得盖棺才有定论。天地神灵都在帮扶朝堂社稷，京城的父老乡亲都盼着皇上你能御驾亲征收复失地。诸葛亮写的《出师表》所表达的忠君爱国思想贯通古今，半夜挑灯，我细细读起了这篇文章。

陆游的一生并不顺遂。感情方面，年少受挫，成了他一生的伤痛；学业方面，进士第一，却被秦桧除名。

后入仕途，屡遭贬谪和打击。陆游的后半生，过了几十年戎马生涯的生活，忧国忧民，直到去世。《病起书怀》这首诗，可以算作陆游后半生抒发爱国情怀的代表作。

此诗写于1176年，陆游已51岁。他被免官后连病多日，移居到了成都西南的浣花村，此地就是当年杜甫曾经寄居之处。

陆游出身名门望族，祖上精通文墨。他出生时，他的父母坐船赴京。途中，遇电闪雷鸣，继而暴雨如注。及至陆游出生，暴雨才停。

因此，我甚至怀疑陆游的前世就是杜甫。

因为杜甫一个人在船中去世，陆游又在船上出生，是否巧合？难不成，杜甫在电闪雷鸣中，穿越时空到了宋朝，转世成了陆游？

并且，陆游和杜甫的出身与境遇也颇为相似。一则两人都是官宦子弟；二则一生都在忧国忧民，也都是爱国诗人；三则两人都遇到了战乱时期，颠沛流离，饱经忧患；四则两人第一次去参加进士考试，都落榜了，且都因为奸臣当道，杜甫因为李林甫遇挫，陆游因为秦桧遇挫；五则两人都在成都安营扎寨了许久，都与成都有着深厚的缘分；六则两人都天南海北地走过许多地方，见多识广；七则两人一生都在努力报效祖国，然而，仕途坎坷，壮志难酬；八则两人都才华横溢，著作颇丰；九则两人都在船上完成了生命的出离。

如此算来，陆游和杜甫之间竟有这九点相似之处，实在令人震惊！若说陆游是杜甫的转世，似乎也有些道理。

这首诗还是陆游在杜甫曾住过的浣花村写的。我猜，陆游一定是喜欢和崇拜诗圣杜甫的，否则，成都那么大，何必要去浣花村。

相比而言，陆游的生活还是比杜甫过得舒心些。至少前半生，有一段被世人传颂的爱情佳话。而杜甫一生只有一位默默无闻的妻子杨氏。

当然，这也是杜甫被人称赞的地方。在那个三妻四妾成风的时代，杜甫与他的妻子同甘共苦，一生一世一双人，相伴到老，痴情如此，令人肃然起敬。

1171年，陆游投身军旅。然而，他只经历了八个月的军旅生涯，就因幕府被迫解散，而失去了北伐抗金、收复失地的机会。

1172年，陆游骑驴入蜀。尔后几年，他的仕途之路起起落落，直到1176年，因为坚持抗金而被主和派攻击他"狂放"，于是，陆游便自号"放翁"予以回击，但官职还是被免了。

这首《病起书怀》便是在此期间写的。彼时，他已搬到了浣花溪旁，自种菜园，躬耕蜀州。

已过天命之年的陆游，病后深感体弱骨疏纱帽宽。他病才刚好一点，刚有了点精气神，便辗转难寐了，想到自己被免官，心里自是委屈。毕竟，他一心为国尽忠，从无私心。于是，他夜半挑灯仔细读起了诸葛亮写的《出师表》。其中有几句话"诚宜开张圣听，以光先帝遗德，恢弘志士之气，不宜妄自菲薄，引喻失义，以塞忠谏之路也……亲贤臣，远小人，此先汉所以兴隆也；亲小人，远贤臣，此后汉所以倾颓也……愿陛下托臣以讨贼兴复之效，不效，则治臣之罪，以告先帝之灵"。大概也是陆游想借《出师表》说给当时的皇帝宋孝宗的话。

所以，《病起书怀》这首诗，其实是陆游写给宋孝宗的"出师表"，借此诗表达自己忠君爱国的拳拳之心。

虽然我被免职了，虽然我是卑微小民，但忧国忧民之心从未改变。世事难料，很多事情只有到一个人死了，合上棺盖才有定论。所以，对于抗金一事，一时的失败不足为惧，应该坚持抗金，一定可以收复失地。我希望天地神灵都能保佑你的江山社稷，而京城的父老乡亲们也盼望你能御驾亲征，重振士气，共同抗金。

你看看诸葛亮写的《出师表》，放到如今也是受用的。我半夜三更忍不住再次挑灯细看这篇文章，收获颇多，于是写下了这首诗。希望你能明白老臣的心，不要被那些奸佞之臣所蒙蔽。

此诗中的颔联"位卑未敢忘忧国，事定犹须待阖棺"，表达了无数仁人志士们的心声。因此，几百年来一直被有志之士们引用，借以抒发自己的爱国之情。

大约这首诗传到了孝宗的耳朵里，两个月后，在友人范成大的帮助下，陆游被派到了台州桐柏山管理崇道观。此地位于今浙江省台州市天台县，现已更名为桐柏宫，是道教全真派南宗祖庭。据说陆游23岁的时候曾来此隐居。没想到52岁时，竟来此主持宫务。还写下了"不到天台三十年，草庵犹记宿云边""天台四万八千丈，明年照我扶藜杖""我昔隐天台，夜半游句曲"等诗词佳句。

回顾陆游的一生，他上过前线当巡兵，做过幕僚当谋士，管过粮田水利，做过司法，还管理道观、兵器、编修国史。他直言敢谏，虽无岳飞之武才，却有诸葛之忠义。

听闻抗金失败，"嘉定和议"已签，陆游忧愤成疾。他临终前写下了绝笔《示儿》，诗中写道："死去元知万事空，但悲不见九州同。王师北定中原日，家祭无忘告乃翁。"这首诗表达了他对国事的挂怀和忧虑之心，也侧面表达出陆游至死不渝的爱国之心！

陆游享年85岁，一生笔耕不辍，存诗九千三百多首，是古代文学史上存诗最多的人。他的爱国精神和乐观精神，值得后世学习和传颂。

朱 熹 ▶▶▶

朱熹（1130年—1200年），字元晦，又字仲晦，号晦庵，又号紫阳，世称晦庵先生、朱文公。祖籍徽州府婺源县（今江西省上饶市婺源县），生于南剑州尤溪（今福建省三明市尤溪县）。南宋理学家、思想家、哲学家、教育家、诗人。

绍兴十八年（1148年），赐同进士出身，后历仕四朝，曾任江西南康、福建漳州知府、浙东巡抚等职，做官清正有为，振举书院建设。官拜焕章阁侍制兼侍讲，为宋宁宗讲学。晚年遭遇庆元党禁，被列为"伪学魁首"，落职罢祠。庆元六年（1200年）逝世，享年70岁。后被追赠为太师、徽国公，谥号"文"。

朱熹是"二程"（程颢、程颐）的三传弟子李侗的学生，与二程学说合称为"程朱理学"。他是唯一非孔子亲传弟子而享祀孔庙，位列大成殿十二哲者。朱熹是理学集大成者，被后世尊称为朱子。他的理学思想影响深远，其中《四书章句集注》成为元、明、清三朝钦定的教科书和科举考试的标准。

朱熹著述颇丰，还有《周易本义》《太极图说解》《诗集传》《宋名臣言行录》《家礼》《近思录》《楚辞集注》等文集，门人辑录《朱子语类》一百四十卷，共计约2000万字。

理学家朱熹的诗不仅富有哲理，还意境高远

观书有感·其一

半亩方塘一鉴开，天光云影共徘徊。
问渠那得清如许？为有源头活水来。

[解读]

一方半亩大的池塘在日光照射下，如镜面般打开，天空投下光和云的影子在水面来回移动，如同一齐漫步。要问池塘里的水为什么如此清澈，是因为有源源不断的活水作为它的水源。

[品鉴]

每每言及朱熹，首先想到的是这几个关键词：南宋理学家、思想家、教育家，而往往忽视他诗人的身份。作为诗人，他一生写了1200多首诗。比如，我们所熟知的"少年易老学难成，一寸光阴不可轻""等闲识得东风面，万紫千红总是春""折寄遥怜人似玉，相思应恨劫成灰"等诸多佳句，皆出自他的笔下。

其中，《观书有感·其一》是我们所最为耳熟能详的一首诗。

这是一首意理兼得的诗，非等闲境界能够写出。据说，此诗作于1176年，朱熹46岁时。然而，对于这首诗的写作时间，至今争议颇多，有说写于1196年的，还有说写于1166年的，经过反复研究推敲，我以为1176年之说更符合创作环境。

我从小就记得这首诗，却没有记住作者原来是朱熹先生。本以为理

学家应该属于非常理性刻板的那种人，却没想到，他有如此闲情逸致、温柔细腻的一面，能写出像"天光云影共徘徊"这样美妙的诗句来，着实叫人觉得不可思议。

斗胆猜测，这首诗写于春夏之际，诗人看书看得有些疲累，刚好雨过天晴。于是，他便拿着书，背在身后，踱步到院子里，一边思考着方才所读的书，一边看着眼前的"半亩方塘"。

这时，天空仿佛出现了"佛光"，光束穿透云层，照亮了整个池塘的水面，使得池塘顿时如镜面般明亮照人。诗人看到水中倒映出云彩与日光翩翩起舞的样子，于是，他用"共徘徊"三个字来形容光与云之间的变化之美。这种拟人化的写法，使得整首诗的画面变得生动美妙而又亲切，可谓绝妙无双！

因而我想，这首诗是朱熹开悟后所写。意境之高远，有种难以揣测的感觉。

诚如陆游所写"文章本天成，妙手偶得之"。因此，朱熹先生的这首诗也是"天成"之作，不会局限于标题"观书有感"四字之意。

所以，我们需要用发散思维来推敲这首诗的意思。

如果没有天上的那道光，眼前的水面便没有如镜子那般光亮，而眼前的池塘也不会显得异常美丽了。诗的前两句仿佛强调了"天光"的重要性。当天上的一束光照进这里的小池塘，小池塘顿时熠熠生辉，而这"天光"似又暗指了"圣恩"。

于是，我带着疑惑，研究了半晌朱熹的履历。

1130年，朱熹出生于南剑州尤溪县城水南郑义斋馆舍（今福建省三明市尤溪县南溪书院），字元晦，又号紫阳，世称晦庵先生、朱文公，祖籍徽州府婺源县（今江西省上饶市婺源县）。出生时有胎记，眼带七颗黑痣，状如北斗。可见，不凡之人生来就不凡。

13岁时，他的父亲朱松去世了，其父去世前将朱熹母子托付给了崇安（今福建省武夷山市）五位好友照顾，其中，刘子羽为朱熹母子建了一所房子，叫紫阳楼，照顾他们，后朱熹拜刘子羽为义父。然而，三年后，朱熹的义父也去世了。

朱熹母子两人相依为命，可想而知，朱熹幼时的生活很艰苦。然而，他勤奋好学，5岁能读《孝经》，17岁考取贡生，18岁一举考中进士，也算为他父母和抚养教育他的几位父友争了口气。同年，朱熹的老师刘勉之，将自己的女儿刘清四许配给了朱熹，1148年对朱熹而言，可谓双喜临门。

1151年，21岁的朱熹初入仕途，官拜泉州同安县主簿（今福建省厦门市同安区）。然宋代，女子不能入科考，但男子考中进士的，几乎都能直接步入仕途，那是如今的读书人没法比的。

1158年，是朱熹一生的转折点，他的仕途之路并不顺畅，28岁的他在任期满后，做了一个大胆决策——辞官。他决心深造，耗时五年时间，拜师"二程（程颢、程颐）"的三传弟子李侗，研习了"二程理学"。后来朱熹与二程合称"程朱学派"，他们的理学思想合称"程朱理学"。

1163年，朱熹向宋孝宗面奏，反对和议，主张抗金等思想观点，然未被采纳。后朝廷任朱熹为国子监武学博士，朱熹请辞后回到了老家崇安（今福建省武夷山市）。

1169年，39岁的朱熹失去了含辛茹苦养育他的母亲祝氏，他修建了"寒泉精舍"为母守墓，历时六年。其间，他研习义理，讲学著述。

1175年，45岁的朱熹与当时著名的理学家吕祖谦在寒泉精舍会面，史称"寒泉之会"，并合编《近思录》。同年五月，朱熹与吕祖谦、陆九龄、陆九渊及刘清之在信州鹅湖寺（今江西省上饶市信州区鹅湖书院）展开了异常激烈的学术辩论会，史称"鹅湖之会"。吕祖谦本想借机调和朱、陆之间的学术矛盾，然而，辩论三天（也有说十天，我以为三天更合理）仍没有达成统一的观点，朱熹气得拂袖而去。

1176年，46岁的朱熹失去了结发妻子刘清四，其妻时年46岁，因病而逝。也是在这一年，朱熹在老家（今南溪书院）的半亩塘旁，写下了《观书有感二首》，本诗为其一。

1182年，52岁的朱熹将《大学章句》《中庸章句》《论语集注》《孟子集注》四书合刊，史称"四书"，后编著成《四书集注》，成为元、明、清三代的科举教科书。

1183年，53岁的朱熹在福建武夷山创建武夷精舍，潜心著书立说，广收门徒，聚众讲学。

1191年，61岁的朱熹白发人送黑发人，其长子朱塾去世，时年39岁。同年，迁居建阳（今福建省南平市建阳区）。次年，修建竹林精舍，后更名沧州精舍（今考亭书院），开舍讲学，求学者甚多。

1194年，64岁的朱熹扩建了岳麓书院（今湖南省长沙市岳麓书院），并在此讲学。也许因朱熹办学院又讲学的举动在当时社会影响巨大，以至于皇帝也想听一听这位名人讲学。同年，朱熹官拜焕章阁待制兼侍讲，为宋宁宗讲学，因讲学内容引来朝堂不满，他在朝仅46日就被免职。后还居建阳。

1196年，对朱熹而言是人生的重灾年。正值宋宁宗庆元二年，这一年，他被人弹劾诬陷。然而，28岁的皇帝赵扩信之。朱熹门下的诸多弟子亦受牵连而被下狱或流放，史称"庆元党禁"，也称伪学逆党之禁。事情的本质是宗室赵汝愚与外戚韩侂胄之间因为政治争斗而致使相关人等受到了牵连和伤害。

对于66岁的朱熹而言，想到自己一生所研学的理学，最后却因别人的政治斗争受到牵连，而被判定为"伪学"，他痛心疾首！

1199年，朱熹已被疾病缠身，然笔耕不辍。可想而知，他被诬陷几年以来，过着怎样的生活。

1120年，朱熹撑不住了，在"庆元党禁"运动的"鞭笞"下，于3月9日撒手人寰。11月，他的学生们以及当时各地儒学、理学的读书人，计划在信州（即鹅湖书院所在地）举行大规模的会葬，然而，消息被当朝者知道后竟下令管束，最终没有办成。

同年十一月，朱熹葬于建阳县黄坑大林谷（今福建省南平市建阳区黄坑镇九峰村后塘自然村大林谷）。在当朝者的管制下，参加葬礼的人数依然有千人之众，如果不管束，大概得上万人了。不言而喻，朱熹在当时的影响力相当于一位思想领袖。

宋宁宗与朱熹，只因政见主张不同，最后任由属下污蔑自己的老师，还给定为"伪学魁首"，不仅封杀老师的思想，连同老师的学生们都一同治罪。实乃欺师灭祖！

1202年，宋宁宗赵扩大概意识到了自己的错误，又下旨给朱熹"拜授华文阁待制，赐予退休恩泽"。虽然宋宁宗没有给朱熹平反，也算给自己找了个台阶下。

了解了朱熹的生平后，再来纵观整首诗，前两句"半亩方塘一鉴开，天光云影共徘徊"在写景，详细描述了半亩塘的美丽时刻。这里是他从小读书、生活的地方。如今读着书，抬头看着小池塘这么美，而天光与云影仿佛在一起跳双人舞，那么美丽。这首诗，可能写于他的夫人去世后，所以，"云影"二字，便有可能代指他的夫人，"天光"代指自己，"共徘徊"便是他思念夫人，回想过去他们两人在此地锦瑟和鸣的日子。所以，这两句也可能是借景抒情，抒发对妻子的思念之情，而不仅仅是赞美半亩塘的景色。

后两句"问渠那得清如许？为有源头活水来"，通过巧置设问句，一问一答来说理。这个理可以有多种理解。一种可以从学习方面理解，人要不断学习研究，穷究义理，才能使自己的心保持清澈，如这块池塘，光明如镜，光彩照人。另一种可以从政治方面理解。表面在讲"源头活水"的重要性，实则可能在暗讽"源头混浊"的问题。也意在说明，若要下游的水清澈，须得源头的水清澈，其本意是在反讽朝政治理。

《观书有感》原本是朱熹创作的两首组诗，本诗是其一，还有《观书有感·其二》：

昨夜江边春水生，艨艟巨舰一毛轻。

向来枉费推移力，此日中流自在行。

从其二的诗文中可以看出，这首组诗写于春季，而他居住的附近有大江大河，能承载巨舰。

无论从学习的角度还是从政治的角度来理解这两首诗，都可以说得通。毕竟，那时候的他，命途多舛，时运不济。

罢了，纵观朱熹生平，很是惊叹！他的一生，出仕入世，游学著述，兴学讲课，修订古籍，大起大落，诸如此类，与孔子先生颇为相像。

朱子一生，起起落落七十载，发起重建了白鹿洞书院、岳麓书院，还兴建了寒泉精舍、武夷精舍、考亭书院等诸多书院，因而，他被认定为古代影响深远的教育家。

他一生著述颇丰，竟有2000多万字！这可是在古代，用毛笔写字的时候。只是这一项就能让当今无数文人难以望其项背了！就更不用提他的理学成就影响了后世多少人，乃至王阳明的心学，也是受到了朱熹理学的深刻影响。朱子在思想研究和教育领域成就斐然，难怪他诗人这个身份会被排在最末。

大话诗词
DA HUA SHI CI

辛弃疾 ▶▶▶

　　辛弃疾（1140年—1207年），原字坦夫，后改字幼安，中年后别号稼轩，山东东路济南府历城县（今山东省济南市历城区）人。南宋官员、将领、文学家，豪放派词人，有"词中之龙"之称。与苏轼合称"苏辛"，与李清照并称"济南二安"。

　　辛弃疾早年与党怀英齐名北方，号称"辛党"。青年时参与耿京起义，擒杀叛徒张安国，回归南宋，献《美芹十论》《九议》等，条陈战守之策，但不被朝廷采纳。先后在江西、湖南、福建等地为守臣，曾平定荆南茶商赖文政起事，又力排众议，创制飞虎军，以稳定湖湘地区。由于他与当政的主和派政见不合，故而屡遭劾奏，数次起落，最终退隐山居。

　　公元1207年，辛弃疾病逝，终年67岁。宋恭帝时追赠少师，谥号"忠敏"。

　　其词艺术风格多样，以豪放为主，题材广阔又善化典故，有《稼轩长短句》等传世。今人辑有《辛稼轩诗文钞存》。

文能提笔安天下，武能上马定乾坤的传奇诗人辛弃疾

破阵子·为陈同甫赋壮词以寄之

醉里挑灯看剑，梦回吹角连营。八百里分麾下炙，五十弦翻塞外声。沙场秋点兵。

马作的卢飞快，弓如霹雳弦惊。了却君王天下事，赢得生前身后名。可怜白发生。

[解读]

醉酒后将灯芯挑亮，在灯下凝视着宝剑，梦里仿佛回到了军营，听见了号角声。将牛肉分给部下们烤着吃，边塞的军乐奏出慷慨悲壮的乐音。秋天，战场上正在阅兵。

卢马飞快地驰骋，箭镞从弓上飞出去时像惊雷一样，连弓弦都震动了。完成了收复失地的天下大事，赢得生前和死后的好名声。可叹我已白发丛生。

[品鉴]

论古代的诗词圈里，谁的武功最盖世？如果说岳飞第一，那么，辛弃疾便是第二了。若是缩小范围到宋词豪放派，文治武功都在行的，辛弃疾可谓首屈一指，无人能敌！

这首词写于1181年，41岁的辛弃疾因遭权贵弹劾，而被罢免了所有官职。这首词是他失意之际，闲居信州（今江西省上饶市信州区）时所写。

陈同甫是与辛弃疾志趣相投的文友和爱国志士，此词便是写给他的。

从词意可以看出，这是一首虚实结合的词。上片"醉里挑灯看剑"描写的是现实当下，词人辗转难眠，于是将灯芯挑亮，拿出宝剑，在灯下端详。

这时词人笔锋一转，写到了梦境，梦中他仿佛回到了军营，号角声阵阵。他把牛肉分给手下的将士们烤着吃，边塞的军乐鸣奏着凄凉悲壮的乐曲。在梦里，词人还似看到了秋天战场上点兵的场面。而他骑着的卢马飞快地驰骋，弓箭嗖嗖，飞射杀敌。

下片后三句，与上片首尾呼应，从梦境回到了现实。想到他即便有幸完成收复失地的统一大业，赢得生前死后的好名声。然而，那时候恐怕他也满头白发，人到暮年了。这几句叹息从侧面反映了收复失地困难重重，非朝夕可就，是个很遥远的梦。

纵观整首词，大有黄粱一梦之感。梦醒后的惆怅让自己辗转难眠，而梦中的场景是自己无法实现的，于是倍感无奈。

可惜，同样是生于南宋，同样是抗金将领，同样是文治武功都一流的岳飞和辛弃疾，却没有相见的机会。39岁的岳飞被谋害的时候，辛弃疾才刚满2岁。

辛弃疾一定是听着岳飞的抗金故事长大的，甚至，辛弃疾的心中崇拜的英雄可能是岳飞。所以，当人们看到辛弃疾的诗词作品时，总会忍不住想起抗金名将岳飞，因为，他们的志向和文风是如此相像。

并且，辛弃疾与陆游也很相像，不过，陆游比辛弃疾年长15岁。

如果把岳飞、陆游、辛弃疾三人放在一起作比，会发现他们的文风十分相似，这就是所谓的"时势造英雄"吧，可以把他们称作南宋的"爱国三文人"或者"抗金三义士"。

辛弃疾出生于1140年，虽出生于山东，但祖上是狄道（今甘肃省定西市临洮县）人。他出生时，山东已被金人占领。其年幼时父母双亡，具体信息史料无载。

他的祖父辛赞为他取名弃疾，字幼安，寓意他无病无灾，一生平安；也希望他像霍去病那样，成为一位英雄，一位忠君爱国的将领。辛弃疾的成长，寄托了他祖父一生的期许。从小，祖父教他读书认字，习武练剑，他天资聪颖，敏而好学，自幼便文武双全。

15岁起，辛弃疾奉祖父之命，两赴金国的都城燕京参加科举考试，为的是勘察金人的地势国情等，以图能为大宋收复中原收集些情报。

1160年，20岁的辛弃疾失去了相依为命的祖父辛赞。据说辛赞在病逝前特意为辛弃疾娶妻赵氏。然六年后，生下两子的赵氏便撒手人寰了。

1161年，金主完颜亮撕毁绍兴和议，大举进攻，意图吞并整个南宋。由于被金人统治的中原地区，百姓们不堪忍受赋役繁重，纷纷反抗。这时，21岁的辛弃疾率领两千多名百姓跟随起义军首领耿京，一起投靠了南宋。后遇到了叛徒张安国投靠金国，辛弃疾愤怒之余，率领五十精兵，成功夜袭五万人的金军军营，将叛徒抓回了南宋。

辛弃疾从军营到朝堂的行动堪称壮举，他也因此一举成名！

宋高宗任命辛弃疾为江阴签判，那时，他才23岁，他带着祖父后半生的愿望和全族人的希望回到盼望了十多年的南宋怀抱，也带着他祖父从小教导他的文治武功，开启了在南宋的仕途之路。

少年英雄辛弃疾，原以为靠着自己的满腔热血就能为国效力，却不料官场复杂，并非他一个小年轻能轻松驾驭。

在南宋的朝堂上，主战派和主和派永远像在开"辩论赛"，且无止无休。而长期享受安乐生活的皇族权贵们在"辩论赛"中，举棋不定，犹豫不决。时而想挥起拳头跟金人血拼到底，及至吃了几场败仗，便立刻认怂，赶紧站主和派一边。

辛弃疾从小就在祖父的影响下，建立了"主战护国"的爱国思想。由于15岁就曾深入金国都城，刺探过军情，于是，26岁的辛弃疾便写出了著名的军事谏言《美芹十论》（又称《御戎十论》）。

然而，他的一腔热血和这篇策论，全都石沉大海了。

1168年开始，辛弃疾先后在建康（今江苏省南京市）、滁州（今安徽省滁州市）、江西、湖北等地担任了地方官。

1177年，辛弃疾在湖南担任安抚使，见北伐无望，于是，他将满腔热情用在了地方治理上，大刀阔斧地改革旧制。当时南方多盗，他便创制了"飞虎军"，以勇敢为名，以一千人为额，专御盗寇。后世创建的"飞虎队"，大概也是承袭了幼安的智慧吧。所以，一位优秀的文人，他的创造才能的确比常人高，且不会局限于文学范畴。优秀的人在哪里都是闪光的！正如幼安这样。

1181年，41岁的辛弃疾被权贵弹劾免职，回到了江西上饶。《破阵子·为陈同甫赋壮词以寄之》就是在此期间写下的。

辛弃疾为了安置家人定居上饶，自己设计了带湖庄园，用了"高处建舍，低处辟田"的设计思路，有点像古代的"别墅"雏形。庄园选址在湖边，可见辛弃疾选的地方应是个坡地，这也是古今中外选建别墅地址的思路。从这点讲，不得不说幼安才华横溢！

庄园建好后，他还给起了名，叫稼轩，意为人生在勤，当以力田为先，从此自号稼轩居士。

人到中年，或许最易开悟。改了名号，就如许多文人改笔名一样，诗词风格也随之而变。

此后二十年，辛弃疾大部分时间都在乡村闲居。这也是他能留下六百多首词，位居两宋存词量作家榜首的主要原因。如果没有闲居，他就没有时间写词了。

这个时期也算得上他一生中的创作黄金期。如果说他此前的文风和诗词内容相对单一，偏重大气磅礴；那么这个时期，他的文风和诗词内容变得丰富多彩起来，且多倾向于婉约田园风格。

辛弃疾的许多佳作都是在此期间创作的。比如，情感题材的"众里寻他千百度，蓦然回首，那人却在，灯火阑珊处""我见青山多妩媚，料青山见我应如是"；儿童题材的"少年不识愁滋味，爱上层楼。爱上层楼，为赋新词强说愁""大儿锄豆溪东，中儿正织鸡笼。最喜小儿亡赖，溪头卧剥莲蓬"；风景题材的"明月别枝惊鹊，清风半夜鸣蝉""晚日寒鸦一片愁，柳塘新绿却温柔"；还有忧国忧民题材的"想当年，金戈铁马，气吞万里如虎""醉里挑灯看剑，梦回吹角连营"等。

武侠小说宗师金庸先生作品中的倚天剑，极有可能出自辛弃疾的诗文"举头西北浮云，倚天万里须长剑"。

我甚至怀疑曹雪芹先生写的《红楼梦》，其"红楼"二字都来自辛弃疾的词文"肠已断，泪难收。相思重上小红楼"。还有《红楼梦》中写到的稻香村，也来自辛弃疾的词文"稻花香里说丰年，听取蛙声一片"。

所以，一时的失意算什么？仕途不顺又算什么？一切都是最好的安排。功名利禄如过眼云烟，还是留点诗词歌赋最重要，赛过长生不老之仙药。至少，辛弃疾的作品已经替他多活了数百年，他的生命也因作品被延续了数百年，并且，还将继续延续下去。

1196年，带湖庄园失火，辛弃疾举家搬到了铅山（今江西省上饶市铅山县）瓢泉。此泉位于期思村瓜山半山腰，终年有水，遇大旱也不干涸，被辛弃疾所发现。因泉孔形状似葫芦瓢状，他为此泉取名瓢泉。辛弃疾不知道的是，790年后，即1986年，因为他的缘故，铅山县政府为瓢泉立碑并定其为重点保护文物。

辛弃疾几经搬迁，均不离水源。一方面是他独具慧眼，所谓"知者乐水，仁者乐山"，另一方面，大概也跟他的戎马生涯有关。他深知行军打仗比干粮还重要的就是水。所以说古人很有智慧。

后来，他在瓢泉修建了新的庄园，比原来的稼轩庄园占地面积更大。

闲居期间，他与陈亮、韩元吉等友人在铅山吟诗作赋，游山玩水，过着惬意的生活。

大概曾经弹劾他的权贵们，觉得辛弃疾过得太闲适了。于是，朝廷几次三番将他召回，任命他为福州、知州等地的小官，然并未大用。

1203年，63岁的辛弃疾被主战派宰相韩侂胄任命为浙东安抚使，后在镇江府出任，戍守江防要地京口。登临北固亭时，他写下了千古名作《永遇乐·京口北固亭怀古》。

一年后，摇摆不定的皇帝再次听信谗言，将辛弃疾降为朝散大夫，后多次迁官。然这时的辛弃疾，早已看透了皇帝和权贵们的把戏，他坚辞不就，回了瓢泉庄园。

1207年，心力交瘁的辛弃疾已经患病在身，而朝廷想要再次起用他，辛弃疾再次请辞。不久便去世了，终年67岁。

辛弃疾的一生，终究和岳飞、陆游一样，留下了深深的遗憾。"死去元知万事空，但悲不见九州同"。

在战争与和平之间，个人无法改变历史的车轮滚滚向前，但辛弃疾一生赤胆忠肝、报效国家的爱国精神值得我们学习。他是"词中之龙"，也是"文能提笔安天下，武能上马定乾坤"的杰出人士！虽命途多舛，壮志难酬，但以诗词传天下，也未尝不是幸事。

文天祥 ▶▶▶

　　文天祥（1236年—1283年），初名云孙，字宋瑞，又字履善。自号浮休道人、文山。江南西路吉州（今江西省吉安市）人，南宋末年政治家、文学家，抗元英雄，与陆秀夫、张世杰并称为"宋末三杰"。

　　宝祐四年（1256年）中进士第一。历经宦海沉浮。德祐元年（1275年），元军东下，文天祥散尽家财组义军，入卫临安（今浙江省杭州市）。后升任右丞相兼枢密使，出使元军议和，被扣留。脱逃后仍坚持抗元。景炎二年（1277年）进兵江西，收复州县多处，不久败退广东。次年在五坡岭（今广东省汕尾市海丰县）被俘。文天祥拒绝元将诱降，于次年被押至元大都（今北京市），囚禁三年，屡经威逼利诱，誓死不屈。至元二十年（1283年）在柴市从容就义，时年47岁。明代时追赐谥号"忠烈"。

　　文天祥多有忠愤慷慨之文，其诗风气势豪放。编《指南录》，作《正气歌》，后人整理辑作《文山先生全集》。

文天祥缘何写下《过零丁洋》

过零丁洋

辛苦遭逢起一经，干戈寥落四周星。

山河破碎风飘絮，身世浮沉雨打萍。

惶恐滩头说惶恐，零丁洋里叹零丁。

人生自古谁无死？留取丹心照汗青。

[解读]

从科举考试开始，便遭遇了人世间的千辛万苦，战争中度过了四年寂寥失落的日子。国家破碎得像风中飘着的柳絮，我的人生像一叶浮萍被风吹雨打得起起伏伏。在惶恐滩前说起了以前兵败撤军时的惊慌失措，在零丁洋里感慨现在孤苦伶仃。自古谁人能避免死亡？我选择留下一片赤胆忠心，光照青史！

[品鉴]

每当我试图寻找人生的意义和价值时，便会想到伟大诗人文天祥的这句"人生自古谁无死？留取丹心照汗青"。这句诗影响深远，从古至今，它鼓励了无数年轻人下定立志报国的决心！

自古国之大事便由文臣武将们铁肩扛起，个中辛酸，几人能懂？一般人也少有这样的铮铮铁骨和铁血丹心，而文天祥便是其中的佼佼者。

这首诗写于公元1279年，这年，文天祥43岁，此诗便是他被元军拘于船上时所写。

文天祥，曾用名文云孙，公元1236年出生于吉州庐陵县（今江西省吉安市青原区），祖籍四川成都，后移居江西。

公元1255年，19岁的文云孙在白鹭洲书院读书，山长（对山居讲学者的敬称，也称掌教）欧阳守道颇为看中文天祥的才华，后将自己的养女欧阳氏许配给了文天祥。

公元1256年，20岁的文云孙参加科举考试，宋理宗对他的论策颇为满意，钦点他为进士第一。于是，文云孙以此为"天降祥瑞"便改名叫天祥，改字为宋瑞。然，就在文天祥高中状元的次日，其父文仪病重。三日后便客逝临安（今浙江省杭州市），时年41岁。

按照宋朝的"丁忧制"，父母去世，子女须守孝三年。于是，文天祥的仕途生涯还未开始，便宣告暂停三年。直到公元1259年守孝期满，朝廷才补授文天祥为宁海军节度判官。

然而，这时元军大举南下，宋理宗的内侍宦官董宋臣建议迁都，朝中竟无人反对。只有文天祥上书，请求斩杀董宋臣，但他的谏言未被采纳，于是，辞官回乡。

后被起用，官至刑部侍郎。然而，他再三上书列举宦官董宋臣的罪状，被宋理宗一一压下。之后，文天祥被外派江西任职，此后，他在讽刺宰相贾似道的制诰中，被贾似道派人弹劾，紧接着他被宋理宗斥责，终至罢官。

原以为唐朝有个谏议大夫魏徵，没想到在宋代的文臣武将里，也有诸多谏臣，比如陆游、辛弃疾、文天祥，多次谏言皇帝，因此，屡遭贬谪。然而，他们并未因此而"吃一堑长一智"，如果有下一次，他们还会给皇帝"谏言"。这也是他们区别于普通人的地方吧，英雄不改本色！

公元1274年，38岁的文天祥再次被朝廷起用，任赣州（今江西省赣州市）知州，在任期间清正廉明，深得民心。

公元1275年，元军大举南下，直逼南宋都城临安。南宋岌岌可危之际，朝廷发出了勤王（意思是王室有难，希望天下臣子起兵救援）诏令。文天祥手捧诏令，想尽千方百计，散尽家财万贯，集结上万义兵要去救援。宋廷知此事后，擢升文天祥为江南西路提刑安抚使。

同年八月，文天祥率兵到了临安。十月，文天祥派遣他的属下将帅与元军激战，后兵败退守余杭。这一年，他的祖母刘夫人病故。

公元1276年，文天祥被擢升枢密使，他以这样的身份作为使臣前去皋亭山（今浙江省杭州市东北部）议和。大概元军提出了特别过分的议和条件，以至于文天祥与元军主帅伯颜发生了激烈的争辩。作为文天祥的同龄人伯颜，是元朝的名将，屡建奇功，深得元世祖忽必烈的赏识和厚爱。

虽然"两国交兵，不斩来使"，但这位主帅可不按规矩办事，立刻拘捕了南宋议和团十二人。文天祥率众夜逃。

后来，文天祥两次躲过了元军追击，追随南宋王室到达福州，升右丞相（站在皇帝右手边的丞相，职位高于左丞相）兼枢密使。彼时，他才40岁。这也是文天祥仕途生涯中官位最高时，对于任何一位政客而言，都算是莫大的殊荣了。因为，当上丞相的人一般都得熬到五六十岁。所以，文天祥也算得上人中龙凤了。那时，他仍然不顾个人安危，坚持主张北上抗元，开府募兵。

公元1277年，41岁的文天祥率众反击元军，并成功收复了十四个州县。然而，他没料到的是元军将领李恒将计就计，大举围攻了文天祥的兴国军事据点，并将他的妻妾子女掳走。

元军攻打空坑村，史称"空坑之战"，文天祥率领的宋军不敌元军，元军穷追文天祥至方石岭，眼看要被活捉，属下赵时赏假冒文天祥引开追兵，被元军活捉，文天祥才得以逃脱。然，其小儿子文佛生在此战中失踪，或死或生不得而知。野史传言文佛生逃至湖北麻城，其后裔又从湖北迁回了祖籍地四川。

文天祥逃脱后，退守循州（今广东省潮州市附近），并召集残兵旧部，驻扎岭南。

这一年，文天祥的两个小女儿定娘和寿娘在战乱中染病夭折。

公元1278年，瘟疫致使文天祥营帐下的数百位士兵死亡，连同他的母亲和他18岁的长子文道生也死亡了。文天祥闻讯痛不欲生。文天祥之弟文璧不忍见兄长无后，将其子文升过继给了文天祥为嗣子。

这一年，对于42岁的文天祥而言是生死未卜的，对于南宋而言是致命的。宋端宗去世后，左丞相陆秀夫和太傅张世杰等人拥立赵昺为帝，并逃往崖山驻守。

十二月，盗贼陈懿暗中勾结元军，致使文天祥在五岭坡被俘。为了不受屈辱，他吞食龙脑（冰片）自尽，然未成功，被元军带走。

文天祥的四女监娘、五女奉娘在五岭坡战乱中死去。

文天祥本有一妻两妾，两子六女共八个孩子。正妻欧阳氏为白鹭洲书院院长的养女，知书达理，温良淑贤，一直追随文天祥转战沙场，支持他的抗元义举。

两个妾分别为颜氏和黄氏，不仅姿容美丽，且都精通"八雅（琴、棋、书、画、诗、酒、花、茶）"。两个妾被俘后，黄氏跳崖而亡，颜氏死于崖州。

一家十二口人，最后，除了文天祥，只剩欧阳氏和女儿柳娘、环娘三人。后均被押送到元大都，被迫成为服侍元朝公主的奴仆。

公元1279年正月，时任蒙古汉军都元帅张弘范率领元军攻打崖山，久攻不下。三月十九日，元军发起总攻，南宋战败。左丞相陆秀夫背着年仅7岁的皇帝赵昺跳海而亡！十万军民也相继投海殉国。

崖山海战，是南宋与元朝的最后一战，也是南宋的覆灭一战。

想到当时的战况，令人动容和落泪！

南宋虽败，但最后那群人在崖山的英勇就义，令人肃然起敬！在大义面前，总有人会舍生忘死，也总有人会苟且偷生。

文天祥抗元义举持续了三年多，在这三年中，他九死一生，躲过了无数次敌人的袭击，最后却败在了南宋自己人的手里，被叛徒出卖！这样的遭遇，让人难免想到岳飞，一心抗金，忠心朝廷，最后却被自己人害死。

文天祥被押送到潮州后，元朝大将张弘范多次要求文天祥给在崖山之战中逃走的张世杰写招降信。文天祥被逼无奈，写下了这首荡气回肠的《过零丁洋》，以诗明志！

张弘范看到这首诗后，感其仁义，派人护送文天祥北上。而这首诗据说被张弘范私藏并传为家宝。

文天祥被押至南安军（今江西省赣州市大余县）时，开始绝食，打算死于家乡庐陵。为此，他还写了《告先太师墓文》，让人祭到他父亲的墓前。八日未食，仍未死。想到妻子和两个女儿还在元大都，他又重燃希望，开始入食。

文天祥到达元大都后，元军妄图用金钱和美色收降他。于是，特设高广大床，美女伺候。然而，文天祥早已看透一切，他坐到天亮未曾卧榻。元军见此，次日，便将他移送到了兵马司监狱羁押。

此后，文天祥被囚禁的三年间，求贤若渴的元世祖忽必烈，各种威逼利诱，手段用尽也没能使他屈降。其间，他们还逼着文天祥的女儿柳娘写信劝降。但文天祥毅然决然，拒不投降。

公元1282年，传言有兵千人，想救出文天祥。忽必烈见无法招降，怕横生枝节，便同意了大臣们的提议，处死文天祥。及至反悔时，为时已晚。

公元1283年1月9日，文天祥在元大都（今北京市）英勇就义，时年47岁。

据说当时有十位江南义士，冒死来为文天祥办理后事。在遗体的衣带中发现了一篇文字：

"吾位居将相，不能救社稷，正天下，军败国辱，为囚虏，其当死久矣！顷被执以来，欲引决而无间，今天与之机，谨南向百拜以死。其赞曰：孔曰成仁，孟曰取义，惟其义尽，所以仁至。读圣贤书，所学何事？而今而后，庶几无愧！宋丞相文天祥绝笔。"

读罢此文泪沾襟，一将功成万骨枯！

梳理完文天祥的生平，忽生疑惑。在元大都，他为何甘愿被囚三年多？此前他在押送途中曾两度自杀。我想最有可能的原因便是，他的妻女还在元大都。

被囚禁的三年时间，他的妻女虽沦为婢女，但应该会想尽千方百计去看他。他们一大家仅剩四口，应该见过面。否则，明知拒降是死，又何必受囚。

文天祥死后，他的妻女未被释放。据说，次女柳娘作为公主婢女陪嫁到了敦煌赵王府（今甘肃省敦煌市）。三女环娘陪嫁到了庆阳的岐王府（今甘肃省庆阳市）。妻子欧阳氏随元公主陪嫁到了高唐王府，居大同路丰州（今内蒙古自治区呼和浩特市）栖真观。公元1303年冬，因年老病危，被许还乡。嗣子文升亲自前去迎接欧阳氏，至公元1304年才回到家乡庐陵。公元1305年春，欧阳氏因病而卒，终年约66岁。

文天祥的亲弟弟文璧，在崖山海战时，担任惠州知州。知道南宋大势已去，为了保住惠州城内的百姓及文氏血脉，自开城门，投降元军。

如果说弟弟文璧的举动尚情有可原的话，那么，他的儿子文升，也是文天祥的嗣子，选择归顺元朝，并为元朝效力，让人无法理解！

这大概也是文天祥一生最痛恨和最无奈的事情。他一生为国尽忠，不顾生死，家破人亡，最后身死敌手。然，他的儿子居然不顾家仇国恨，甘做敌人的马前卒。这是文天祥不能理解的，也是世人不能理解的。

元灭南宋后，文天祥的二弟文璋选择了隐居不仕。他的三个妹妹自始至终选择支持文天祥。其中，两个妹夫在抗元战役中不顾生死，冲锋陷阵。总而言之，文天祥及家人为南宋的江山倾尽全力！

文天祥去世后93年即公元1376年，明洪武九年，按察副史刘崧主持在柴市的元朝兵马司土牢旧址上建造了文丞相祠，位于今北京市东城区府学胡同63号。1984年10月，文天祥祠正式对外开放，供后人凭吊。

研究完文天祥一生的遭遇，再读这首《过零丁洋》，心情颇为沉重！

这是一首七言律诗。

首联"辛苦遭逢起一经，干戈寥落四周星"，回忆了他自己的一生。从我入仕开始，二十年来遭遇了各种艰难险阻。如今，在抗元斗争中已经度过了四年寂寥失落的日子。从这两句中，能感受到文天祥的辛酸，也从侧面体现出了作者的忠勇。

颔联"山河破碎风飘絮，身世浮沉雨打萍"用对偶的修辞手法，讲了国家和个人的处境。南宋的江山已经像风中的柳絮般破碎不堪。而我的人生也像一叶浮萍，不由自主，任凭风吹雨打，起起伏伏。在元军不断猛攻下，都城临安已被元军占领，南宋大势已去，剩余的零星抵抗力量也微乎其微。国家尚且如此，个人的遭遇又能好到哪里？文天祥想到自己的母亲和长子在战乱中染病而亡，妻妾子女被俘，他一个人此刻在船上，也身不由己，想死死不了，想活活不成。他挚爱的国家和他自己，在那一刻都掌控不了自己的命运。"风飘絮"和"雨打萍"将这种无奈、痛苦、辛酸的状态，比喻得十分生动形象，令人泪目。

颈联"惶恐滩头说惶恐，零丁洋里叹零丁"，将思绪从回忆中拉回当下，拉回到眼前的景象。用"惶恐"滩头说"惶恐"，单句出现了首尾照应，增强了整句诗乃至整首诗的悲凉气氛。走到惶恐滩，想起了当年兵败时的惶恐，如今船行这零丁洋里，可叹父母已逝，妻子儿女死的死，被俘的被俘，只剩我一人孤苦伶仃。这两句在颔联的情感基调上又将痛苦深化，令人感同身受。抛开情感因素，这两句大有嚼头。这两句不仅对仗工整，还用了谐音的修辞手法，"惶恐滩"原名黄公滩，谐音"惶恐滩"。在敌船上，被逼迫的情形下，能写出这样措辞精妙的诗句，足见文天祥的文学造诣之深厚，大有曹植当年七步成诗的风采。

尾联"人生自古谁无死？留取丹心照汗青"，为整首诗的画龙点睛之笔，表明心意，誓死不降！人，生来就难免一死，但我觉得要死得其所。所以，我选择留下一片赤胆忠心，光照青史。英雄就是英雄，即便再落魄再孤苦伶仃，他依然坚守气节，宁死不屈！这两句用设问的修辞手法，自问自答，强调和突出了"留取丹心照汗青"的意思，堪称千古佳句！

这首诗是文天祥在被俘的战船中，看着零丁洋，抱着以身殉国的决心写下的。是他以诗明志的反抗！是他对自己最后的忠告！也是他对所有爱国志士的最后勉励！

在保家卫国的抗元战争中，他始终坚贞不屈，视死如归，屡败屡战，锲而不舍。面对敌人的威逼利诱，他坚拒不降，浩气长存！

文天祥是继岳飞之后，又一位可亲可敬的大英雄！其事迹可歌可泣，其精神光耀千秋！其气节感天动地！值得后世顶礼膜拜！

纳兰性德 ▶▶▶

　　纳兰性德（1655年—1685年），叶赫那拉氏，字容若，号楞伽山人，原名纳兰成德，满洲正黄旗人，清朝初年词人。

　　纳兰性德自幼饱读诗书，文武兼修，17岁入国子监，被祭酒徐元文赏识。18岁考中举人，次年成为贡士。康熙十五年（1676年）殿试中第二甲第七名，赐进士出身。纳兰性德曾拜徐乾学为师。他于两年中主持编纂了一部儒学汇编《通志堂经解》，深受康熙皇帝赏识，授一等侍卫衔，多随驾出巡。

　　康熙二十四年（1685年）五月，纳兰性德溘然而逝，时年30岁。

　　纳兰性德与陈维崧、朱彝尊并称为"清词三大家"。其词风清丽婉约，哀感顽艳，格高韵远，独具特色。著有《通志堂集》《侧帽集》《饮水词》等。

是谁让情根深种的纳兰性德写下"人生若只如初见"

木兰花·拟古决绝词柬友

人生若只如初见，何事秋风悲画扇。
等闲变却故人心，却道故人心易变。
骊山语罢清宵半，泪雨霖铃终不怨。
何如薄幸锦衣郎，比翼连枝当日愿。

[解读]

　　人与人之间如果总能像初见时那样美好该多好，何至于现在秋风吹来时看着画扇徒自伤悲。很寻常的事情就能让相熟的人心意改变，你却说相熟的人，心本来就容易变。半夜清静时，在骊山上刚说完话，泪如雨下却始终没有抱怨。你如何比得上那个薄情寡义的唐皇？至少当日他曾与贵妃发誓要做比翼鸟和连理枝。

[品鉴]

　　这是一首模仿古乐府《木兰花》而写给朋友的断情信，也是绝笔词。
　　初读此词，以为是寻常的情变词，再读，却品出另一番滋味来。
　　字句在纳兰性德的笔下，犹如万花筒中变幻出的世界，是如此唯美动人，美到令人窒息！
　　这首词的语气很特别，似以女性口吻抒发幽怨之情。上片"画扇"所引用的典故是汉成帝与班婕妤的故事。班婕妤原本深受汉成帝的宠爱，然而在赵飞燕姐妹入宫后，就惨遭汉成帝冷落，后被打入冷宫，写下了《怨歌行》，又名《团扇诗》。诗中借用团扇来抒发由恩爱到被弃后的哀怨。此词则借班婕妤的故事，表达了纳兰对友人始乱终弃后的怨恨。

下片引用的典故是杨贵妃与唐玄宗之间缠绵悱恻的爱情故事。其中"骊山语罢清宵半""比翼连枝当日愿"很容易让人联想到白居易写的《长恨歌》中的几句诗："七月七日长生殿，夜半无人私语时，在天愿作比翼鸟，在地愿为连理枝，天长地久有时尽，此恨绵绵无绝期。"下片借用典故，进一步表达出对负心人的嗔恨和埋怨，甚至对贵妃还有些许羡慕。虽然她最后被心爱的人赐死了，但毕竟那个人也是迫不得已，那个人还曾与她一起立下山盟海誓。而你这个"负心人"，连玄宗都不如！因为你我都没有立誓。虽然分开了，但这也是一个遗憾！由此可见，纳兰渴望的是那种至死不渝、山盟可托的感情！

所以，这首词在借古喻今，比喻纳兰在经历了一段刻骨铭心的感情后受到了挫折，再到断绝关系后，感叹物是人非，人心易变。

此词若用直译，能很快让人理解大意，但并不能完全理解词义。所以，还得辅之以意译才能更好地理解其中的意思。

人与人之间如果总能像初见时那样美好该多好啊。不至于像现在这样，秋风吹来时，看着画扇，想到班婕妤被打入冷宫的故事就感到悲伤；寻常的事情都能让相熟的人心意改变，何况不寻常的事情。你却说，熟人之间，心意本就容易改变。就像杨贵妃和唐玄宗那样，前一刻还在骊山说着甜言蜜语，山盟海誓，下一刻便生死相离，天人永隔了。想必贵妃应该没有怨恨，毕竟他们曾立誓要生生世世在一起。

而你还不如那个穿着锦衣玉袍、薄情寡义的唐明皇，至少他与贵妃一起发下誓愿，至少他在对天盟誓的那一刻，对贵妃的情意是至真至诚的。而你呢？对我的感情，可有一丝真诚的时刻？

如此将直译与意译结合起来，便能深刻理解这首词所要表达的含义。然而，此词究竟写给何人？我特别好奇，是谁如此不懂珍惜，将大才子纳兰性德的心伤成了这样？然而，查了几天资料后，发现历来研究者对这个负心汉颇有争议。所以，还得研究一番纳兰性德的生平。

纳兰性德，叶赫那拉氏，字容若，号楞伽山人。1655年，出生于京师（今北京市），家世显赫，是满洲正黄旗人。其父是清廷大臣纳兰明珠，其母是爱新觉罗皇氏的郡主。他天资聪颖，饱读诗书，文武兼修，17岁已入当时的最高学府——国子监学习。

1673年，19岁的纳兰性德考中贡士，第二年，与两广总督之女卢氏成婚。后因病耽误了进士考试。

1676年，21岁的纳兰性德考中进士。在内阁学士顾炎武的外甥徐乾学的指导下，纳兰性德用两年时间主持编纂了儒学汇编《通志堂经解》。康熙爱其才华，留在身边授予三等侍卫，后晋升为一等侍卫。纳兰性德多次跟随康熙帝出巡，还曾考察过沙俄侵边的情况。

1677年，22岁的纳兰性德便已尝到了丧妻之痛。才结婚三年，卢氏因难产去世，但诞下一子，名富尔敦。

1679年，24岁的纳兰性德将自己所写词作整理成《侧帽集》和《饮水词》。后人将两部词集整理为《纳兰词》，共收录348首词。

1685年，纳兰性德写下了这首《木兰花·拟古决绝词柬友》，同年五月去世，时年30岁。

由此可见，这首《木兰花·拟古决绝词柬友》几乎可以看作是纳兰性德的绝笔词！究竟写给谁的？正史中可能很难找到，但翻看野史传闻，也是众说纷纭。

于是，一番推理后，我认为，有三种可能。

其一，这首词最明显的是借用了两个爱情典故，所以，最有可能的是写给他的心上人。而这个心上人是谁呢？

纳兰性德被誉为清朝第一美男子，貌比潘安，才比子建。不难想象，他的女人缘应该很好。

据说，他喜欢的第一个女子是他的表妹那拉氏，人称惠儿。惠儿由于父母早逝，从小寄养在明珠府，与纳兰性德青梅竹马，两小无猜。然而，15岁时惠儿选秀入宫，成了康熙帝的妃嫔。

纳兰性德的痛苦不言而喻。他与表妹之间的懵懂感情，亦可算作他的初恋，然而，这段感情无疾而终。

19岁，纳兰性德便接受了父亲的安排，迎娶了两广总督之女卢氏为妻。从他的词中"被酒莫惊春睡重，赌书消得泼茶香，当时只道是寻常"可以倒推出来，他与卢氏当初在一起的时候并不称心，颇似先婚后爱。毕竟，纳兰性德与卢氏的缔结属于父母之命，媒妁之言，非自主选择。直到后来卢氏去世，才开始念着她的好。

另有一点佐证便是，纳兰性德的长子并非卢氏所生，而是侧室所生，次子才是卢氏所生。而次子出生时，他与卢氏结婚才三年。换言之，他娶了卢氏后不到两年便娶了侧室。如果他与卢氏恩爱两不疑，怎么可能会在这么短的时间里迎娶侧室？世人所言他们感情深厚，大概还是看了纳兰性德写的"悼亡词"而得出的结论吧，但那也只是他的后知后觉罢了。

除了爱而不得的表妹，还有难产而亡的发妻卢氏、继室官氏、侧室颜氏。纳兰性德短暂的人生中，还有一位重要的女子走过，那便是江南名妓，也是江南才女——沈宛。她才貌双全，著有《选梦词》。沈宛身份特殊，她是汉人。在当时满汉未通婚的情况下，纳兰与这位才女的相遇，受到了重重阻挠。虽然，他们感情甚笃，心意相通，但他想娶她进门显然是不可能的，除非他连满洲正黄旗的身份都不要。被他的父亲和家族阻挠后，纳兰性德只能将沈宛置于外室，连妾的身份都给不了她。

古代的女人实在可怜，活得连个"名"都留不下，能在历史上留下名字的屈指可数。就连大名鼎鼎的汉代才女班婕妤，也只留了个姓氏，婕妤不过是她的身份而已，更不用说那些知名男诗人的妻妾们。即便到了清代，纳兰性德的妻妾，也只留下了卢氏、官氏、颜氏的姓氏而已，并无名字记载。

千百年来，看看那些墓地里的墓碑，全都刻着赵钱孙李氏之墓，如果不看她们名下的子女名字，可能这个墓碑的王氏和那个墓碑上的王氏千百年后没甚两样。没有人知道她们叫什么名字，更无人关心她们的过往。

所以，这位才女沈宛能留下名字，实属难得。而纳兰的这位沈宛和陆游的那位唐琬，名字同音且相似，还真是容易混淆，好在姓氏不同。

细数这几位女子，这首《木兰花·拟古决绝词柬友》最有可能是写给沈宛的。也许，沈宛被当成金丝雀"圈养"在外时，心中还是颇为失落和不满的。毕竟在江南，她是众星捧月般的存在，而到了京师，还得过着东躲西藏的日子。因此，沈宛可能提出了分手，令痴情的纳兰伤足了心，故此写下这首"刀片横飞"的"绝情词"！

其二，便是写给一位连野史都未曾记载的女子，但这种可能极小。因为写这首词时，纳兰已经声名大噪，对于名人的消息，从古至今，都异常敏感，何况是纳兰明珠的长子的事情，朝廷内外得有多少双眼睛盯着，伺机收集"猛料"。所以，这个可能是最不可能的。

其三，这首词是写给纳兰性德的知己顾贞观的。而这种推测，也被诸多人所接受和认可。

顾贞观，字梁汾，1637年生，江苏无锡人，明代思想家顾宪成的四世孙。本是纳兰性德的老师。他39岁入明珠府，两人相识时，纳兰性德21岁。两人之间，不仅年龄相差18岁，而且一汉一满，民族也不同。然而，即便如此也挡不住两人从师生关系转为知己挚友。

容我大胆猜想，顾贞观的长相定然比实际年龄显得年轻许多，没有长胡须，也没有中年大叔的气质。从相貌上看，他们站在一起就像兄弟一般。毕竟纳兰性德是清朝第一美男子，能被他认定为知己的，才华自不必说，相貌肯定也不会差。

纳兰性德与顾贞观之间，吟诗作赋，无所不谈。他对顾贞观的钦佩和喜爱，与日俱增。然而，仔细研究了这两人的生平后，我发现了一段鲜为人知的故事。

纳兰性德与顾贞观、吴兆骞之间，有点三角友谊的关系。

纳兰性德把顾贞观当作自己人生唯一的知己，然而，顾贞观的心里一直还惦记着他的挚友吴兆骞。而吴兆骞不仅与顾贞观是同乡，也是江南才子，只因一场科考冤案，被派遣戍边宁古塔（今黑龙江省海林市）二十三年。

顾贞观一心要为友人吴兆骞平反，为此耗费多年心血，还曾求助纳兰性德，想要让纳兰帮一帮他的朋友。刚开始，纳兰是拒绝的，毕竟，他不认识吴兆骞，也怕被连累。

顾贞观失望之际给吴兆骞写了两首词，其中《金缕曲二首·其二》写道：

我亦飘零久！十年来，深恩负尽，死生师友。宿昔齐名非忝窃，只看杜陵消瘦，曾不减，夜郎僝僽，薄命长辞知己别，问人生到此凄凉否？千万恨，为君剖。

兄生辛未吾丁丑，共此时，冰霜摧折，早衰蒲柳。诗赋从今须少作，留取心魂相守。但愿得，河清人寿！归日急翻行戍稿，把空名料理传身后。言不尽，观顿首。

纳兰性德读后，被顾贞观的才气所折服，也被他对友人的真挚情谊所感动，于是，他给顾贞观写了一首词《金缕曲·赠梁汾》：

德也狂生耳，偶然间，缁尘京国，乌衣门第。有酒惟浇赵州土，谁会成生此意？不信道、竟逢知己。青眼高歌俱未老，向尊前、拭尽英雄泪。君不见，月如水。

共君此夜须沉醉，且由他，娥眉谣诼，古今同忌。身世悠悠何足问，冷笑置之而已！寻思起、从头翻悔。一日心期千劫在，后生缘、恐结他生里。然诺重，君须记。

读罢这两首词，我真想对纳兰性德说，你的心意终究是错付了！

顾贞观对吴兆骞的友谊，从他写的词"千万恨，为君剖"中可以看出，已经达到了海枯石烂的地步。难怪纳兰读完后会感动落泪，当即便下定决心，不顾自身安危，铤而走险，要为顾贞观去营救吴兆骞了。

但纳兰也不想一想，如果顾贞观真的把他纳兰性德放在心上，会不顾他的安危，让他以身犯险去营救另一位朋友吗？这就好比两个朋友同时掉进水里，顾贞观最想搭救的人显然是吴兆骞，而不是他纳兰性德。

纳兰却不以为意。他对顾贞观情真意切，甚至在词中许下来生缘，"一日心期千劫在，后生缘、恐结他生里。然诺重，君须记"。生怕顾贞观下辈子投胎走错了地或是忘了约定，还特意强调"君须记"三个字。

不得不说，纳兰性德真是个痴情人啊。对爱情痴情，对友情亦是如此！当真是个痴人！

从纳兰为了顾贞观甘愿赴汤蹈火的勇气和决心可以看出，他的确对顾贞观的感情非同一般。

所以，这首《木兰花·拟古决绝词柬友》，若说写给顾贞观也能理解。但词中所写明显是爱情，难道要理解为两个才子之间的"爱情"吗？如果这样，顾贞观和纳兰性德之间岂不是断袖之情了？只能说勉强可以算作给顾贞观的。

三种假设详解后，我仍觉得这首词是写给那位才女沈宛的。

至于纳兰性德为何会英年早逝？这也是历史谜团。

世上，可能有些人就是靠着情根活着的，一旦情根拔除，便会一命呜呼。纳兰性德便是此类人吧。他情根深种，而这首绝情词也成了他的催命符。

纳兰性德生来体弱多病，却又偏偏多情重情。金庸在《书剑恩仇录》中写过"情深不寿，慧极必伤"，还是很有道理的。感情看得太重，伤的是自己的"心"。中医认为,心主血脉,为生之根本,统摄五脏六腑。心若伤了,久而久之,必然郁郁寡欢,血脉不畅,日久便丧了。所以,古人所谓的"相思病"与今人的"失恋症"颇为相似。其实,都是伤了"心"。毕竟"无情不似多情苦。一寸还成千万缕。天涯地角有穷时,只有相思无尽处"。

纳兰性德这首词,便是自己为自己拔了情根,因而痛彻心扉,不久便撒手人寰了。可惜啊,"问世间情为何物,直教人生死相许"!

除了痴情,纳兰去世还有一个原因,可能是纵欲过度。纳兰的发妻去世后,他还有三位妻妾。与诸多王孙公子比,三位妻妾显然算少的。但对一个天生体弱的人而言,显然有点多。这世上但凡长寿之人,无一不是清心寡欲的。

此番对纳兰性德的生平研究后,对他有了新的认识。他的才华和短暂的一生,有点像"诗鬼"李贺。两人都身体瘦弱,都心怀壮志,都喜欢军事,都在行伍之间待过几年,都英年早逝,一个在世三十年,一个在世二十六年。

纳兰性德的情感生活,也让我想到了苏轼。他们对结发妻子的爱,都在诗词中表现得淋漓尽致。但丝毫没有影响他们后来"改弦更张",求娶她人。

纳兰性德还有点像晏几道。他们都生在富贵人家,都有一个权倾朝野的父亲,且父亲也都是有才华的名人,词风也都婉约华丽。这两人可以算作王孙贵戚里最具代表性的才子了。

回顾纳兰性德的一生,写下了太多名言佳句,数不胜数。比如:

"人到情多情转薄,而今真个不多情。"

"一生一代一双人,争教两处销魂。"

"一片冷香唯有梦,十分清瘦更无诗。"

"一往情深深几许?深山夕照深秋雨。"

"山一程,水一程,身向榆关那畔行,夜深千帐灯。"

"我是人间惆怅客，知君何事泪纵横，断肠声里忆平生。"

看完纳兰性德的一生，再读一读这首《木兰花·拟古决绝词柬友》，感慨万千。人生或许不必太在意长度，而应在意厚度。他用短暂的一生，写成了一部感人至深的词集，千百年来为后人所膜拜，也算值了！

至于这首词，到底写给谁的，似乎也没有那么重要了。重要的是，这首词中饱含了真挚而浓烈的爱。纳兰性德用幽怨的方式，正话反说，表达了他对心上人至死方休的爱。格调虽低沉而阴郁，但能让人感受到爱情的魅力，以及矢志不渝的那种爱情的伟大，如此足矣！

后记：感恩有你

　　原以为写诗词赏析是件简单的事情，最后却发现比写小说更难。天知道，为了这本书我修改了多少遍。此刻，拖着软组织挫伤十八天仍未痊愈且疼痛淤青的左手，写下这篇后记。

　　原以为写书已经够累了，最后却发现，出版一本书比写书更累。写书只需要洋洋洒洒，一吐为快，而出版需要如履薄冰，望眼欲穿。

　　从2020年10月23日写下第一篇诗评开始，到2022年11月5日修改后第一次交稿，2023年4月13日修改后交二稿，2023年6月21日全稿校对修改，2023年10月18日再次校对修改排版后的全文，2024年1月8日全面彻底修改完成全书中的"解读"和"品鉴"部分，2024年4月18日大修个别章节，2024年5月28日全稿又校改三次，包括诗人简介和原诗词，前后九易其稿，最终得以定稿。

　　这期间，从结构到内容都做了巨大调整，大修小改数百次不止。在多次校稿过程中，我发现了一些问题。

其一，我对同一首诗词的解读发生了改变，甚至可能与之前完全不同。比如李清照的"梧桐落，又还秋色，又还寂寞"这句词，我揣摩了上百遍，最后解读的结果跟初次品读发布到网上的理解全然不同。类似的情况还有好几处，大概与解读时的水平和心境有关。总之，请以本书的解读和品鉴为准。

其二，诗词作者的信息有变。比如孟郊的户籍信息，两年前我查到的资料是"751年出生于江苏昆山，祖籍或是河南洛阳"，然而，当我最后校对时发现信息已变，孟郊已成了"湖州武康人，郡望平昌"。只是两三年的时间，为何信息变化这么大？就像近年来大家对"直"字里面是三横还是两横的不同印象一样，我是大吃一惊的。类似的情况以后可能还会出现，因为历史教科书也在随着各地考古发现的改变而改变。所以，亲爱的读者朋友，当你看到本书时，请先看看日历，如果书中所写史料信息与现有不同，请不要怒斥。因为有关史料的部分，我都是一字一句查了很多个信息核对的，至少，在本书定稿时，信息是相对正确的。

也是在查证史料的过程中，我深刻体会到"文史不分家"的含义。当诗词翻译不能入境时，了解一些创作背景，学习一些历史知识，对解读一首诗词而言十分重要。这个过程也很艰辛，虽然许多时候翻阅的是电子书刊或网页信息，却也如大海捞针一般，甚是艰难。就像一个人在偌大的虚拟图书馆里，翻呀翻呀翻，翻过几百上千个网页，有时才找到一丁点儿蛛丝马迹，有时线索之间还是自相矛盾的，有时信息还有误导倾向。面对庞杂的信息，全靠自己的大脑进行分析判断。这时候，觉得自己越来越像一个侦探家了，不过，破的是诗词的案，对话的是古人。

书中有许多新奇的观点，或许是你从未见过的，不论对错，相信总会给你一些启发。

很庆幸，我解读诗词的多篇文章被百度百科收录，比如《送范德孺》《题雩都华严寺》《太白山下早行至横渠镇书崇寿院壁》等。

希望未来有机缘，我能多写几本关于诗词品鉴的作品，凑成一个《大话诗词》的系列书籍，以飨读者。

感谢张立云老师、李彦涛老师等对本书出版的指导、帮助和支持。

感谢张载祠（横渠书院）特聘研究员马苏彬老师对本书中关于横渠书院的历史指导和帮助。

感谢《人民日报》客户端、百度、今日头条、网易等平台的粉丝们对我的持续关注和支持，因为你们，让我有了不竭的动力，这本书也是对你们的感恩和回馈。

能力有限，恐难免疏漏，诸多不当，还望各位前辈和朋友们交流指正。

文澜珊

2024 年 5 月 28 日

写于北京

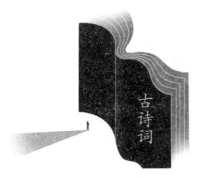